KB272620

유체이탈의 밤

유체이탈의 밤

김나영 미스터리 호러스릴러

고즈넉 이엔티

목차

프롤로그

사방이 베이지색 벽지로 도배된 열 평 남짓한 직사각형 방이었다.

방 한가운데 철제로 된 의자가 하나 놓여 있고, 뒤쪽 벽에는 쇠창살로 가로막힌 직사각형 창문이 나 있었다.

전체적으로 조도가 밝아 분위기는 따뜻하게 느껴졌다. 다른 가구나 물건 없이 의자만 덩그러니 있다 보니 짐 정리가 덜 끝난 집 같기도 했다.

바닥을 딛는 묵직한 걸음 소리가 먼저 들렸다. 그리고 네모난 프레임 안으로 사내가 들어왔다.

그는 카메라를 향해 꾸벅 인사부터 했다. 얼굴은 모자이크 되었지만, 태도가 친절하고 바르다는 건 알 수 있었다. 청록색 죄수복만 아니었다면 엉겁결에 마주 인사할 법했다.

"편하게 의자에 앉으시면 됩니다."

프레임 왼쪽 구석으로 하얀 셔츠 차림의 뒷모습이 나타났다. 어깨까지는 닿지 않는 짧은 단발머리 여자로 보였다.

그녀의 손짓을 따라 사내는 철제 의자에 다소곳이 앉았다. 옷매무시를 다듬는 손길이 조금은 투박했다. 사내의 가슴께로 흰색 자막이 떠올랐다.

현OO. 부녀자 아홉 명 살해. 사형선고 후 복역 중

아홉 명을 살해한 살인마라는 게 그의 정체였다.

자막 내용과는 영 어울리지 않게 그는 정중하게 굴었다. 두 손을 허벅지 위에 다소곳이 올려두고 침착하게 말했다.

"내가 뭐라고 부르면 됩니까? 이런 일은 처음이라서요."

"보통은 감독이라고 부릅니다. 지금 이 다큐멘터리를 찍는 감독이 저니까요."

"그렇군요. 감독…. 좋아요, 감독님. 그럼 시작할까요?"

옅은 상흔이 보이는 그의 커다란 손으로 카메라의 시선이 클로즈업되었다.

인터뷰 시작을 알리는 음악이 깔렸다. 암전되던 화면이 다시 밝아졌다. 사내의 측면을 보여주다 어느새 정면으로 바뀌었다. 사내와 마주 앉은 듯한 착각이 드는 구도였다.

감독과 사내의 문답이 본격적으로 이루어졌다.

—이름이 뭔가요?

―현○○입니다.

―나이는 몇 살입니까?

―벌써 오십 중반이네요. 내년이면 쉰여섯이 됩니다.

―죄목은 뭔가요?

―글쎄요, 여러 개가 섞여 있어서. 아무래도 제일 큰 건 살인이겠죠.

―사형을 선고받았는데 어떻게 지내나요?

―적당히 지냅니다. 잘 지낸다고 하면 안 될 것 같은데, 못 지내는 건 아니라서요. 이렇게 애써 나왔는데 거짓말하고 싶지는 않네요.

사내는 정해진 대사와 지시 행동이 있는 것처럼 카메라를 의식하지도 않고 의연하게 대답했다. 간간이 제스처도 들어갔는데 그런 움직임도 자연스러웠다.

감독은 백지에 펜으로 뭘 적는 듯하더니 질문을 이었다.

"아홉 명을 살해한 것으로 알고 있습니다. 맞습니까?"

"네."

"정확히 아홉 명이 맞습니까?"

사내는 바로 대답하지 않았다. 대신 무언가 가늠하듯 말없이 감독을 응시했다.

모자이크로 가려진 사내의 표정이 어쩐지 상상이 될 것 같았다. 눈코입이 어떻게 생겼는지는 몰라도 어떤 표정으로 감독을 보고 있을지는.

"판결문 보셨으니 아실 텐데요. 제가 몇 명을 죽였는지?"

여전히 정중하고 예의 바른 말투였지만 풍기는 분위기가 조금 달라졌다. 예상치 못한 긴장감이 선뜩하게 스며들었다. 그가 몸을 앞으로 스윽 기울여서 더 그렇게 느껴졌는지도 몰랐다.

감독과 사내의 거리는 일 미터도 되지 않았다. 사내가 와락 달려든다면? 여자는 속절없이 당하고 말겠지. 물론 현장에는 감독 외에도 스태프들과 경찰, 교도관이 있었을 것이다. 당장은 네모난 프레임 속에 두 사람만 담겨 있는 것이다.

"전 판결문에 묻는 게 아닙니다. 현○○ 씨한테 묻는 거죠. 정확하게 몇 명을 죽였습니까?"

화면에 비치는 감독의 등이 꼿꼿하게 펴졌다. 겁먹지 않겠다는 의지 같은 게 느껴졌다.

"감독님은 어떤 대답을 듣고 싶으신 건데요?"

한발 물러서는 듯 사내의 목소리가 조금 들떴다. 등받이에 등을 기댄 채 오른손 검지로 제 허벅지를 톡톡 두드렸다.

"2002년 6월에 벌어진 연지동 30대 주부 살인사건에 관해 알고 계시죠?"

"2002년이면… 오래됐네요. 잘 모르겠군요."

"2002년 6월 3일. 연지동에 사는 30대 주부 김모 씨가 퇴근 후 집으로 돌아오던 골목길에서 살해된 채 발견된 사건입니다. 공교롭게도 그 시기에 현○○ 씨가 연지동에 사셨어요."

"그렇습니까?"

되묻는 목소리 끝에 헛웃음이 묻어났다.

"안타깝기는 한데… 모르겠습니다."

사내가 남의 일처럼 덧붙였다. 그러더니 빛이 가득한 면회실 내부를 좌우로 한 번씩 둘러보았다.

"그런데요, 날씨가 참 좋네요. 교도소에서 보는 햇살하고는 완전히 달라요. 거기선 뭐랄까, 아무리 날이 밝아도 칙칙하다고 할까? 확실히 안과 밖은 다르네요. 공기도 여기가 더 좋은 것 같고."

사내는 깊이 숨을 들이마시고는 입을 크게 벌렸다. 씨익, 웃는 표정이 그려졌다. 일부러 소리 내 웃기까지 했다. 그 웃음소리가 폐쇄된 공간을 쩌렁쩌렁 울렸다.

"마지막으로 하나만 묻겠습니다. 왜 사람을 죽였습니까?"

감독이 그가 하고 싶은 대로 내버려두었다가 다시 물었다.

웃던 사내의 입술이 헤, 벌어졌다.

"사람을 왜 죽였냐…."

창살로 들어온 빛은 사내의 어깨에도 내려앉았다. 그는 목을 좌우로 꺾으며 몸을 푸는가 싶더니 허벅지 위에 올려둔 손을 들어 맞잡았다.

양손을 각지 긴 채 느닷없이 휘파람을 불었다. 따뜻한 공간이 순식간에 사건 현장처럼 서늘해졌다. 베이지색 벽지도, 철장으로 가려진 창문에도 성에가 끼는 것처럼.

"처음 사람을 죽였을 때 짜릿함이 있어요. 나는 그걸 또 느끼고 싶었거든."

스페이스 바를 눌러 영상을 멈추고, 화면 가득 담긴 사내를 한동안 보았다.

모자이크가 벗겨진 사내의 얼굴은 어떤 표정을 짓고 있을까. 눈은 어떤 모양으로, 입술은 얼마나 벌린 모습일까. 그런 걸 상상하다 보면 나도 모르게 히죽, 입꼬리가 씰룩거렸다.

노트북을 닫고, 고개를 옆으로 돌렸다. 책상 위에 둔 탁상 거울에 내 얼굴이 비쳤다. 며칠 전 잘라 턱 끝까지 오는 짧은 단발머리, 비스듬히 올라간 눈꼬리와 창백한 입술. 흰 피부와 생기 없는 뺨. 웃고 있는 내 표정이 영상 속 사내의 것과 겹쳤다.

처음 사람을 죽였을 때의 짜릿함이라….

나는 사내가 말한 전율이 무엇인지 잘 알았다. 껄떡이던 숨이 아스러지듯 희미해지고 온몸의 힘이 빠져 더미 인형처럼 늘어지는 순간에 만끽하는 것. 내 손과 내 의지로 숨이 끊어진 이를 내려다볼 때의 압도적인 우월감 속에서, 사람을 죽였다는 두려움과 죄책감과 긴장감, 그런 감정들이 한데 뒤엉켜 심장 박동을 요동치게 만들던 바로 그 한순간….

나 또한 처음 사람을 죽이던, 그때의 감각을 지금까지 간직하고 있었으니까.

아웃 오브 바디

OUT OF BODY

원영, 그밤들

유체이탈을 처음 경험한 건 3년 전이었다. 여름이 막 열기를 데워가던 7월의 초입이었다. 그때 나는 심각한 불면증에 시달리던 탓에 의사가 권고한 양으로도 잠들지 못하자, 그 두 배의 약을 털어넣고 침대에 누웠다.

삽시간에 기분 나쁜 졸음이 몰려왔다. 손가락 하나 꿈쩍할 수 없는 상황에서 무력하게 눈이 감겼다. 이대로 죽을지도 모른다는 생각이 들었다. 죽는다면…. 이렇게 죽어버리면 시간이 얼마나 흐른 뒤에야 발견될까.

살이 썩고 근육이 녹아내려 형체를 알아볼 수 없는 반액체 상태의 끔찍한 형체가 떠올랐다. 남은 피부는 초록색으로 변질되고, 구더기가 몸 구석구석으로 파고들고. 쇠파리가 시끄러운 소리를 내며 사체 위를 날아다니고….

익명의 신고로 출동한 경찰이 날 발견하기까지의 과정이 담담하게 머릿속을 스쳐갔다.

그러다 멍해지던 의식이 순간 불타오르듯 또렷해졌다.

약효로 감각이 사라져 무겁던 육체가 바람 빠진 풍선처럼 가벼워지더니, 허공에 떠오르기 시작했다.

가슴을 조이던 갑갑함도 사라졌다. 문득 오래전 책에서 읽은 구절이 주마등처럼 끼어들었다.

껍데기 같은 육신을 버리면 찾아올 자유. 그 가벼움. 자유란 가벼운 것이다.

누구의 말인지는 기억나지 않았으나 그 구절만큼은 생생했다.

야릇한 감상에 젖어들며 가까워지는 천장을 보았다.

한 번도 닿아본 적 없던 천장이 바로 눈앞에 있었다. 팔을 뻗으면 손가락 끝에 닿을 듯 가까웠다.

전에는 미처 보지 못한 천장의 미세한 자국들이 눈에 들어왔다. 중앙에 달린 전등 옆에 긋다 만 것 같은 연필 자국이 남아 있었다. 도배를 하다 생긴 흔적인 것 같았다.

천장에 손바닥을 대고 슬쩍 밀었다. 내 몸은 물결에 휩쓸린 듯 천천히 천장에서 멀어졌다.

몸을 움직일 수 있는 건가? 거리가 생기는 천장을 우두커니 지켜보다 왼쪽으로 몸을 기울였다.

모로 누운 자세에서 힘을 주자, 몸이 백팔십 도 완전히 뒤집혔다. 침대에 누워 잠든 내 모습이 보였다.

핼쑥한 볼이 먼저 도드라지게 눈에 띄었다. 눈 밑에는 까맣게 그늘이 져 있고, 핏기 없는 입술은 여기저기 뜯어져 핏방울이 맺혀 있었다. 초췌한 얼굴의 표본 같았다.

이불 밖으로 엉성하게 삐져나온 팔과 다리는 뼈에 가죽만 붙은 듯 앙상했다. 이렇게 보니 거울로 보던 때보다 훨씬 볼품없었다.

옆으로 팔을 뻗어 헤엄치듯 허공을 갈랐다.

몇 번 팔을 움직이다 보니 어느새 거실이었다. 15평 남짓한 협소한 아파트라 더 둘러볼 데도 없었다.

거실 가운데서 허공에 뜬 채로 서서 베란다 유리창을 가만히 바라보았다. 어두운 유리창 어디에도 내 모습이 비치지 않았다. 나는 분명 유리창 앞에 있는데, 어디에도 내가 없었다.

그때 나는 내가 죽었다고 생각했다. 수년간 수면제를 복용했고, 멋대로 남용해서 죽을 뻔한 적도 있었다. 그러나 단 한 번도 이런 식의 자유로움을 경험한 적은 없었다. 약물 과다 복용으로 위장이 망가지고 억지로 속을 게워내면서 고통스러웠던 적은 있어도 어디로든 갈 수 있고 어떤 고통도 없는 '자유'는 처음이었다.

충동적이었을 것이다. 멍하니 바깥을 쳐다보다 베란다 밖으로 몸을 던졌다. 정말로 죽은 거라면 14층에서 추락해도 고통스럽지 않을 것 같았다. 이미 죽었으니까. 고통스런 육체가 사라졌으니까.

무게가 없어서인지 추락의 시간이 길었다. 까맣게 죽은 창문들이 층마다 있었다. 13층, 12층, 11층, 10층…. 복도식 아파트에 늘어선 창문들이 나를 구경했다.

가로등조차 꺼진 깊은 밤이었다. 시야가 아파트 1층, 주차장에 인접한 화단과 가까워질수록 내 몸과 이어진 끈 같은 게 팽팽해지는 걸 느꼈다.

완전히 죽은 게 아니라, 죽어가고 있는 거구나!

나는 나를 붙잡는 탄력적인 감각이 아직 살아있음을 증명하고 있다고 생각했다. 육체는 어쩜 이렇게도 끈질길까…. 헛헛한 문장이 입안을 맴돌았다.

3층을 지나 2층에 도달했을 즈음이었다. 흐흐흐, 하고 스산한 소리에 고개가 돌아갔다.

화단 옆에 서 있던 교복 차림의 여학생과 눈이 마주쳤다.

핏발 선 그녀의 눈이 끈질기게 나를 담았다. 시선이 마주친 순간이 끝나지 않을 듯 길었다.

가로등이 꺼진 밤이었는데도 그녀의 얼굴은 유난히 희었다. 유난히 희어 붉게 충혈된 눈이 더 돋보였다.

몸이 아래로 추락하는 동안 나는 교복 재킷 가슴에 박힌 명찰을 확인했다. 일부러 그런 게 아니라 유독 그게 눈에 띄었을 뿐이다. 노란색 명찰에 검은색 실로 적힌 이름은 '은가람'이었다.

내가 이름을 확인하는 동안에도 그녀의 눈은 내게서 떠날 줄 몰랐다. 굳이 서로 시선을 피하지 않았다. 그렇기에 우리는 계속해서 서로를 주시했다. 가람의 시선은 또렷하고 선명했다. 심지어는 어떤 맹렬함이 느껴지기도 했다.

몸이 화단의 흙에 닿았을 때였다. 몸을 붙잡던 팽팽함이 투욱, 끊어졌다. 동시에 흙의 차가운 감각과 비린 풀냄새에 와락 정신이 들었다.

번쩍 눈이 떠졌다. 오랜 시간 몰 속에서 잠수한 것처럼 숨을 몰아쉬며 허리를 일으켰다.

몸에서 순식간에 무게가 느껴졌다. 감각을 느낀다는 게 이렇게 낯설다니….

뻣뻣해진 고개를 무리하지 않고 움직여 사방을 둘러보았다.

커튼을 치지 않은 창문 밖에서 들어온 어슴푸레한 새벽빛이 침대 끄트머리를 침범하고 있었다.

꿈이었나? 엄청나게 생생한 꿈?

감각을 확인해보려고 주먹을 쥐었다 폈다. 차갑게 식어 있던 손가락에 천천히 온기가 돌았다.

아침이 밝아오자 일상을 시작하는 바깥 소리들이 부스럭거리듯 들려왔다. 아직 정신이 몽롱했다. 침대에 걸터앉아 마른 세수를 하고는 겨우 무릎에 힘을 줘 일어섰다.

일순 세상이 우르르릉, 흔들렸다. 정신을 잃을 것처럼 아찔해져 쓰러지지 않으려고 벽을 짚었다. 지탱한 몸에 좀체 힘이 들어가지 않아 고개를 바짝 들었다. 뻑뻑한 눈을 껌뻑거리다가 천장 전등을 노려보았다. 자세히 보니 거기, 전등 옆에 정말 연필 자국이 있었다. 긋다 만 것 같은 미완의 선. 자국은 꿈에서 본 것과 똑같이 그어진 채였다.

*

어쩌면… 이라고 의심이 들었지만, 결정적인 증거가 없었다. 편하게 그저 꿈으로만 치부하던 어느 날이었다. 그 밤. 내가 진짜로 육체를 떠나 자유롭게 돌아다녔음을 확신할 수 있는 증거는 뜻밖의 장소에서 등장했다.

*

엉성하게 꾸며진 화단 앞에서 경비원과 실랑이하던 여자는 머리가 온통 백발이었다.

그녀는 사방으로 메아리를 부르듯 연신 '가람아!' 하고 외쳐댔다. 경비원은 주민도 아니면서 이러면 안 된다고, 그녀의 어깨와 팔을 잡아끌었다. 여자는 화단에 박아둔 낮은 담장을 잡고 버텼다.

뼈가 불거진 앙상한 손으로 담장을 잡고 흔들기까지 했다. 하얀색 페인트로 칠해진 50센티 높이의 담장이 쉽게 흔들렸다. 둘의 옥신각신을 팔짱 끼고 지켜보던 주민들이 저마다 입을 가리고 수군거렸다.

"여기서 죽은 학생 엄마인가 봐?"

"이 아파트 사는 애도 아니면서 왜 여기까지 와서 죽었대?"

"아침에 등교한다고 나간 애가 옥상에서 떨어진 채 발견됐다잖아."

"하필이면 머리만 화단 밖으로 나가서… 화단에만 떨어졌어도 어찌되었을지 모를 텐데."

"어휴, 안됐긴 하네. 그렇다고 고래고래… 저게 무슨 민폐야?"

이사 온 지 3개월밖에 되지 않은 나로선 처음 듣는 얘기였다. 주민들 사이로 끼어들어 여자를 보았다. 푸석푸석한 머리가 헝클어진 채 가슴까지 늘어트려져 있었다. 그녀는 경비원과 실랑이하는 와중에도 허공을 향해 '가람아! 엄마 왔어! 여기 엄마 있어!' 하고 비명처럼 내질렀다.

가람이….

여자가 불러대는 이름이 낯설지 않았다. 가람, 가람…. 이름을 곱씹다가 그 밤, 나를 정확하게 직시하던 여학생을 기억해 냈다. 교복 차림을 한. 핏발 선 눈으로 빤히 보던 그 아이. 재킷 명찰에 적힌 이름이 '은가람'이었다.

그때가 너무 혼란스러워 꿈으로 정리해 가라앉혀 두었는데, 다시 머리가 혼탁해지는 것 같았다. 단언할 수 있었다. 나는 은가람이라는 학생도, 그 애가 이곳에서 죽었다는 것도 몰랐다. 그 밤이 아니었다면 지금 이 상황도 무시하고 지나쳤을 것이다.

"우리 가람이. 불쌍한 우리 가람이…."

여자가 기어이 화단 앞에 주저앉아 울기 시작했다. 모자를 벗은 경비원이 이마에 잔뜩 맺힌 땀을 닦고는 푸푸, 한숨을 내쉬었다. 수군거리던 주민들도 더 볼 게 없다는 듯 뿔뿔이 흩어졌다.

울던 여자가 고개를 드는 바람에 덩그러니 혼자 남아있던 나와 눈이 마주쳤다. 그녀의 눈은 충혈된 가람의 눈과 똑닮아 있었다.

왜 그런지 몰라도 갑자기 손으로 힘껏 움켜쥔 것처럼 심장에 통증이 몰려왔다. 저절로 손이 가슴께로 올라갔다. 참을 수 없어 나도 모르게 뒷걸음질 쳤다.

주저앉은 여자 옆으로 양말만 신은 맨다리가 언뜻 보였다. 흰 종아리에 상처와 핏자국이 가득했다.

아파트로 뛰어 들어와 엘리베이터를 기다릴 새도 없이 계단을 밟아 올라갔다. 난간을 동아줄처럼 움켜쥐고 14층까지 뛰어오르다시피 했다. 다리는 이미 감각이 없었다. 어떻게 올라왔는지도 기억나지 않았다.

1406호 문을 열자 거실은 불이 꺼진 채 어둑했다. 커튼을 쳐둔 터라 낮인데도 빛이 들지 않았다. 볕은 들어오고 있을 테지만. 그런데 창문이 열려 찬바람이라도 들어오는 것처럼 유난히 서늘했다. 온기가 새어나갈 리 없고, 창문은 닫혀 있고, 볕은 들어오고 있지만, 어디선가 냉기가 스며 나온다고 느껴질 정도였다. 베란다 창가에 서 있는 누군가가 뿜어내는 것일지도 몰랐다. 꼼짝도 않은 채 서 있는.

그 누군가가 누군지 알 것 같았다.

가람이었다.

뜯겨나간 교복 재킷, 난폭하게 찢긴 치마. 흰 셔츠는 피로 붉게 물들어 있었고, 어깨까지 늘어진 머리칼 역시 말라붙은 혈흔으로 엉겨 있었다. 오른발엔 흰 양말 하나만 남아있고, 왼발은 맨발이었다.

가람은 가만히 서서 나를 노려봤다. 다리가 마구 떨려서 버티고 서 있기가 힘들었다.

"너는 가, 가…."

말을 더듬으며 이름을 부르려는 순간, 아이의 입술이 천천히 벌어졌다. 바람 빠지는 소리 같은 것이 새어나왔다. 말은 들리지 않았지만 분명 뭐라고 속삭이고 있었다. 소리는 입이 아니라, 공간 전체에서 울리는 것처럼 들렸다.

그때 가람이 발을 뗐다.

양말을 신은 발목이 바깥쪽으로 완전히 돌아가 있었다. 뼈가 있어야 할 방향이 아니었다. 인간의 관절로는 불가능한 각도였다.

"가람아!"

가람을 찾는 여자의 울부짖는 소리가 등을 때렸다. 고개가 저절로 돌아갔다가 다시 돌아오는 데 3초도 걸리지 않았다. 바로 정면에 가람이 보였다.

숨이 뺨에 닿을 정도로 가까이 있었다.

눈동자에 초점이 없었다. 입은 크게 벌어져 있었고, 그 안에서 알아들을 수 없는 속삭임 같은 게 쏟아졌다. 바람이 마른 나뭇가지를 긁는 듯, 얇고 날이 선 소리였다.

확신했다. 지금 내 앞에 서 있는 건 살아있는 가람이 아니다.

세상이 휙 뒤집히는가 싶더니, 까무룩 기억이 끊겼다.

다시 눈을 떴을 때 나는 현관 바닥에 쓰러져 있었다. 관자놀이가 욱신거렸다. 완전히 닫히지 않은 문틈 사이로 어둑해진 복도가 보였다.

거실은 텅 비어 있었다. 베란다에도 사람의 흔적은 없었다. 그러나 공기 속에는 아직도 비릿한 피 냄새와 속삭임의 잔향이 남아있었다. 그 잔향이 모든 게 현실임을 일깨웠다.

*

내가 경험한 게 '유체이탈'이라는 건 조금 더 지나서 알게 되었다.

영혼이 육체에서 벗어나 분리되는 일. 사전적 정의는 그랬다.

인터넷으로 나와 비슷한 경험을 한 사람들의 이야기를 찾아

모조리 읽었다. 상상력이 뒤섞인 글들이 수두룩했고, 심지어 초능력과도 같은 신비한 능력을 발휘한다는 글도 있었지만, 그중엔 내가 가람을 봤듯 다른 영혼 혹은 귀신을 보기도 했다는 경험담도 있었다.

유체이탈이라는 걸 자각한 후로는 종종 전조 증상을 느꼈다. 그러니까 전조 증상에 그쳤다는 표현이 정확할 것이다. 처음처럼 완전히 분리되어 자유롭지는 않았는데, 몸이 허공에 떠올라 육체와 분리되고 있다는 걸 가끔 느꼈던 것이다.

다시금 완전한 자유, 그러니까 온전한 유체이탈에 성공한 건 그로부터 3개월 뒤였다.

*

한낮에도 제법 쌀쌀해진 늦가을 어느 날이었다. 분명 침대에서 잠들었는데 눈을 떠보니 거실 소파에 엎어져 있었다.

이제는 몽유병 증상 같은 것도 동반되는 건가….

뭔들 가능하지 않을까 싶기도 했다. 나는 두어 걸음 떼기 무섭게 등을 돌렸다. 베란다 유리창에 거실 풍경이 비쳤다.

짙은 회색 천으로 두른 2인용 소파, 소파 맞은편 벽에 설치한 벽걸이 텔레비전, 텔레비전 위에 걸린 원형 시계와 싸구려 액자…. 모든 풍경이 유리창에 고스란히 비쳤으나 어디에도 내 모습은 존재하지 않았다. 마치 그날 그 밤처럼.

곧장 현관문으로 가 손잡이로 손을 뻗었다. 손잡이를 통과한 손이 움직일 줄 몰랐다. 허공에 뜬 채로 한 움큼의 공기를 쥐는 것처럼 주먹을 움켜쥐었다. 몸이 문을 빠져나갔다.

어느새 나는 불 꺼진 복도에 서 있었다. 몸을 돌려 은색 손잡이를 밀듯이 손을 댔다. 표면이 느껴지지 않는 대신 상체가 문으로 빨려들 듯 들어갔다.

밖으로 빠졌던 내 몸은 굳게 닫힌 문을 간단히 통과해 안으로 들어왔다. 손바닥에 뭐가 있는 것처럼 한참이나 들여다보았다가 고개를 들었다.

침대에 잠든 내가 보였다. 가까이 다가가 내려다보았다. 나는 고른 숨을 내쉬며 잠들어 있었다. 어깨로 조심스럽게 손을 대보았다. 투명한 손이 육체에 닿기 무섭게 강력한 중력이 나를 옥죄어 끌어당겼다. 으악, 비명을 질렀지만 소리로 되어 나오지는 않았다.

끌려간 영혼이 육체 속에 순식간에 갇혔다. 압력 높은 중력이 몸을 눌러댔다. 가벼운 숨마저도 우물을 길어내듯 힘겨웠다. 그렇게 육체와 영혼이 합쳐졌다.

육체를 갖는다는 건 자유를 얻는 것이자 또 다른 자유를 잃는 이중적인 의미라는 걸 그때 깨달았다.

*

두 번째 유체이탈로 두 가지를 알아냈다.

첫 번째, 육체는 영혼이 빠져나가도 정상적으로 작동한다는 거였다. 움직이거나 말하지는 못해도 숨을 내쉬는 데는 문제가 없었다. 누가 봐도 그저 자고 있구나, 하고 생각할 정도로 특이할 게 없었다.

두 번째는 에너지였다. 유체이탈을 위해선 충분한 에너지가 필요했다.

*

유체이탈에 성공하는 주기를 기록하기 시작했다. 처음과 두 번째 사이의 간격은 3개월이었고, 두 번째에서 세 번째 유체이탈까지는 보름이 걸렸다. 세 번째에서 네 번째 역시 보름. 네 번째에서 다섯 번째는 일주일로 줄어들었다.

간격이 짧아진 가장 큰 이유를 추정해보면 무엇보다 신체 에너지가 증진되었다는 것이다. 그것 말고는 딱히 근거를 찾기 어려웠다. 그즈음 나는 수면제를 끊고 대신 유체이탈을 위해 정상적인 수면 패턴을 연습했다. 약에 의존했던 첫 번째와 두 번째 유체이탈에 비해 약을 먹지 않고 잠들었던 세 번째 지속 시간이 더 길었기 때문이다.

수면제 없이 잠드는 날이 늘어날수록 체력도 그만큼 좋아졌다. 자연스러운 수면을 위해 운동을 병행한 효과였다. 약을 끊고 운동을 하다니. 그만큼 내게는 유체이탈이 간절했다.

어디로든 갈 수 있고 어떤 고통도 없는 자유. 무엇에든 금세 한계에 봉착했고 그래서 무엇에든 쉽게 갇혀버렸던 나는 꿈같은 그런 '자유'를 갈망했다. 현실에서 경험할 수 없는, 불가능한 자유가 잠든 이후, 유체이탈 상태에서는 비로소 가능해졌다. 내게 그것은 이제 중독이자 회복제인 셈이었다.

유체이탈 지속 시간이 길어짐에 따라 이동 반경의 범위 역시 늘어났다. 세 번째까지는 아파트 단지 안에서만 배회할 수 있던 게, 다섯 번째쯤 되자 아파트 근처 공원까지 이동할 수 있었다.

육체를 벗어나 자유롭게 움직이는 나는 혼자가 아니었다. 내게 말을 거는 존재들이 있었다. 물론 그들은 사람이 아니었다. 겉모습만으로는 사람인지 아닌지 구별하기 어려웠지만 그래도 알 수 있었다. 그들은 모두 가람처럼 이미 죽은 자들이었다.

나는 산 사람과 영혼의 차이를 눈빛으로 알아챘다. 죽은 이들의 눈은 텅 비어서 아무리 환한 빛이 쏟아져도 반짝거리지 않았다. 가로등 아래 서 있는데도 눈빛에 생기가 없었다. 표현 그대로 '죽은 눈'이라 할 만했다. 그것이 내가 깨달은 영혼의 특징이었다.

때때로 사고 난 당시의 끔찍한 형상을 한 영혼을 마주칠 때도 있었다. 그들은 대체로 자기 죽음을 인지하지 못했고, 다른 영혼이나 산 사람들에게 달려가 살려달라 애원하며 빌었다.

당연하게도 누구도 도와주지 않았다. 그렇게 시간이 흐르고 나면 어느새 그들 역시 텅 빈 눈이 되어 우두커니, 아무 말 없는 조용한 영혼으로 거리를 서성거리게 되었다.

나 역시 부러 그들을 도우러 나서지는 않았다. 어떻게 도와야 할지 방법도 몰랐고, 그런다고 달라지는 게 있을까 싶었다.

그들은 이미 죽었다. 그들이 정말 죽었다고 산 사람에게 알린다는 게 무슨 의미가 있는 지 몰랐다. 죽은 건 죽은 거였고, 산 건 산 것이었다. 그 경계는 돌이킬 수 없는 진리였다.

나는 계속해 이동 반경을 넓혀갔다. 반경이 넓어지고 실행을 반복하면서 알게 된 건 유체이탈 상태의 몸은 줄 끝에 추가 달린 풍선 같다는 거였다. 쉽게 말하자면 육체와 영혼의 거리는 무한히 멀어질 수 없었다.

최대로 멀어질 수 있는 거리는 육체의 걸음으로 30분 정도. 그 이상 멀어지면 순식간에 육체로 끌려 들어와 눈을 떴다. 강제적으로 되돌아온 후에는 몸살 같은 피로감에 며칠을 골골거리며 앓아누웠다. 심할 땐 숨을 내쉴 때마다 갈비뼈 부근이 아릴 정도였다.

딱 한 걸음 차이였다. 한 걸음 차이로 강제적으로 영혼이 되돌아온 날, 나는 육체를 쥐어짜는 고통에 몸서리치며 생각했다. 이게 죽을 때 겪는 고통이라면 결코 죽고 싶지 않다고. 그야말로 뼈 마디마디가 부서지는 듯한 통증이었다. 목과 등, 허리, 무릎, 발목이 전부 다 잘게 빻은 유리로 문질러지는 것 같았다. 고통이 일깨워주었다.

완전한 자유는 없구나….

나는 뼈저리게 배운 교훈을 뼛속 깊이 새겼다.

*

유체이탈로 나는 뭘 할 수 있는가?

그걸 정확하게 알게 된 건 그로부터 한 달이나 지났을 때였다. 날짜까지 기억한다. 새해가 되던 1월 1일 자정이었다.

평년의 기온이던 날씨가 영하 십 도 밑으로 뚝 떨어졌고, 나는 그때도 도로에 선 영혼들을 무심히 지나치며 반경 안으로 한동안 걸었다. 영혼들의 눈길이 나를 무심하게 좇았지만 신경 쓰지 않았다. 일제히 한쪽으로 움직이는 고갯짓이 꼭 어항 속 물고기들 같았다. 위아래로 훑어대는 텅 빈 눈길들과 마주칠 때면 오싹해지기도 했다.

거리엔 치우지 않아 단단하게 언 눈덩이들이 아무렇게나 뭉쳐져 있었다. 공원을 지나쳐 걷는데 미끄럼틀 주위에 웅성거리듯이 모여 있는 영혼들이 눈길을 끌었다.

양복 차림의 중년 남자와 얼굴이 잔뜩 일그러진 노파, 하반신이 뒤틀린 채 오토바이 헬멧을 쓴 영혼이 나란히 서서 미끄럼틀 원통 안을 들여다보고 있었다.

지나치려다 걸음을 돌렸다. 저런 식으로 영혼들이 모여 있는 걸 본 적이 없었기 때문이다. 호기심에 다가서자 그들의 표정이 정확하게 보였다. 그들은 웃고 있었다. 그것도 활짝. 너무도 기쁜 사람들처럼. 너덜거리는 피부가 축 늘어져 있고, 붉은색 속살이 드러난 채로 웃었다.

뒤에 서서 고개를 내밀고 원통 안을 들여다보았다. 그 안에 검은색 패딩을 입고 잠든 앳된 소년이 있었다. 열세 살쯤, 혹은 열넷쯤. 초등학생은 아닌데 아무리 봐도 중학교를 졸업한 나이 같진 않았다.

추운지 몸을 웅크린 소년은 볼이 새빨갰다. 색색 내쉬는 코와 입가로 하얀 김이 희미하게 퍼졌다. 금방이라도 멎을 듯 숨결은 연약했다. 둘러싼 영혼들은 숨이 꺼져가는 소년을 보며 환하게 미소를 지었다. 징그럽도록 기쁜 미소들이었다.

어떻게 할까 고민하다 영혼들 사이를 밀쳐내고 안으로 팔을 뻗었다. 여기서 자면 죽을지도 몰라. 조심히 흔들어 깨우려 했다. 유체이탈 상태라는 걸 깜빡해버린 몸짓이었다. 그렇게는 소년을 깨울 수 없으리란 사실을 잊은 것이다.

소년의 발목으로 손을 뻗었다. 유체이탈 상태에서 처음으로 내 몸이 아닌 타인의 몸에 손을 댄 순간이었다.

이상했다. 몸이 무겁고 뜨거웠다. 입술을 벌리기 무섭게 격한 기침이 튀어나왔다. 머리가 지끈거리고 아팠다. 몸은 그보다 더 고통스러웠다. 내쉬는 게 버거울 정도로 숨이 뜨거웠다.

눈을 뜨고 싶었다. 눈꺼풀에 힘을 줘야 했고, 간신히 눈을 떴다. 내 방이 아니었다. 어떤 상황인지, 어디인지 알 수 없었다. 이리저리로 돌아보았다. 어둡고 좁았다. 바닥이 평평하지 않았고 천장이 너무 가까웠다.

"아…."

벌어진 입술 새로 나온 목소리가 낯설었다. 그제야 나는 내가 소년의 몸에 들어와 있다는 걸 알아챘다.

굳어버린 몸을 펴며 힘겹게 일어났다. 원통에서 빠져나왔다. 찬 바람에 윗니와 아랫니가 저절로 딱딱 부딪혔다. 바닥을 딛고 서는데 몸이 기울어지듯 휘청거렸다.

공원 맞은편에 내가 사는 아파트 단지가 우뚝 서 있었다. 대부분의 집 창문이 까맣게 죽어 있었다.

잔뜩 굳은 다리를 억지로 움직여 걸음을 한 발씩 떼었다. 걸음마다 시야가 어두워졌다가 밝아지기를 반복했다. 더는 버틸 수 없어…. 그렇게 생각한 순간 몸이 길바닥에 쓰러졌다.

*

공원에 쓰러져 있다 발견된 소년이 때마침 지나던 행인 덕분에 병원에 실려가 살았다는 소문이 아파트에 퍼졌다.

사람들은 미주알고주알 소년에 대해 떠들어댔다. 가출한 애라더라, 학대받아 도망친 애라더라, 다른 지역의 보육원에서 온 애라더라, 공원에서 죽으려고 했다더라….

말들은 많았으나 무엇이 진실인지는 아무도 몰랐다. 사람들이 아는 건 소년이 죽지 않았다는 사실뿐이었다.

*

공원이 한눈에 보이는 아파트 베란다에서 미끄럼틀을 내려다보았다. 소년, 정확히는 소년의 몸에 들어간 내가 쓰러졌던 곳을 찾고 있었다.

몸을 괴롭히던 열기와 고통, 가쁜 숨, 무거우면서도 가볍던, 의지대로 움직이던, 내 것이 아닌 몸의 감각. 쓰러질 때 느낀 몸과 바닥의 차가움을 떠올리며 주먹을 쥐었다 펴기를 반복했다.

내 몸이 아닌 타인의 몸에 들어갈 수 있다.

그건 섬뜩하면서도 흥미로운 가설이었다.

*

오래전부터 나는 세상에 나쁜 인간들이 너무 많다고 생각했다. 더 견딜 수 없었던 건, 그들이 제대로 죗값을 치르지 않는다는 사실이었다. 법은 증거가 부족하다며 그들을 놓아주었고, 사람들은 시간이 지났다며 잊어버렸다. 피해자는 평생 두려움을 짊어지고 사는데, 가해자는 몇 년도 채 지나지 않아 다시 거리를 활보했다.

그들은 사과하지도 않는다. 오히려 자신이 이겼다고 믿는 얼굴이다. 한 번 용서받은 악은 반드시 다음 피해자를 만든다는 걸 안다. 나 또한 그 피해자와 다르지 않기에….

그래서 생각했다.

누군가는 그 고리를 끊어야 한다고.

법이 닿지 못하는 곳에서, 정의가 도착하지 못한 자리에서, 누군가는 대신 책임을 져야 한다고. 그것이 잔혹하더라도, 한 명을 멈추게 함으로써 또 다른 열 명을 지킬 수 있다면, 그건 단순한 살인이 아니라 합리적인 선택이라고. 복수가 아니라 차단이라고!

나는 영웅이 되고 싶었던 게 아니다. 다만 더 이상 방관자로 남고 싶지 않았다.

누군가는 벌을 내려야 한다.

그게 나라면, 내가 감당하면 된다고 생각했다.

*

내 몸이 아닌 타인의 몸에 들어갈 수 있다.

내 몸이 아닌 타인의 몸에 들어가 마음대로 움직일 수 있다.

어쩌면 이건 기회인지도 몰라.

*

몇 번의 시행착오 끝에 알아냈다. 유체이탈을 한 상태에서 타인의 몸에 손을 대면 그 몸에 들어갈 수 있다는 걸. 물론 단순히 손을 가져다 댄다고 무조건 그게 가능한 건 아니었다. 들어가려는 대상이 흔들어 깨워도 일어나지 못할 정도로 깊이 잠들었거나 정신을 차리지 못할 정도로 위독한 상황에서만 가능했다. 단순히 잠들어 있는 상태, 흔들어 깨우면 언제든 일어날 수 있는 정도에서는 몸에 들어가봤자 금방 튕겨져 나왔다.

타인의 몸에 들어가 움직이는 일은 물에 흠뻑 젖은 무거운 옷을 입고 돌아다니는 것과 비슷했다. 몸도 무거웠지만 축축한 느낌처럼 찜찜했고, 기분이 나빴다.

내 것이 아닌 육체를 움직여야 하는 데서 오는 이질감도 컸다. 단순히 다르다는 감각이 아니라, 굉장히 불쾌한 감정이 동반되었다. 목소리는 물론이고 팔을 드는 사소한 행위조차 부자연스럽게 느껴졌다. 아니, 부자연스러운 정도에 그치지 않고 끔찍한 감정이 수반되었다.

몸이 익숙해지도록 쉼없이 움직이다 보면 그래도 나아지기는 했다. 집 안을 걸어 다니는 것도 가능하고, 부러 소리내 말하다 보면 제법 몸의 주인처럼 움직일 수 있었다.

"완벽해!"

내 것이 아닌 목소리로 처음 내뱉은 말은 이것이었다. 그건 육체의 주인이 아닌 육체를 강탈한 영혼, 즉 나의 생각으로 나온 말이었다.

*

다큐멘터리에서 본 살인자의 말처럼 나 역시 첫 살인의 모든 걸 기억한다.

2년 전 여름이었고, 81년생 남자였다. 그는 내가 사는 아파트 단지 맞은편에 살았다. 거기 빌라형 원룸 3층이 그의 집이었다.

그를 목표로 삼은 건 우연한 계기에서 비롯되었다. 우편물을 잘못 가져온 게 시작이었다.

그때 나는 현관에 들어서고 나서야 들고 들어온 우편물이 내 것이 아니라는 걸 알았다. 주소에 적힌 숫자는 비슷했는데, 건물과 층이 달랐다. 귀찮은데 모른 척 그냥 버릴까, 생각도 했으나 중요한 우편물일 수 있다는 양심에 망설였다.

시선을 사로잡은 건 왼편 상단에 적힌 '보낸 이'였다. 우편물을 보낸 건 성평등가족부였다.

마음대로 뜯어보면 안 된다고 주저하면서도 우편물 위쪽을 조심스럽게 열었다. 내용물은 간단했다. 상단에 적힌 '고지 정보서' 아래로 근방에 사는 성범죄자의 사진과 이름, 나이, 주소와 범죄 행위 등이 기재돼 있었다.

사진 속 남자의 얼굴을 오래 들여다보았다. 남자는 13세 미만 청소년을 강제추행해 징역 4년, 신상 정보공개 및 고지명령 10년을 선고받은 범죄자였다.

"개새끼…. 죽일 놈…. 쓰레기 같은…."

나도 모르게 욕설을 중얼거리고 있었다. 손에 힘이 들어가 들고 있던 고지서를 힘껏 움켜쥐었다. 종이 구겨지는 소리가 거슬릴 만큼 유난히 크게 들렸다.

13세 미만….

중학교도 들어가지 않은 아이에게 그토록 질 나쁜 범죄를 저지른 놈이라니.

강한 살의가 뻗쳐 나왔다. 개만도 못한 그놈을 가능하다면 내뱉은 욕처럼 죽이고 싶었다. 쓰레기 같은 놈을 세상에서 없애버리고 싶었다. 다시는 이딴 짓을 저지르지 못하게, 영영 손발을 쓰지 못하도록 만들어버리고 싶었다.

'그런데 그게 가능하다면…. 누구에게도 들키지 않고 놈을 죽일 수만 있다면. …지금의 나라면 가능하지 않나?'

우편물을 소파 위에 던져두고 베란다로 가 창문을 열었다. 고지서의 남자가 사는 주소는 애써 찾지 않아도 한눈에 보일 만큼 가까웠다. 아파트 단지 입구 앞 차도를 건너면 그가 사는 6층짜리 빌라식 원룸이 있었다. 주소가 맞다면 놈과 나는 불과 200미터 남짓한 거리에 있었다.

고작 200미터였다. 아파트 근방에 유치원이 두 개, 500미터

거리에는 초등학교도 있었다. 그가 마음만 먹는다면 피해자는 너무도 쉽게 '또', '얼마든지' 나올 수 있었다.

"개새끼…."

더는 고민할 필요가 없었다.

*

집은 짐작한 것보다 더러웠다. 먹다 남은 배달 용기들이 구석에 쌓여 있었고, 술병이며 과자 봉지가 아무데나 뒹굴었다. 본능적으로 쓰레기를 피하느라 발이 신중하게 움직였다.

현관문에서 대각선 방향으로 매트리스가 깔려 있었는데, 그 위의 회색 이불이 반복적으로 오르내렸다.

잠든 얼굴을 들여다보았다. 정확히 그놈인지 한 번 더 확인해야 했다. 그동안 살집이 붙었는지 사진보다 턱선이 둥글었지만 틀림없었다.

잘 씻지 않는 것 같았다. 수염도 제멋대로 자라게 둬 지저분했다. 치아도 누랬다. 잠깐 망설이고 말았다. 이따위 몸에는 들어가고 싶지 않다는 강렬한 거부감과 싸워야 했다. 그래도 어쩔 수 없었다. 두 눈 꾹 감고 남자의 가슴께로 손을 뻗었다.

"헉!"

숨을 몰아쉬며 눈을 떴다.

들이마신 숨이 가슴을 움켜쥐듯 조여왔다. 나는 육중한 무게의 감각을 느끼며 몸을 모로 돌렸다. 몸무게를 이렇게 실감 나게 느끼는 건 낯설었다. 아직 가시지 않은 취기와 숙취가 동시에 몰려와 속을 거북하게 두드려댔다.

메슥거리는 걸 참아가며 손으로 눈두덩이를 비볐다. 영혼인 상태에서는 맡지 못했던 냄새가 코점막을 후비며 괴롭혔다. 음식물 비린내가 코를 찔렀다. 환기를 안 시켜 더 지독했다, 산처럼 쌓아둔 옷가지에서 나는 땀 냄새와 체취가 뒤섞여 울렁거리는 속을 부채질했다.

도저히 참을 수 없어 손으로 입을 틀어막고 싱크대로 달려갔다. 개수대를 붙잡고 억억거리며 속을 다 게워냈다.

쌓인 접시와 식기 위로 토사물이 쏟아졌다. 개수대에서 올라오는 하수구 냄새와 구토물 냄새가 섞여 역겨웠다. 도저히 못 참고 또 신물을 토해냈다. 그렇게 몇 번 더 토악질하다 보니 무릎에 힘이 풀려 주저앉고 말았다. 익숙하지 않은 낯선 몸이 기계처럼 삐걱거렸다.

"좀 치우고, 좀 씻고 살아, 이 더러운 새끼야."

나는 남자에게 충고라도 하듯 허공에 대고 소릴 질러댔다. 내게 육체를 빼앗긴 남자의 영혼이 이곳 어딘가에 있을지 모른단 생각이 잠시 들었다. 아니면 몸 안 깊숙이 봉인되듯 숨겨져 있거나.

도저히 일어설 힘이 나지 않아 싱크대 서랍장에 한동안 등을 기대고 앉았다.

여전히 속이 울렁거려 참아내기 어려웠다. 손가락에 힘을 꾹 주었다. 양손 손등에는 옅은 상흔이 보였다.

천천히 오른손 새끼손가락부터 접어보았다. 손가락은 내 의지대로 바들거리며 접혔다.

완전히 열 손가락을 접고 난 뒤에야 다음 차례로 다리에 힘을 주었고, 무릎을 굽혔다. 바닥을 짚고 힘겹게 느리게 일어서자 뒤늦게 남자의 체구가 어느 정도인지 짐작되었다.

시야가 평소보다 높았다. 싱크대는 허리선보다 아래 있었고, 움직일 땐 발소리가 묵직하게 바닥을 울렸다. 다리를 끌듯이 걸어 화장실 문을 열었다. 화장실도 더럽기는 마찬가지였다. 환풍기를 돌렸는데도 담배 냄새와 역한 비린내 같은 게 사라지지 않았다.

세면대 앞에 섰다. 몸이 비틀거리듯이 흔들렸다. 세면대를 붙잡고 고개를 든 다음 거울을 보았다. 눈썹을 가린 덥수룩한 머리카락 아래로 놈의 작은 눈이 드러났다.

눈은 얼굴 크기에 비해 유난히 작았다. 오른쪽 눈가에, 정확하게는 눈 밑에 난 긴 상처 때문인지도 몰랐다. 턱에는 거뭇하게 수염이 자라 있었고, 입가엔 토사물 자국이 지저분하게 붙어 있었다.

짧고 굵은 목, 두툼한 손과 살찐 덩치. 비호감 외형을 차치하고라도, 그에게선 누구라도 움츠러들게 만들 위압감이 풍겼다.

이자와 대면했을 피해자의 연약한 모습들이 그려졌다. 어디로도 피할 수 없는 벽처럼 느껴졌을 때, 피해자의 심정은 어땠을까. 얼마나 두려웠을까.

두터운 손에 어깨를 붙들렸을 때, 도망치면 가만 안 둔다고 이를 드러내고 협박할 때, 피해자는 어떤 기분이었을까.

할 수만 있다면 그 벽을 부수고 싶지 않았을까? 죽이고 싶은 마음이 들지 않았을까?

거울에 비친 놈을 노려보다가 미간을 찌푸리며 고개를 돌렸다. 두리번거리다 보니 바닥에 던져둔 은색 샤워 호스가 눈에 들어왔다. 눈짐작으로 대충 재보니 목에 올가미처럼 걸어도 나쁘지 않을 것 같았다.

수도꼭지와 연결된 호스를 돌려서 뺐다. 손가락과 손목 관절이 모두 움직여야 해서 시간이 좀 걸렸다. 길게 늘어진 호스를 목에 감고 쉽게 풀리지 않도록 조심하며 화장실을 나왔다.

호스를 걸 만한 델 찾아보았다. 놈의 몸무게를 견딜 만한 뭔가를 찾는 게 쉽지 않았다.

밖으로 나가서 방법을 찾아보는 게 좋을까? 밖에는 그런 데가 널렸을 것이다. 문제는 사람들 눈에 띈다는 것이다. 아무리 밤이라도 밖에서 목을 매달다가 사람들 눈에 띄기라도 하면 운 나쁘게 살아날지도 모르는데….

호스를 목에 감은 채 우물쭈물하는 사이, 왼쪽 다리에서 자꾸만 힘이 빠져나가는 것 같았다. 남자가 발버둥 치고 있다는 걸 직감했다. 더는 지체할 시간이 없었다.

이리저리 더 살피다가 매트리스가 있는 벽면에 박힌 못을 발견했다. 가까이 다가가 확인해보니 매트리스를 딛고 서는 게 아니라면 충분히 목을 매달 수 있을 것 같았다.

힘이 빠지고 있는 왼쪽 다리를 들어 매트리스 위로 올렸다. 거길 딛고 서서 호스 끝을 길게 나온 못에 걸었다.

호스가 제대로 걸렸는지 확인하고 무릎에 힘을 뺐다. 순식간에 호스가 목을 조였다. 컥, 소리가 벌어진 입술 사이에서 튀어나왔다. 눈가로 열기가 몰려들었다. 심장 박동이 미친 듯이 거셌다. 생명의 위험을 감지한 육체가 본능적으로 뒤틀며 움직이려 했다.

나는 살려는 본능을 참아내며 최대한 몸에서 힘을 뺐다. 다리에 힘을 준다면 충분히 살 수 있을 테지만, 그럴 생각은 추호도 없었다. 놈에게 필요한 건 처벌이지 경고가 아니었다.

까무룩 시야가 꺼졌다. 다시 정신을 차리니 몸이 잘게 진동하고 있는 게 느껴졌다. 미처 삼키지 못한 침이 입에서 흘러내렸다.

맞은편 벽에 걸린 텔레비전의 까만 화면에 비쳐 보였다. 무릎을 굽힌 자세로 호스에 매달린 남자가. 처참한 최후의 장면을 보니 육체적 고통도 잊고 웃음이 났다.

"이봐, 보여? 당신이 어디에 있는지는 모르겠지만, 지금 이 모습을 꼭 보고 있었으면 좋겠다. 당신은 나한테 살해당했다고 생각하겠지만, 남들은 당신이 자살했다고 결론지을 거야.

엄연한 타살이지만 완벽한 자살! 그게 당신 같은 쓰레기의 최후니까."

어두워졌다가 밝아지기를 반복하던 시야가 완전히 깜깜해졌다. 나는 놈의 육체에서 비로소 생명이 빠져나갔음을 알아챘다. 세상이 온통 어두운 가운데 날벌레 나는 소리가 간간이 들렸다. 육체가 당장 죽어도 청각은 얼마간 살아있다는 말이 사실인 모양이었다.

쓰레기 같은 인간이 듣는 마지막 소리가 누군가의 애달픈 흐느낌이나 애도의 말이 아닌 고작 벌레 날갯짓이라는 것! 그게 몹시 마음에 들었다.

*

화들짝 놀라며 눈을 떴다. 익숙한 공간, 내 방이었다.

창문으로 들어오는 빛이 노오란 게 벌써 낮인 모양이었다.

아! 문득 생각난 게 있어 이불을 걷어차고 일어나 앉았다. 침대에서 내려와 현관으로 달려갔다. 엘리베이터를 기다리는 잠깐을 참을 수 없어 계단으로 뛰어 내려갔다.

아파트 단지를 나와 어슬렁거리는 척하다가, 차도 건너편에 정차해 있는 구급차와 경찰차를 발견했다. 내딛던 발을 슬쩍 안으로 다시 모았다. 굳이 더 움직일 필요가 없었다.

경찰차 주위로 모여든 사람들은 다들 인상을 쓰고 한 쪽을 처다보고 있었다.

얼마 지나지 않아 거기서 구급대원들이 흰 천으로 덮은 들것을 들고나왔다. 구급차에 실어 문을 닫고는 경찰에게 알린 뒤 운전석과 보조석에 올라탔다.

구급차가 금세 멀어졌다. 남은 경찰관 둘은 대수롭지 않은 표정들이었는데, 경찰관 하나가 한 중년 여자를 가리키자 다른 경찰관이 그녀에게 다가가 말을 걸었다. 모였던 사람들이 이내 흩어졌다.

나는 놀라긴 해도 내심 시원해하는 것 같은 여자의 표정을 읽었다.

"아유, 복도까지 냄새가 지독해서 두드렸더니 아무 대답이 없더라고. 혹시나 해서 신고했는데 정말로 죽었을 줄 누가 알았겠어?"

여자는 항변이라도 하듯 크게 소리 내 말했다. 경찰들은 시큰둥하게 듣기만 했다.

나도 모르게 웃음이 터져 나와 얼른 손으로 입을 가렸다. 진술을 듣던 경찰관 한 명과 시선이 마주쳤을 땐 목뒤로 오싹 소름이 돋았다. 입가를 가린 채 등 돌려 얼른 걸었다. 금방이라도 경찰이 불러 세워 추궁할까 두려웠다.

집으로 돌아와 베란다 아래를 넌지시 내려다보았다. 벌써 경찰차는 돌아가 버렸다. 진술한 목격자도 보이지 않았다. 긴장이 풀려 그런지 어깨가 저절로 축 늘어졌다.

남자가 죽었다! 더 알아보지 않아도 자명했다. 놈을 덮어 굴곡진 들것의 흰 천이 환시처럼 눈꺼풀 위를 돌아다녔다.

남자의 죽음을 의심할 사람이 있을까? 목에 힘이 들어갔다. 중요한 건 지금부터였다.

*

걱정과 달리 경찰이 나를 찾아오는 일은 없었다. 남자의 죽음이 서류상으로 어떻게 처리되었는지는 모르지만, 적어도 살인이라 적히지는 않았을 거란 확신이 들었다. 그의 집에 침입한 건 육체가 없는 내 영혼뿐이었고, 영혼은 아무런 흔적도 남기지 못한다.

남자를 죽인 건 남자 스스로일 수밖에 없었다. 정확하게는 남자의 육체를 강탈한 내 영혼이 죽인 것이지만, 눈에 보이지 않는 진실 따윈 어떤 영향력도 없는 것이다.

"당연하게도…."

보이는 것만이 진실로 성립할 수 있었다.

*

여름이 끝나갈 무렵, 노란색 유치원 버스가 아파트 단지 앞에 정차했다.

문이 열리자 원복을 입은 아이들이 우르르 뛰어나왔다.

더듬어보니, 그의 집 창문은 아파트 단지 입구가 훤하게 보이는 곳을 향해 나 있었다. 베란다에 무릎을 꿇고 앉아 그가 살았던 집을 오래 쳐다보았다.

나의 첫 살인. 첫 피해자. 그러나 누구도 알아채지 못할 살인사건. 완벽한 타살인 동시에 완전한 자살이었다.

*

멈춰둔 영상을 끄고 노트북을 덮었다. 자신이 뭐라도 되는 양 지껄이는 살인자의 하는 짓이 더는 흥미롭지 않았다. 저보다 약한 사람들만 골라 죽여놓고는 신이라도 된 것 같아?

살인범에게 쏘아붙이고 싶은 말을 삼키며 입 안쪽 살을 깨물었다.

살인범을 이해하고 싶지는 않으나, 나 역시 첫 살인을 그렇게 선명하게 기억하고 있다.

처음 죽인 놈의 얼굴은 흐릿했지만, 여전히 그때의 감각과 감정들은 생생하게 남아 혈맥을 흘러 다니듯 꿈틀거렸다. 강렬한 의지와 맹렬한 분노, 성공했다는 자부심과 죽였다는 죄책감까지. '그날'에 관한 전부가 내 살과 뼈에 스며들어 있었다.

그날 이후로도 음주운전으로 무고한 사람들을 죽여놓고도 집행유예로 풀려난 놈, 보복 폭행으로 엉뚱한 사람을 애꿎게 죽게 만든 놈까지 모든 살인의 기억이 내게 각인돼 있다.

메신저 알람 소리에 등받이에서 몸을 뗐다. 핸드폰을 켜니 우제트의 메시지가 들어와 있었다.

목표물의 사진과 이름, 나이, 주소와 상세한 범죄 내용을 꼼꼼하게 읽고 나서, 손등으로 가볍게 눈두덩이를 눌렀다. 내게 남은 밤은 이제 길지 않다. 길지 않은 밤을 허투루 보내지 않으려면 하나도 놓쳐선 안 된다.

"다음은 너야."

휴대폰 액정을 채운 증명사진에다 대고 그렇게 속삭였다. 열세 번째 살인을 위해 나는 자리를 털고 일어섰다.

현서, 그날들

"너 기억하려나? 전에 왜, 연지동에서 아홉 살 어린애 건드린 놈 있었잖아. 그놈도 죽었대. 자살이라 하더라."

자판기에 동전을 넣으려다 말고 현서는 손가락이 멈칫했다. 그 바람에 손에서 백 원짜리 동전 하나가 바닥으로 떨어져 또르르 굴렀다.

나머지 동전 하나도 손가락 끝에 아슬아슬 걸쳐져 있었다.

"언제 죽었대?"

동료를 돌아보며 시큰둥하게 물었다.

"일주일 됐대. 아들이랑 연락이 안 된다고 모친이 집에 찾아갔나 보더라고. 집에 들어가 보니 양쪽 손목이 거의 다 잘려 있었다더라. 사인은 과다출혈인데, 사람이 자기 손목을 그렇게까지 자를 수 있는 거냐고. 해괴한 방법 때문에 자살이니 아니니 말이 좀 많았나 봐. 그거 외에는 타살 정황도 없고, 침입한 흔적도 아예 없고.”

동료는 자판기에 슬쩍 기대어 비스듬히 서서는 말을 이었다.

“더구나 혈흔이 묻은 칼이 시체 바로 옆에 있었다는 거야. 감식반 말로는 그 칼에서 발견된 게 본인 지문뿐이라고 하더라고.”

손에 든 종이컵을 빙글빙글 돌리던 동료가 어깨를 으쓱거렸다. 현서는 다시 주워든 동전을 넣고 아무 버튼이나 눌렀다. 경찰서 자판기는 아무거나 눌러도 마찬가지였다. 여섯 개 버튼 뭘 눌러도 나오는 건 달디단 믹스 커피였다.

“그나마 양심이 있는 놈인가? 아니지, 애초에 그런 놈이었으면 몹쓸 짓도 안 했겠지?”

종이컵에 담긴 커피를 꺼내며 현서가 퉁명스레 덧붙였다.

“뻔뻔한 놈인 거지. 죗값도 안 받고 도망친 거나 마찬가지니까.”

“여하간 요 몇 달 뒤숭숭한 일 천지다. 두 달 전에도 오피스텔 옥상에서 떨어진 놈 있었잖아? 그놈도 애들 건드리던 학원 선생이었고. 나쁜 놈들이 알아서 죽어주니 속시원하기는 한데, 좀… 찝찝해. 이런 걸 뭐라고 해야 하나? 신이 내린 벌? 아님 속죄?”

시간을 확인하곤 동료가 가봐야겠다며 종이컵을 쓰레기통에 던졌다. 남은 커피가 튀어 바닥에 묻었다. 야외 흡연구역에

홀로 남은 현서는 그제야 굳었던 표정이 풀어졌다.

경찰서 구석의 야외 흡연구역에서 여성청소년과로 가려면 지상 주차장을 가로질러 지나가야 했다. 먼 건 아니지만 번거롭다고 할 정도는 되는 거리였다. 천천히는 7분 내지 5분. 빠르게 걸으면 3분 정도 걸렸다.

"개새끼…."

현서의 입에서 나오는 개새끼란 바로 동료가 말한 아홉 살 어린애를 건드린 놈이었다.

신고가 접수된 건 작년 8월께였다. 지금이 4월 중순이니, 벌써 8개월 전이었다. 경찰서를 찾아온 부모는 분통을 터트렸다.

"아이가 성추행당한 것 같아요."

아이 엄마가 껵껵거리며 간신히 말하자, 아이 아빠가 옆에서 분한 듯 소리쳤다.

"같은 게 아니라, 당한 거야. 그 개새끼가 우리 애를 건드렸어!"

30대 중반쯤 된 아이 엄마는 내내 흐느껴 울었다. 아이 아빠도 연신 가슴을 들썩거리며 분을 참지 못했다.

현서는 진정하시라며 둘 다 의자에 앉히고 시원한 물을 가져다주었다. 물컵을 건네며 슬쩍 보니 아이 아빠는 신발이 짝짝이였다.

그들이 아이의 성추행 피해 사실을 처음 인지한 건 학원 선생에게서 온 전화 때문이었다.

아이에게 문제가 생긴 것 같아요. 조심스레 말문을 연 학원 선생이 상황을 자세하게 설명했다. 최근 들어 아이가 작은 소리에도 깜짝깜짝 놀라고, 사소한 신체 접촉에도 과민하게 군다고. 이를테면 징그러운 벌레라도 닿은 듯이. 그러면서 조심스레 상담을 권했다.

부모는 처음엔 대수롭지 않게 여겼다. 요즘은 이른 사춘기도 있다고 하니까. 학원을 바꾸면 문제도 해결될 거라고. 정작 문제가 불거진 건 학교에서였다. 차분하던 아이가 유난히 산만해졌고, 친구들에게 물건을 함부로 집어던진다는 거였다. 칠판지우개부터 의자까지 가리지 않고 집어던지는 통에 아무도 아이 근처에 가지 않는다고 했다.

학교에 불려간 부모는 담당교사로부터 아이에게 문제가 생긴 것 같다는 말을 반복해 들었다. 부모는 그제야 문제라고 인식했고, 아이를 붙들고 집요하게 물었다.

"무슨 일 있니?"

"…"

"무슨 일 있었니?"

"…"

"괜찮아. 엄마랑 아빠가 여기 있잖아. 솔직하게 말해도 돼. 아무 일도 없을 거야."

"…"

아이는 대답 대신 입을 꾹 다물고 계속해 울었다. 울다가 지친 아이가 쓰러지듯 잠이 들었고, 마침내 자정이 지날 무렵 깨어나 말했다. 누가 자기 몸을 만졌다고.

부모는 숨을 삼키지 못했다. 머리가 하얘지고, 끔찍한 기분에 사로잡혔다. 겨우 진정한 아이 엄마가 '누가?' 하고 소리치듯 물었다. 아이는 대답할 수 없다는 듯 고개를 저었다. 아이 아빠가 끈질기게 다독였다. 등을 한참 쓸어내리며, 천천히 말해도 된다고.

"형."

"누구?"

"옆집 형."

그는 예상치 못한, 너무도 뜻밖의 인물이었다. 부모는 연거푸 물었다. 옆집 형이 맞느냐고, 정말로 옆집 형이 너를 만졌냐고. 아이는 한 번의 부정도 없이 물을 때마다 고개를 끄덕였다. 그러곤 제 손으로 마치 남이 저를 만지듯 몸 여기저기 만지는 흉내를 냈다.

부모에겐 아이의 행위 하나하나가 충격적이었다. 더 지켜보지 못하고 아이의 양손을 붙들었다. 막혔던 숨을 몰아쉬었다. 그들의 눈에서는 이미 눈물이 쏟아지듯 흘러내렸다.

그들은 스스로를 원망했다. 옆집 형이란 고등학교를 자퇴하고 의대 입시를 준비하던 열여덟 살 학생으로, 맞벌이였던 자신들을 대신해 종종 아이를 맡아주던 착한 이웃이었다. 공부하느라 바쁠 텐데, 시간 내서 아이까지 봐주다니. 고맙다는 인사가 입에 배어 있고, 예의 바르게 허리 굽혀 인사하는, 요즘 세상에 보기 드문 착한 학생. 그게 아이 부모가 본 옆집 형의 겉모습이었다.

그는 의대 입시 학원이 모여 있는 근처 빌라에서 홀로 머물며, 학원 생활을 했다. 그의 부모는 지방의 대학교수로 격주 주말마다 아들을 방문했다. 일이 있을 때는 평일에도 본 적이 있었다. 자주는 아니어도 아이 부모는 그의 부모와 인사를 나누기도 했다.

교양 있고 예의 바른 전형적인 중년의 지식인 부부였다. 부모를 닮아 아들이 저리 똑똑하고 착한가 보다고, 우리 애도 옆집 착한 학생을 닮았으면 좋겠다고 아이 부모는 덕담을 해주기도 했다. 돌이켜보면 그때 그의 부모는 자기 아들이 무슨 짓을 벌이고 다니는지 알고 있었을 것이라고, 아이 아빠는 자책하며 설명했다.

조사가 시작되고 제일 먼저 진행한 건 피해 아동의 진술 청취였다. 사건 담당은 현서가 아닌 동료 형사였기에 곁다리로 사건 진행을 전해 들었다.

아이는 옆집 형이 무슨 말들을 했고, 어떻게 만졌으며, 그런 일이 몇 번이나 있었는지까지 세세하게 짚어 말할 수 있었다.

"원래 이런 사건에서 피해자들이 제일 힘들어하는 게 이 부분이잖아. 그날의 일을 하나도 틀리지 않게, 다른 점 없이 일관되게 몇 번이나 반복해서 말해야 하는 거. 그걸 아홉 살짜리 애가 하고 있으니….”

동료 형사는 불붙이지 않은 담배를 입에 물고 연신 한숨을 내쉬었다.

현서는 그의 옆에 서서 다 식은 커피를 들여다봤다.

“가해자 쪽은?”

“입술도 안 움직여. 들었지? 가해자 부모가 둘 다 교수인 거. 돈 많은가 보더라. 변호사들이 줄지어 들어오는데 드라마 보는 줄 알았다. 자기 아들 의대 가야 한다고 이런 데 쓸 시간 없다고 화내는데, 난 그쪽이 피해자인 줄 알았잖아. 어찌나 노발대발하는지.”

당연하게도 가해자 측에선 혐의를 인정하지 않았다. 아이와 둘이 있던 적은 있으나 아이가 말한 접촉은 없었다는 게 일관된 주장이었다.

사건은 길고 지루하고 폭력적으로 이어졌다. 가해자 측 변호사는 피해 아동의 진술에 신빙성이 떨어진다고 공격했다. 한편으로 아이의 말을 교묘하게 물고 늘어졌다.

청바지를 내렸다고? 어떻게 내렸는데? 혹시 네가 도와달라고 한 거 아니니? 전에 지퍼가 고장 나서 내려달라고 부탁한 적이 있다며. 그때랑 헷갈린 건 아니야?

아이는 점차 자기 기억을 신뢰하지 못하고 혼란스러워했다. 그랬나? 날 만진 게 도와주려던 건가? 내가 나쁜 아이인가? 내가 거짓말한 건가?

명확한 증거 없이 진술로만 이끌어야 하는 사건이었기에 칼날은 서슬 퍼렜고 방어는 쉽지 않았다. 그리고 그게 문제였다.

지지부진한 사건의 마지막은 '혐의없음'이었다. 수사가 진행되며 아이의 진술이 조금씩 바뀐 게 원인이었다. 정확하게 짚자면 피해 아동의 진술 변화는 결정적인 원인이 아니었다. 진짜는 교묘하게 피해자를 쥐고 흔든 가해자 측 부모와 변호인단이었다.

불기소처분 이후 피해자가 어떻게 되었는지는 현서도 알지 못했다. 다만 사건을 담당했던 동료 형사는 그들이 연지동을 떠나 이사를 갔다고 했다. 아마도 그게 그들이 할 수 있는 최선이었을 것이다.

피해자가 떠난 빌라에 여전히 가해자가 산다더라. 뻔뻔하게 아침이면 학원에 가고, 저녁이면 돌아와서 운동하고, 책도 읽고. 듣자 하니 수능 점수가 잘 나온 것 같더라.

동료 형사는 뒷맛이 쓴 음식을 삼킨 듯 인상을 찌푸렸다. 그런 놈이 의사가 된다고 생각하면 등골이 오싹해. 무서워서가 아니라 역겨워서, 하고 말을 덧붙였다.

그런데… 그렇게 뻔뻔한 놈이 자살을 해?

현서는 식어서 달기만 한 커피를 쓰레기통에 버리며 중얼거렸다.

어느덧 경찰 생활 7년 차에 접어들었다. 스물일곱에 입직해 여성청소년과에서 일한 지는 2년밖에 되지 않았다. 그간 현서가 봐온 아동 대상 범죄자들은 뻔뻔하게 사는 놈들뿐이었지 직접 죗값을 치르려 알아서 죽는 놈들은 없었다. 특히나 변호인단을 줄줄이 내세워 뒤로 숨어버린 놈이라면 더더욱.

"차형사, 오랜만이네."

상념에 빠져 있던 현서가 고개를 돌렸다. 구레나룻부터 턱까지, 수북한 턱수염이 인상적인 김영호 3팀 반장이 사람 좋은 얼굴로 아는 체했다. 현서는 제 덩치보다 두 배는 큰 사내를 향해 고개를 숙였다.

"그러게요, 오랜만입니다."

"여전히 깍듯하네. 우리 팀 애들이랑 차원이 달라. 아직도 걔네들은 그냥 형, 형하고 다닌다. 자식들이 버릇이 없어 가지고."

영호는 농담부터 던지곤 주머니에서 담배를 꺼내 입에 물었다. 라이터를 찾아 더듬거리다가 별안간 어깨를 늘어트렸다. 현서가 그럴 줄 알았다는 듯 라이터를 꺼내 내밀었다.

"역시! 대학에서 심리학 전공했다고 했지?"

현서는 그저 맥없이 웃었다. 심리학에서 라이터 꺼내는 최적의 순간 같은 건 가르치지 않는다고, 인간 심리보다는 오히려 통계나 그래프가 중점이라 숫자를 더 많이 봐야 한다고 말하고 싶었지만 참았다.

"강력계는 여전히 바쁘죠?"

담배 연기를 시원하게 내뿜곤 영호가 툴툴거렸다.

"말도 마. 날이 좋아져서 그런가, 죄다 나와서 사고만 치고 다니나 봐."

현서는 눈치를 보다가 조심스럽게 말을 꺼냈다.

"연지동에서 자살사건 하나 있었다고 하던데. 그거 선배네가 현장에 나갔습니까?"

"연지동? 아… 그 사건."

무슨 사건인지 알겠다는 듯 영호가 등과 팔등이 보이게 양손을 들어 올렸다.

"이거 말하는 거지?"

담배를 문 채 말하느라 발음이 뭉개졌다.

"칼로 자기 손목을 잘랐다는 건 들었어요."

"말도 마. 사람이 아무리 독해도 그럴 수가 있나? 어떻게 자기 양 손목을 자를 수가 있냐고! 도저히 이해가 안 되더라니까? 국과수에서도 이론상으론 가능하다곤 하는데…. 맨정신에 그럴 수 있다는 게 대단하다 싶더라고."

"맨정신… 이요?"

"알코올 검사나 약물검사 다 했지. 국과수에서 할 수 있는 건 다 했어."

괜스레 주위를 한 번 둘러보곤 목소리를 낮췄다.

"그 부모가 어지간해야지. 자기 아들이 의대생인데 이렇게 죽을 리가 없다고 얼마나 난리를 쳐대는지."

"그래서요?"

"검사 결과 나온 거 없고. 타살 정황 없고. 강제로 침입한 흔적도 없고. 걸릴 게 있어야 나오지. 아무것도 안 나왔어. 완벽하게 자살이야. 빌라 입구 CCTV에도 나온 게 전혀 없어.”

“정황상 자살이 확실하네요.”

“완벽한 자살이야. 가족들이야 그럴 리 없다지만, 자살한 사람 속을 누가 아나? 안 그래?”

현서가 고개를 끄덕이며 호응했다. 담배를 재떨이에 털곤 영호가 목을 긁적거렸다.

“사람 속이랑 겉이 얼마나 다른지는 우리가 제일 잘 알잖아. 저희들 말로는 용의자가 있네, 옆집에 살던 가족이 앙심을 품고 그런 거네, 하는데 조사해보니까 옆집은 이사한 지 꽤 됐어. 한 달 전에는 아예 외국으로 이민 나갔더라고. 출입국 기록도 봤는데, 나가고 나선 한국에 들어온 기록도 아예 없고.”

현서는 이제 열 살이 되었을 아이가 어렴풋하게 떠올랐다. 아예 한국을 떠났구나…. 입안이 썼다. 습관처럼 입 안쪽 살을 어금니로 깨물자 비릿한 맛이 혓바닥을 맴돌았다.

“반장님! 지금 빨리 모이랍니다!”

주차장을 두리번거리며 돌아다니던 강력3팀 막내 형사가 그를 발견하고 외쳤다.

“또 뭔 일이래. 아무튼 다음에 또 보자고.”

김반장은 일부러 뛰는 시늉을 했다. 현서는 그가 돌아보지 않을 걸 알면서도 허리 숙여 인사했다. 고개를 들었을 때 그는 이미 보이지 않았다.

손목시계를 확인하고 현서도 본청으로 걸음을 옮겼다. 지나던 순경들이 부지런히 인사를 했다. 본청 건물로 들어서 중앙 계단을 오르다 층계참에서 멈춰 섰다. 우두커니 서서는 방금 도착한 메시지를 뚫어져라 쳐다보았다.

—한도운을 본 것 같아.

중학교 동창이자 지역 신문사 기자로 일하는 은재에게서 온 것이었다. 현서의 손가락이 키패드 위에서 머뭇거렸다. 그 잠깐을 못 기다리고 연달아 메시지가 도착했다.

—연지동에 있는 식당인데, 분명 한도운이었어.

죽은 줄 알았는데… 살아있었나 봐.

설마 연지동에 있을 거라곤 생각도 못 했는데….

조금 전까지 사방에 넘치던 소음이 어디론가 모두 빨려 들어간 듯 귓가가 고요했다. 현서는 아무 문장도 적지 못한 채 메시지만 들여다봤다.

한도운.

메시지에 적힌 이름은 보는 것만으로도 너무 무거웠다.

—어떻게 할래, 현서야?

어떻게 할 거냐고? 그만 헛웃음이 터져 나왔다. 묻지 않아도 대답은 정해져 있었다. 아주 오래전부터 이미 정해둔 계획이었다. 이번엔 고민하지 않고 메시지를 적었다.

—주소 알려줘.

현서는 계단을 오르지도 내려가지도 못한 채 그대로 서서

은재의 답장을 기다렸다. 그러고 있노라니 멀리서 저를 부르
는 도운의 목소리가 들려왔다. 홀린 듯 몸이 돌아갔다.

"대체…."

계단은 텅 비어 있었고 어디에도 도운은 보이지 않았다. 현
서는 소리 나게 침을 삼켰다. 19년 전부터 시작된 기다림의 끝
이 어느덧 보이는 듯싶었다.

4월 25일 PM 22:25 **원영**

손목이 뻐근했다. 아무리 주물러봐도 소용없었다. 뜨거운
수건도 대보고, 얼음팩도 해봤지만 기분 나쁜 뭉근함은 여전
했다. 겉으로 보기에는 깨끗했다.

양손을 탈탈 털며 욕을 뇌까렸다. 젠장, 더러운 새끼 때문에
괜히 잔흔만 남았네.

벌써 일주일이나 지났는데도 후유증이 안 가셨다. 이번까지
열세 번의 심판이었지만, 지금처럼 후유증이 오래간 적은 없
었다. 그동안 15층에서 떨어져도 보고, 몸에 불을 붙여 죽어도
보고, 목을 매달거나 약을 먹어보기도 했다. 온갖 방법으로 타
인의 몸에 들어가 죽여봤으나, 사망한 육체의 흔적이 내 몸에
'잔흔'으로 남은 건 이번이 처음이었다.

"과격한 방법이기는 했지."

그의 몸에 들어가 손목을 자르기까지의 모든 과정을 떠올려

보았다.

우제트가 전해준 정보는 간단했다. 그간의 다른 목표물처럼 사진 밑으로 이름과 나이, 현주소와 저지른 죄가 적혀 있었다.

일주일 전, 손목을 자른 그놈의 특이점은 범죄를 저질렀는데도 처벌받지 않았다는 것이다. 피해자는 존재하는데 가해자는 존재하지 않았다니, 이가 갈렸다.

우제트는 그를 '빌어먹을 손가락'이라고 표현했다. 옆집 사는 아홉 살 아동을 성추행했지만 변호인단을 왕창 꾸려 범죄를 무마시켰다고 했다. 우제트는 그 증거로 놈이 '블랙래빗(Black Rabbit)'이라 불리는 암거래 시장에서 사고팔았던 사진과 영상 기록을 보냈다.

그의 가족 신상으로 가입된 아이디 정보엔 재작년부터 올해까지 수백 건의 구매이력이 기록돼 있었다. 구매한 콘텐츠 대부분은 13세 미만의 남자아이가 나오는 불법 성착취 영상이나 사진이었고, 그밖에 아이로 보이는 피해자가 성인 남성에게 성적으로 학대받는 내용의 만화도 다수였다. 영상은 대체로 아이의 볼을 쓰다듬는 누군가의 손이 나오며 시작됐다. 구역질이 치밀어 차마 볼 수조차 없었다.

나는 우제트가 왜 그를 '빌어먹을 손가락'이라 했는지 단번에 이해할 수 있었다. 그가 아이의 볼을 쓰다듬는 게 수시로 떠올라 몇 번이나 고개를 털어내야 했다.

내가 잊기 위해서라도 손목을 자른 건 당연한 수순이었다.

원래는 손목이 아닌 열 손가락을 일일이 자르는 거였지만, 그러기엔 시간과 기술이 너무 많이 필요했다. 어쩔 수 없이 계획을 수정했다.

놈의 집으로 들어서자마자 나는 놈의 집에, 놈의 이름으로, 내가 주문한(그로서는 당연히 자기가 주문한 적 없는, 그래서 대충 어딘가에 던져뒀을) 택배 상자를 찾았다. 상자는 입구가 뜯겨진 채 부엌 싱크대 위에 있었다. 안에는 절삭력이 좋다며 우제트가 추천해준 칼이 포장된 상태 그대로 들어 있었다.

반질거리는 냉장고 표면에 칼을 든 놈의 모습이 그림자처럼 뭉개져 비쳤다. 나는 몸을 내 의지대로 움직이며 멀거니 허공을 두리번거렸다. 보고 있어? 지금 내가 이 칼로 네 몸에 어떤 짓을 할지 알겠어? 속으로 그렇게 되뇌자 짜릿해지는 기분이 들었다.

칼끝에 검지를 대고 세게 눌렀다. 쇠붙이가 살갗을 뚫고 파고드는 감각이 둔하게 느껴졌다. 칼날을 타고 흐른 피가 아래로 죽죽 흘렀다. 우제트가 추천한 대로 절삭력이 좋아 뭐든 자를 수 있을 것 같았다.

이젠 장소를 고를 차례였다. 어디가 좋을까? 어디서 죽어야 최악의 최후로 보일까? 문득 그의 정보에서 본 내용이 떠올랐다. 교수인 부모가 호화 변호인단을 꾸렸다던.

현관문이 바로 보이는 거실 벽에 등을 기대앉았다. 이 정도면 현관문을 열었을 때 바로 시체를 볼 수 있는 위치였다.

타인의 육체를 통해 느끼는 감각은 10분의 1 내지는 20분의 1 정도였다. 칼로 찔러 피를 내보면서 고통의 정도를 대충 가늠해보았다. 그건 죽음에 이르는 고통도 마찬가지였다. 그다지 심각한 고통은 아니었다. 물론 어디까지나 심각하지 않다는 것이지, 통각이 없지는 않았다. 그래도 이것만이 유효했다. 타인의 몸을 훔쳐 (자살로 보이는) 살인을 저지를 때, 나는 자해를 통해서만 육체를 훼손하는 게 가능했다.

더듬어보면 지난 열두 건의 살인은 어려울 게 없었다. 모두 같은 방식이었다. 목표물을 살해하는 게 아니라, 자살하게 만드는. 내 살인은 그동안 완전무결한 살인인 셈이었다. 반면에 이번 살인은 달랐다.

이번엔 어떻게든 목표물이 고통을 느꼈으면 싶었다. 지난 목표물들은 죽음 그 자체가 벌이었다면, 이번엔 죽음의 과정을 벌로 주고 싶었다. 죽어서도 영원히 잊지 못할 고통을. 그래서 나온 계획이 손가락을 자르는 거였다. 중간에 계획이 수정되기는 했으나 어쨌든 손목을 반 이상은 잘랐고, 사인은 과다출혈이었으니 계획은 어느 정도 달성한 셈이었다.

"마지막 표정을 놓치지 않아서 다행이지."

남자의 양 손목을 반쯤 자르고, 덜렁거리는 손목에서 흐른 피가 웅덩이처럼 고였을 때까지도 나는 여전히 그의 육체를 차지한 채였다. 보통은 죽음 직전 자연스레 튕겨져 나오는데, 그의 죽음은 징그럽도록 천천히 진행된 셈이다.

나는 몸에 더 남아 죽음에 다다를 때까지 기다릴까 하다 마음을 바꿔 육체에서 빠져나왔다. 내가 나오기 무섭게 그는 숨을 들이켜곤 헉헉거리며 간신히 고개를 움직였다. 정신을 차리려는 듯 애쓰다가도 어깨만 달달 떨었다.

나는 놈 앞에 그와 비슷한 자세로 무릎을 꿇고 앉았다. 얼굴을 가만히 들여다보고 있노라니 그 역시 내 시선을 느낀 듯 눈을 뻐끔거리며 이쪽을 응시했다.

그는 뒤늦게 고개를 내려 손목을 확인했다. 턱이 벌어지더니, 새된 목소리가 새어 나왔다. 그렇게 꿈틀거린 게 마지막 발악이었다. 과다출혈로 몸이 옆으로 기울어지더니 그대로 쓰러졌다. 고인 피 위로 쓰러진 채 하얗다 못해 투명해진 얼굴로 '살려줘…' 하고 간신히 입 모양을 만들었다. 나는 그가 내 목소리를 듣지 못한다는 걸 알면서도 귓가에다 속삭였다.

"지랄하지 마. 너한테 구원 같은 건 없어. 지금 내 목소리가 들려? 그렇다면 네 목숨은 끝난 거야."

정말로 내 목소리를 들은 듯 놈이 힘껏 눈을 움직였다. 핏발 선 눈이 내게 멎었다. 나는 놈이 본 마지막 장면이 나이기를 바라며 일부러 함박 미소를 지었다.

거의 꺼져가는 눈을 보다가 일어섰다. 시간은 새벽 3시 29분. 나서기 직전, 그를 처음 발견할 누군가가 볼 광경이 어떨지 확인하고 싶었다. 양쪽 손목이 잘린 상태로 왼쪽으로 기울어져 피에 흠뻑 젖은 남자가 보일 것이다. 기울어진 반대편에는 손목을 자른 칼이 있고, 칼에는 온통 남자의 지문만 찍혀 있다.

완벽한 타살. 완전한 자살.

그의 영혼을 찾아 잠시 기다려보았지만, 어디서도 찾을 수 없었다.

집으로 가는 거리엔 질리도록 봐온 영혼들이 여전히 제자리를 맴돌며 서성거렸다. 담벼락이 허물어진 지 오래된 주택 앞을 느릿하게 움직이는 노인의 영혼, 부서진 오토바이 헬멧을 머리에 쓰고 잘린 무릎만 쳐다보는 남자의 영혼, 놀이터 그네를 도는 대여섯 살쯤 된 아이와 아이를 지켜보는 가로등 아래 중년 여자의 영혼. 그런 특징조차 없이 가만히 선 희뿌연 형체의 영혼들까지.

그들 중 몇은 나를 발견하곤 고개를 움직였지만, 대부분은 멀거니 허공에 시선을 둔 채 못 박힌 듯 거기 머물렀다. 나는 그들을 모른 척 지나쳐 아파트 단지로 돌아왔다.

그게 일주일 전의 일이었다.

—괜찮은 놈을 찾았어. 원하면 줄게.

허벅지와 무릎 중간에 올려둔 핸드폰이 기분 좋게 진동했다. 우제트에게서 온 메시지였다. 답장을 보냈다.

—어떤 놈인데?

—진짜 나쁜 놈. 그것 말고는 표현할 말이 없다고 하던데.

—얼마?

—50

오십이라…. 통장 잔액을 확인했다. 통장엔 2백 몇 만 원이 찍혀 있었다. 입출금 기록을 내려보았다. 일주일 전, 내가 마지막 살인을 실행한 그날 날짜로 150만 원이 입금돼 있었다.

입금자명에 적힌 이름을 소리 내 읽었다. 강해숙….

그 이름을 가진 여자는, 한때는 내가 엄마라 불렀고, 또 한때는 마음을 다해 사랑했으나 앞으로는 영원히 그럴 수 없는 사람이었다.

입금된 금액 전부를 여자의 계좌로 되돌려보냈다. 얼마 안 남은 잔고를 보며 우제트에게 하겠다고 수락 메시지를 보내고 소파에서 일어났다.

배란다 창밖으로 동네 전경이 보였다. 까만 하늘 아래 불이 켜진 집들이 별처럼 지상에 박혀 있었다. 오너먼트로 꾸민 트리를 보는 것 같았다.

이어지는 진동. 제대로 처리하라는 경고와 함께 우제트가 보낸 열네 번째 목표물의 정보가 들어왔다. 눈꼬리가 아래로 처져 순해 보이는 인상의 목표물이었다.

"한도운, 나이는 서른넷…. 나이가 많네? 주소는 연지동 62번지 쉼 고시원 312호. 죄명은…."

'방화치사. 소년범 출신. 집에 불을 질러 할머니를 죽인 패륜아'라는 짤막한 설명이 꼬리말처럼 붙어 있었다.

너는 또 얼마나 쓰레기 같은 놈일까? 한도운의 사진을 노려보다 화면을 껐다.

손목을 몇 번 돌려보는데, 괜찮았다. 시간이 지날수록 원래 상태로 회복된다는 걸 알게 된 후로는 이따금씩 손목을 돌려보는 게 습관이 되었다. 후유증이 사라진 게 꼭, 시간이 됐다고, 다시 벌을 내릴 시간이라고 신호를 보내는 것 같았다.

4월 26일 PM 12:16 현서

간단한 정식 위주로 파는 작은 일식당이었다. 테이블은 2인용 자리 네 개가 전부. 대신 기다란 바 식탁에 혼자 앉는 자리가 다섯 개 더 있었다. 입구엔 오늘의 추천 메뉴가 적힌 입식 메뉴판이 손님을 맞이했다.

전체적으로 단출하고 깔끔한데, 가격대도 비싸지 않고 분위기도 조용하니 괜찮았다. 술은 팔지 않았다. 경찰서와 가까웠다면 단골이 되었을 것 같다며 현서는 물을 들이켰다.

주문한 돈가스 정식이 나올 때까지 티 나지 않게 주위를 흘끔거렸다. 직장인으로 보이는 30대 여자 둘, 혼자 식사 중인 20대 남자, 그와 자리를 두고 떨어져 앉은 단발머리를 한 비쩍 마른 여자 그리고 자신까지. 점심시간인데 다섯이 전부였다.

진동 소리에 확인해보니, 도착했냐는 은재의 메시지가 떴다. 현서는 막 도착했다고 알린 뒤 핸드폰을 무음으로 바꿨다.

창밖을 보는 척하다 바 테이블 너머, 주방을 흘깃거렸다. 주방 입구 위에는 일 미터 조금 넘는 길이의 남색 천이 걸려 있었다. 천 아래로 하얀 앞치마를 두른 사람이 빠르게 지나갔다.

한도운….

도운의 이름이 입에서 맴돌았다. 현서가 저도 모르게 고개를 숙였다. 그가 도운이 맞는지 아닌지도 모르는데 괜히 심장이 조여드는 기분이었다.

마침 주방에서 직원이 음식 쟁반을 들고 나왔다. 남색 앞치마에 남색 두건을 쓴 40대쯤 보이는 남자였다. 테이블에 정식 세트를 내려두며 쑥스럽게 웃었다.

현서는 주방으로 돌아가는 남자를 보았다. 살짝 벌어진 입구의 늘어진 남색 천 사이로 다부진 뒷모습이 스쳐 지나갔다.

평소보다 오래 걸린 식사가 끝났을 때, 현서는 오래만에 포만감을 느꼈다. 느릿하게 일어나 계산대로 향했다. 음식을 가져다주었던 직원이 주방에서 나와 계산을 도왔다.

카드를 내밀면서 괜히 주방 안쪽을 기웃했다.

"뭐 필요한 거 있으세요?"

직원이 영수증과 카드를 되돌려주며 가볍게 물었다.

"다음엔 뭘 먹어볼지 고민이 돼서요."

직원은 불고기 정식이 괜찮다고 너스레를 떨었다. 카드를 챙겨 밖으로 나오자 경직되어 있던 어깨가 그제야 주춤 아래로 내려왔다.

가게 근처 공영주차장에 세워둔 차에 올라 핸드폰을 확인했다. 서에서 온 연락을 먼저 확인한 뒤 은재에게서 온 메시지에 답장을 보냈다. 못 만났어. 은재에게 보낸 그 한 문장이 다시 뒤로 물러서는 마음 같았다.

현서는 시동을 켜고 핸들을 잡은 후에도 섣불리 나가지 못했다. 지금이라도 돌아가 만나볼까. 그 생각이 불쑥불쑥 치밀었다. 그러면서도 한편으론 지금이 아니라도 만날 수 있어, 여기 있다는 걸 알았잖아, 하며 마음을 미루었다.

"그래, 지금이 아니라도…."

주차장을 나와 가게를 지나칠 때 일부러 속도를 줄였으나 도운은 보지 못했다.

지금이 아니라도, 꼭….

떠올린 도운의 얼굴이 너무 어렸다. 어른이 된 그를 상상하는 게 쉽지 않았다. 열다섯 살이던 그가 서른넷이 된 지금은 어떤 얼굴이고 어떤 체형일지 짐작도 할 수 없었다. 그저 내가 변한 만큼 너도 많이 변했겠지, 마음의 준비를 하는 정도였다.

경찰서 주차장에 차를 대고 내렸다. 하늘이 맑았다. 봄이 여실한 온기가 어디든 떠 있었다. 계절은 한결같구나. 그때나 지금이나 변함없이. 찰랑거리며 올라온 감상이 목구멍에 걸렸다.

현서는 울컥 치솟는 감정을 억누르려 입안 살을 힘껏 깨물었다. 다음엔, 아니 내일은 어떻게든 만나야겠다고 다짐했다. 입안에서 짭짤한 피 맛이 났다. 버릇처럼 뱉지 않고 삼켰다. 도운을 닮은 버릇은 19년 전에도 지금도 여전했다.

실제로 본 한도운은 서른넷보다 어려 보였고, 험악한 죄명과 어울리지 않게 온순해 보였다. 식당 주방보조로 일했는데, 일이 끝나면 곧장 고시원으로 가 쉬었다.

지난 이틀 동안 지켜보니, 그의 삶엔 일과 쉼밖에 없었다. 누구를 만난 적도, 혼자서라도 유흥을 즐기거나 하는 일탈도 없었다.

뭐랄까, 일상이 고요 그 자체였다. 굴곡도 없고, 소란도 없으며, 비밀도 없었다. 그동안 내가 죽인 범죄자들과는 결이 달랐다. 그게 영 마음에 들지 않았다.

열다섯 살…. 그 어린 나이에 집에 불을 질러 할머니를 죽게 만든 쓰레기가 누리는 평온이라니. 그런 게 너에게 있으면 안 되지. 부모를 대신해 길러준 할머니를 죽여놓고 아무렇지 않게 살아간다는 게 말이 돼?

나는 한도운이 누리는 아늑함을 당장이라도 끝내고 싶었다. 평소라면 일주일은 지켜보고 실행에 옮겼을 일을 이틀 만에 진행하기로 마음먹었다. 너무 급한 감이 있다고 생각은 했지만, 어차피 할 일이었기에 다른 생각은 지웠다.

계획한 대로 자정이 넘어 유체이탈을 시도했고, 무사히 몸에서 나와 한도운의 고시원에 도착했다.

그가 머무는 고시원은 협소했다. 짐도 거의 없었다. 소파보다 조금 넓은 1인용 침대와 학교에서 쓸 법한 책상과 낡은 의자, 20인치 검은색 캐리어가 전부였다. 그 흔한 액자도 하나 없고, 심지어 책도 한 권 없었다. 살아있는 게 아무것도 없는 것 같았다. 심지어 이 방의 주인도 그렇게 보였다. 온통 죽어있는, 삭막함 그 자체가 이 방의 정체였다.

나는 고개를 한 번 젓곤 웅크려 잠든 그에게로 손을 뻗었다. 손이 그의 몸에 닿자마자 중력이 사라진 듯 일순 몸이 바람처럼 휘날렸다.

익숙한 이명을 신경 쓰지 않으려 애쓰며 눈을 떴다. 내 것이 아닌 감각, 내 것이 아닌 몸의 무게감이 단번에 느껴졌다. 다리에 힘을 줘 이불을 걷어냈다. 그러고도 한동안 시간이 필요했다. 손가락과 발가락을 차례로 움직인 후, 몸이 익숙해지기를 기다리며 눈을 연신 깜빡였다.

여기선 큰 소리가 나거나 너무 쉽게 발견돼서는 안 됐다. 이런 조건에서 가장 나은 방법은 목을 매는 거였다. 길고 튼튼한 끈만 있으면 어디서든 죽는 게 가능했다. 최소한의 도구와 시간으로 죽을 수 있는 최고의 방법이었다.

천천히 몸을 일으켜 캐리어를 열었다. 계절별로 입을 옷이 한 벌씩 있었고, 그 사이에 검은색 넥타이가 보였다. 다시 방을 둘러보니, 얼마 안 되는 모든 짐이 캐리어에 다 들어 있는 것만 같았다. 어쩌면 내일이라도 어딘가로 훌쩍 떠날 것처럼.

혹시라도 내일 고시원을 떠날 작정이었다면 타이밍이 기가 막혔다. 그 전에 놈은 세상을 떠나게 될 테니까. 하마터면 놓칠 뻔했는데, 다행히 벌을 내릴 수 있었다고 막연히 생각하니, 더 의욕이 생겼다.

쭈그려 앉은 자세를 잡았다. 넥타이를 올가미처럼 만들어 목에 건 후 문손잡이에 걸었다. 다리를 펴고 앉은 자세로 힘을 빼면 엉덩이가 바닥에서 들릴 정도로 넥타이 길이를 조절하고, 다리를 폈다.

심호흡한 뒤 무릎과 발바닥에서 힘을 뺐다. 쇠로 된 손잡이에서 뿌득, 하는 소리가 들렸다. 30대 남자의 무게를 견디기엔 고시원 손잡이가 약했다. 넥타이가 목을 강하게 조여왔다. 내 의지와 상관없이 하반신이 덜덜 떨렸다. 육체의 본능적이고 반사적인 움직임이었다.

얼굴이 뜨거워지고 입술이 따끔거리는 감각을 무디게 느끼며 죽음을 기다렸다. 이자의 삶은, 쓰레기 같은 범죄자의 삶은, 고시원에서 끝나는 거야. 나는 늘 그랬듯 몸의 주인에게 조롱을 퍼부었다. 표현할 수 없는 고양감이 갈비뼈 부근에서 번져 점차 몸집을 부풀렸다.

그때였다. 불현듯 신호가 끊긴 핸드폰처럼 시야가 아득하게 멀어졌다가 가까워지기를 반복했다. 한 번도 이런 적이 없었는데. 이런 경우는 처음이었다. 당황해 몸을 비틀자 등에 닿은 문이 덜컹거리며 소리를 냈다.

"윽…!"

고통이 고스란히 엄습했다. 넥타이가 목을 확 조이는 통각이 그대로 파고들었다. 무디게 느껴지던 감각과는 차원이 달랐다.

…죽는다! 그러자 손이 본능적으로 움직였다. 어떻게든 넥타이를 풀려고 손가락이 목과 넥타이 틈을 찾아 더듬거렸다. 아슴아슴한 시야에 쭉 뻗은 다리가 들어왔다. 제대로 움직이지 않는 몸에 간신히 힘을 줬다.

끙, 소리를 내며 몸을 옆으로 기울였다. 겨우 무릎을 굽혔다. 무릎 꿇은 자세가 되고서야 목을 조이던 넥타이가 느슨해졌다. 손을 더듬어 문고리에 건 넥타이 끈을 빼냈다.

손바닥으로 바닥을 짚고 구역질처럼 기침을 해댔다. 그때마다 목에 건 넥타이가 좌우로 흔들거렸다. 옆방에서 시끄럽다고 항의하듯 벽을 쳐댔다.

힘이 빠진 몸이 옆으로 기울더니 쓰러졌다. 나는 기력이 다한 짐승처럼 쉭쉭, 숨을 몰아쉬었다.

이상했다. 이상할 정도로 육체의 감각이 또렷하고 즉각적이었다.

원래라면 이런 고통이 희미하게 느껴지든가, 몇 박자 늦게 뒤따랐어야 하는데, 아니었다. 나는 내가 차지한 육체의 주인처럼 생생하게 모든 걸 느끼고 있었다. 그게 전부가 아니었다. 정말 육체에 종속되어버렸다. 영혼이 빠져나오지 않는 것이다.

…잘못됐어. …뭔가 잘못됐다.

아찔한 공포가 스멀스멀 발등과 종아리, 허벅지를 타고 어깨까지 올라왔다. 가까스로 몸을 일으켜 방을 나왔다. 복도를 성큼성큼 뛰자 이 방 저 방에서 구시렁거리는 소리가 들렸다. 맨발로 고시원을 나와 아파트를 향해 뛰기 시작했다. 오가는 사람은커녕 취객도 없는 밤늦은 시간이었다.

그런데도 거리에 사람들이 있었다. 정정하자. 사람이 아니라, 영혼들이 있었다. 거리에 늘 있던 영혼들, 지박령이라 불리는 것들이 뚫어져라 나를 응시했다.

서늘함이 내 뒤통수를 긁어내렸다. 영혼인 상태에서만 보이던 영혼들이 육체가 있는 지금도 보였다. 보이면 안 되는 존재들이 분명하게 보이고 있었다.

앞만 보고 집으로 달렸다. 공동현관 비밀번호를 누르고 들어가 엘리베이터를 탔다. 14층에 도착해 길게 뻗은 복도에 섰다. 불이 켜지지 않은 어둠 사이로, 현관문이 열린 집이 눈에 들어왔다.

무리하게 달려온 탓에 폐 쪽이 따끔거렸다. 가슴을 움켜쥐고 한 걸음씩 앞으로 내디뎠다.

1401, 1402, 1403, 1404, 1405.

열린 현관문에 붙은 숫자가 눈에 들어왔다. 1406호. 내 집이었다.

현관문을 끝까지 활짝 열었다. 적막했다. 숨소리조차 들리지 않았다.

'잠깐만! 숨소리조차…?'

안으로 뛰어 들어가 침실 손잡이를 돌렸다. 흐트러진 이불
과 빈 침대가 보였다. 방금 일어난 것처럼 어수선한 모양새였
다. 그리고 방에는 무엇도 없었다.

심지어 내 몸도.

나는 내 몸을 찾아 화장실과 작은방, 베란다와 베란다 창고
까지 싹 훑었다. 숨을 만한 곳은 전부 뒤졌고 혹시 몰라 베란다
바깥, 아파트 화단과 14층 복도까지 몇 번이나 왔다갔다했다.

"말도 안 돼!"

내 몸은 어디에도 없었다. 증발한 것처럼 사라졌다.

머리를 짚고 생각하려 애썼다. 어디서부터 무엇이 잘못된
걸까? 문득 시간을 확인했다. 새벽 두 시 오십오 분.

한도운의 몸에 들어가기 직전 시간이 두 시 십육 분이었고,
집에서 고시원까지 걸리는 시간과 내 몸이 무방비로 비어 있
던 시간을 계산해보면 얼추 삼십 분이 좀 넘었다.

"누가…."

상상한 적 없는.

"대체 누가…."

상상하고 싶지 않은 위험한 문장이 붉은색 빛을 내뿜으며
머릿속을 울려댔다.

내가 몸을 비워둔 30분 사이.

누군가 내 몸을 훔쳐 갔다.

4월 28일 AM 02:58 원영의 몸(무명의 영혼)

손을 보았다. 손금으로 어지러운 손바닥을 뒤집었다. 살가죽이 덮은 앙상하게 마른 손등 위에 뼈가 불거져 나왔다.

피아노를 치듯 움직여보았다. 관절이 꺾이는 감각이 낯설었다. 이번엔 힘껏 주먹을 쥐어보았다. 힘 조절이 마음처럼 되지 않았다. 손가락을 펴자 손바닥에 손톱자국이 선명했다.

아프다!

나는 아프다는 감각을 느꼈다.

웃음이 났다. 고통을 느끼는 일이 너무 오랜만이어서. 기쁘다고 해야 하는 건가? 그런 생각을 하다가 '고통이 뭐였지?' 하고 되물었다.

손을 멀리 뻗었다가 찰싹, 뺨을 내리쳤다. 고개가 휙 돌아갔다. 연거푸 뺨을 내리쳤다. 찰싹, 찰싹, 찰싹. 파도 소리 같은 마찰음이 내게 몸이 있음을 상기시켰다.

손바닥에 맞은 광대와 볼이 뜨거웠다. 빨갛게 부었을 뺨에 손을 대고 일부러 입술을 열었다.

"아…."

오랫동안 지켜봤지만, 단 한 번도 이 몸을 가진 여자의 목소리를 들어본 적이 없었다.

여자는 분명 나를 보았으면서도 말을 건넨 적이 없었다. 두어 번 내가 '저기…' 하고 말을 걸었으나 못 본 척 지나쳐 갔다.

그러니까, 그게 문제였던 거야. 나는 내가 도둑질한 이 몸의 주인을 다시 떠올렸다. 수분이 모자란 식물처럼 비실거리면서도 눈동자만큼은 활활 타오르던, 밤이면 육체를 두고 어딘가로 사라졌다가 돌아오는 여자.

도와달라는 말을 듣고도 못 들은 척 지나가고 우리를 볼 수 있으면서도 단 한 번도 다가오지 않은, 그렇게 3년 넘도록 지나치기만 한 여자. 무심하고 불쾌하게 우리를 외면한….

내가 훔쳐온 여자의 몸을 위에서 아래로 훑어보았다. 바닥에 길게 그려진 그림자가 발밑에 있었다. 그림자가 생겼다는 사실에 또 한 번 기쁨이 치솟았다. 내게도 있다. 그림자가 있다. 우리가 부러워하던, 사람에겐 있지만 우리에겐 없던 그림자가 내게 생겼다. 그러다 문득 내 몸은 어땠을까, 생각해보았다.

나는 내 몸이 기억나지 않는다. 내 얼굴도 기억나지 않는다. 내가 기억하는 나는… 거의 없다.

"어때?"

상념을 뚫고 들어온 음성에 몸이 저절로 반응했다. 살아있는 사람의 몸은 뭐든 빠르게 반응하는구나. 쓸데없이 주절거리다가 '좋아' 하고 대꾸했다.

비린 냄새가 가까워지자 후각이 따가웠다. 반사적으로 코를 막고 냄새의 원흉을 보았다. 얼굴이 반쯤 녹아 일그러진 무지개가 나를 올려다보았다.

"와, 그림자가 생겼네."

무지개는 잉크가 쏟아지듯 바닥에 번진 그림자를 가리키며 환호했다. 무지개의 멀쩡한 오른쪽 얼굴에 호기심 어린 장난기가 번졌다.

나는 무지개의 이름이 뭔지 모른다. 거리에 묶인 다른 영혼들이 그렇듯 무지개 역시 자기 이름이 뭔지, 나이는 몇 살인지, 언제, 어떻게, 왜 죽었는지 모를 것이다. 무지개가 아는 건 자신이 죽었다는 것과 아주 오랫동안 이 거리를 벗어날 수 없었다는 것, 그것뿐이었다.

내가 아이를 무지개라 부르는 건, 무지개가 입은 하얀색 티셔츠 왼쪽 가슴께에 수놓인 무지개 때문이었다.

아이의 체구나 생김새만 보면 일고여덟 살쯤 사망했을 것이다. 그러니까 무지개가 이 거리를 떠도는 어떤 영혼들보다도 오래 여기 있었다는 얘기다. 죽지 않고 살았더라면 벌써 오래전에 성인이 되었을 텐데. 무지개가 수놓아진 티셔츠는 촌스럽다고 입지도 않았을 텐데.

"이제 뭘 할 거야?"

무지개가 물었다. 나는 코를 막았던 손을 뻗어 드문드문 불이 켜진 아파트 창문을 한층 씩 세어 올라갔다.

1층, 2층, 3층, 4층, 5층, 6층, 7층….

"14층에 불이 켜졌어."

내 말에 무지개가 고개를 들었다. 무지개는 '그게 왜?' 하고 되물었다.

"계절이 열두 번 바뀌는 동안 그 앨 지켜봤는데, 한 번도 그 집에 다른 사람이 들어간 걸 본 적 없었어.”

거기엔 하나뿐인 것만 있었다. 하나뿐인 침대에 하나뿐인 베개, 노란색 칫솔, 한쪽만 꺼진 소파와 의자 하나가 덩그러니 놓인 식탁. 몸을 훔쳐 나오기 전에 둘러본 집은 모든 게 오직 한 명을 위해 준비되어 있었다.

“그런데 지금은 불이 켜져 있잖아.”

무지개가 고개를 끄덕거렸다. 그게 내 말을 이해했다는 건지, 단순히 듣고 있다는 표시인지 몰라 말을 덧붙인다.

“그 애가 돌아온 거야. 이제 내가 자기 몸을 훔쳐간 걸 알았 겠지.”

나는 내 몸이 기억나지 않는다. 얼굴도 기억나지 않는다. 내 가 기억하는 나는… 거의 없다.

“그러니까 빨리 찾아야 해.”

나는 아파트가 보이는 빌라촌 골목을 빠져나가려고 발을 내 디뎠다. 내 뒤를 졸졸 쫓아오던 무지개가 ‘뭘 찾는데?’ 하고 종 알거렸다.

마주친 영혼들의 시선이 천천히 그러면서 끈질기게 나를 뒤 쫓았다. 그들은 골목을 벗어나 거리를 걷는 날 붙잡지 못했다. 나는 그들의 시선에 담긴 열망을 안다. 그들이 바라는 건 나 역시도 바랐던 것이니까. 누구보다 잘 안다.

“뭘 찾을 건데?”

이 골목, 이 길가에 묶인 무지개가 멀어지는 나를 향해 소리쳐 물었다. 돌아보니 온통 검은 눈들이 내게로 쏟아졌다. 얼마나 오싹한지 살갗에 소름이 돋았다. 그렇게도 살아있음을 자각했다.

"내가 누구인지. 왜 죽었는지. 그걸 알아낼 거야!"

지겹고 증오스럽던 거리 밖으로 발을 뻗었다. 마침내 빠져나온 거리 밖에 서서 내가 지나온 길을 되돌아보았다.

찾아내야 한다.

그 말을 곱씹었다. 내가 누구인지. 왜 죽었는지. 다짐하듯 되새겼다. 나는 왜 여기에 묶여 있던 건지….

4월 28일 AM 11:47 현서

가게 문이 닫혀 있었다. 뒤로 한 발짝 물러나 올려다보았다. '온정'이라는 간판엔 불이 들어와 있었다. 휴무는 매주 월요일이라 했다. 그러니까 토요일, 오늘은 문 여는 날이다. 주택가를 끼고 있어 주말 장사가 좋을 텐데….

핸드폰으로 통화하는 소리에 돌아보니 넉살 좋게 불고기 정식을 추천하던 남자가 건너편 길가에서 건너오고 있었다. 통화에 정신이 팔려 가게 앞에 와서야 현서를 발견했다.

"죄송합니다. 오래 기다리셨어요? 안내문을 붙이고 간다는 걸 깜빡해서…. 일단 들어오세요."

현서는 장사 준비가 이미 끝난 가게 안으로 멋쩍게 들어서며 물었다.

"급한 일이라도 있으셨나 봐요?"

남자는 위생용 마스크와 장갑을 끼고 '그게요…' 하고 운을 뗐다.

"주방에서 일하는 녀석이 갑자기 연락이 안 돼서요. 출근도 안 하고. 원래 그런 애가 아닌데 갑자기 그러니까 걱정이 돼서…."

"괜찮대요?"

"네?"

남자가 고개를 갸웃거렸다. 현서는 주방과 가까운 바 자리에 앉으며 대수롭지 않게 말했다.

"직원분이요. 괜히 저도…."

그 직원이 도운이 아닐지도 모르는데 도무지 진정이 안 되었다. 어제 왔어야 했다고, 늦게라도 와서 만났어야 했다고 후회했다.

"연락이 안 되네요. 집에도 없는 것 같고. 뭐, 별일이야… 있겠어요? 다 큰 성인인데."

그렇게 말하면서도 남자의 표정엔 걱정이 묻어났다.

"그래도 돌아오면 혼내야겠죠? 사람 걱정을 시켰으니까. 아무튼 한도운 이 자식."

그 이름에 심장이 쿵, 발등까지 떨어졌다. 현서가 버릇처럼 아랫입술을 깨물었다.

혹시 도운이 날 본 게 아닐까. 알아보고 아예 떠난 게 아닐까? 역시 찾지 말았어야 했나. 우리의 마지막은 19년 전 그때여야 했던 걸까. 다시 만나려고 해선 안 되는 거였을까. 아쉬움에 속이 헛헛했다.

"주문은 뭘로?"

"불고기 정식 포장해서 갈게요."

남자가 주방으로 들어갔다.

주방 안에서 칼질하는 그의 모습 뒤로 도운이 겹쳐졌다. 30대의 도운이, 볼살이 빠지고 뼈대가 굵어지고 저렇게 등짝이 시원하게 펴진 어른이 된 도운이.

멍하니 지켜보던 현서는 손바닥으로 얼굴을 쓸었다. 눈을 감고 교복을 입은 도운을 떠올렸다. 어린 도운은 웃었고 울었고 이름을 부르며 손짓했다. '현서야' 변성기가 끝나지 않은 묘한 음성이 저를 부를 때면 어깨가 간질거렸다.

주문한 음식이 포장돼 나오는 동안 몰려든 손님들로 가게 자리는 금세 모두 찼다.

"맛있게 드세요."

현서는 남자가 내민 종이가방을 들고 가게를 나왔다. 차에 올라타 보조석에 던져두고 핸들에 이마를 기댔다.

도운이 갑자기 출근하지 않은 이유. 그게 자기와 연관된 거라면 끔찍했다. 만약 정말로 도운이 날 보고 피한 거라면. 도망치려 한 거라면, 그땐 어떡하지? 이대로 포기해야 할까? 끝까지 붙잡는 내가 이기적인 걸까? 19년 전에 이미 다 끝난 일인데, 괜히 상처만 터트리는 건…. 생각이 도무지 끊어지지 않았다. 관자놀이 부근이 지끈거렸다.

"도대체 무슨 말이 그렇게 하고 싶어서. 만나면 미안하다는 말밖에 못 할 거면서…."

도운을 찾아갈, 찾을 생각도 하지 못했으면서 이제 와 뭐가 아쉽다고. 자조적인 말이 툭 튀어나왔다.

눈가에 열이 올랐는지 눈꺼풀이 무거웠다. 가물거리는 눈을 뜨고 감다 하다 보니, 갑자기 눈앞에 젊은 여자가 서성거리는 게 보였다. 체구에 비해 큰 회색 맨투맨에다 청바지 차림이었다.

여자는 주차된 차량들 사이를 다니며 일부러 확인하듯 차를 살폈다. 차 번호판을 보기도 하고 안을 들여다보기도 하며 꼼꼼하게 찾는 모습이었다.

주차한 데를 까먹어 우왕좌왕하는 것처럼 보이기도 했지만, 경찰의 감으로는 그게 아닌 걸로 보였다. 안전띠를 풀고 좀 더 지켜보았다.

조금씩 여자가 차로 가까워지면서 특이한 게 보였다. 여자의 입술이 연신 움직이고 있었다. 중얼거리는 건지 모이다가 벌어지는 입술 사이가 수시로 좁아졌다. 눈이 마주친 건 여자가 현서의 차를 들여다보았을 때였다.

번호판을 확인하던 여자가 허리를 펴 차창으로 고개를 숙였다. 선팅이 되었어도 눈여겨보면 내부가 보일 것이다. 현서는 여자가 자기를 보고 있다는 걸 알았다. 서로 마주보는 시간이 의외로 길었다. 누구도 먼저 눈을 돌리지 않았다.

딸랑.

느닷없이 방울 소리가 들려왔다. 어깨를 들썩거릴 정도로 놀랄 만한 소리였다. 현서는 귀를 막으며 보조석을 돌아보았다. 거긴 종이가방이 전부였다.

다시 고개를 돌렸다. 어디에도 여자가 보이지 않았다. 무언가에 홀린 기분이었다. 차에서 내려 한동안 둘러보았지만, 없었다.

블랙박스에 저장된 최근 영상을 클릭하자 이리저리 돌아다니는 여자가 찍혀 있었다.

귀신은 아니었구나. 또다시 딸랑, 하는 방울 소리가 왼편에서 들려왔다.

운전석 창밖에 누가 서 있었다. 그 여자가 아니었다. 창문에 붙은 듯이 선 건 붉은색 한복을 입은 창백한 얼굴의 여자였다.

여자는 가늘게 눈을 접어 웃으며 현서를 뚫어지게 쳐다봤다. 웃음을 참지 못하겠는지 얼굴이 부르르 떨렸다. 그리고 방울 소리가 미친 듯이 울려 퍼졌다.

현서는 그제야 여자가 입에 방울을 물고 있는 걸 알아챘다.

딸랑딸랑 딸랑딸랑.

사방에서 방울 소리가 터져 나왔다. 여자의 입술 사이에 긴 방울이 눈동자처럼 움직였다. 방울은 눈을 맞추듯 현서에게 고정된 채 더는 움직이지 않았다. 천천히 입술이 벌어지기 시작했다. 방울이 금방이라도 바닥으로 떨어질 것만 같았다.

현서는 얼른 눈을 감았다. 여자의 입속에 무엇이 더 있을지 몰라 겁이 났다. 눈을 감았는데도 주차장 조명이 깜빡거리는 게 느껴졌다.

딸랑.

폭발하듯 커다란 방울 소리가 오른쪽 귀를 강타했다. 한순간에 세상이 완전히 암전되는 것 같았다. 그게 마지막 기억이었다.

4월 28일 PM 1:30 도운의 몸(원영의 영혼)

한숨도 못 잤다. 눈을 뜨고 감는 것도 쉽지 않았다. 잠들라치면 내가 죽인 이들의 마지막들이 화면처럼 떠올랐다. 그럴 때마다 얼음물을 맞은 듯 깨어났다. 세 번쯤 그러다 보니, 어느새 정오가 지나 있었다.

거실 가운데 서서 다시 생각했다. 누가, 왜, 내 몸을 훔쳐 갔을까?

애초에 내 몸이 비어 있다는 건 어떻게 알아낸 거지? 나처럼 유체이탈하는 사람이 또 있는 걸까? 꺼내놓은 질문에 대한 어떤 단서도 궁리해볼 수 없었다.

피로와 무력감이 뒤섞여 신물이 올라왔다. 쓰라릴 정도로 속이 아팠다. 손바닥으로 명치와 배 사이를 문질렀다. 한도운의 몸은 단단했다. 새삼 낯선 촉감에 내가 타인의 몸에 있음을 절감했다. 하필이면 내가 죽이려던 범죄자의 몸이었다.

"젠장…."

새벽부터 지금까지 내내 들었는데도, 익숙해지지 않은 저음의 목소리였다.

관자놀이가 다시 지끈거렸다. 검지로 세게 누를 때마다 눈앞에 스파크가 터지듯 빛이 번쩍거렸다. 그나마 다행인 건 내가 방 하나 딸린 소형 아파트에 혼자 살면서 대부분 집에 틀어박혀 지냈고, 3년 동안 어떤 이웃도 만들지 않았다는 것이다.

프리랜서 영상 편집자로 일하는 나는 바깥출입이 극히 드물었다. 즉 내가 한도운의 몸으로 돌아다녀도 그다지 의심 살 일은 없을 것이다.

유일한 지인이라고는 우제트뿐인데, 실상 우제트와 나는 제대로 얼굴 한 번 본 적 없는 사이였다. 3년 전 우리는 익명 사이트에서 만나 범죄와 형벌에 대한 공간을 나누면서 친해졌다. 세상의 모든 나쁜 인간은 왜 죽어야 하는지 쓴 글에 우제트는 개인 쪽지로 동감이라는 글을 보냈다.

나는 우제트가 보내준 링크를 통해 익명 메시지 어플을 다운받았다. 그걸 통해 우리는 더 많은 대화를 나눴다. 세상을 바꿀 수만 있다면 행동하자는 말도 서슴없이 꺼냈다.

첫 응징의 포문을 열어준 것도 우제트였다. 당장 우제트는 멀지 않은 곳에 아이를 학대하는 선생이 산다고 했다. 얼마나 나쁜 선생인지, 아이들이 어떤 학대를 받는지 너무 세세하게 설명해주었다. 정말이냐고 묻자 우제트는 못 믿겠으면 찾아가보라고 했다. 그러면서 표적 선생의 범죄와 관련된 방대한 자료를 보내주었다. 어떻게 모은 자료인지는 알 길이 없었지만, 개인적으로 확인해본 내용들이 모두 일치했다. 응징에 대한 대가를 따로 말한 적도 없었는데 네 번째 타깃부터 일이 끝나고 나면 어김없이 수고료가 날라왔다. 이후로는 직접 확인하는 절차 없이 우제트의 정보를 믿었다.

'우제트라면….'

잠시 우제트에게 도움을 요청해볼 수도 있지 않을까, 고민했지만 바로 접었다. 정보를 사고 파는 사이지, 비밀을 공유하는 사이는 아니었다. 우제트가 남자인지 여자인지도 몰랐고, 나이는 더더욱 몰랐다. 알면서도 모르는 사이는 관계가 바뀌면 모든 게 뒤틀린다. 무엇보다 유체이탈이라니, 당장 정신병자 취급할 것이다.

내 몸을 되찾기 전까지 당분간은 한도운의 몸으로 지내야 했다. 식당에 다시 나갈 수는 없어도 다른 일을 할 수는 있었다. 당장 생계는 해결 가능했다.

그런데 누가, 왜, 내 몸을 훔쳐 갔을까? 내 몸을 훔쳐서 뭐 하려고? 최악의 추정은 내가 죽인 이들 중 누군가의 영혼이 내 몸을 훔쳐 갔다는 전제였다. 복수심으로, 나를 자기처럼 만들겠다는 일념으로 훔쳐 간 거라면 손쓸 방법도 없이 최악의 상황만이 기다리고 있었다.

"그런데… 굳이 훔쳐갈 필요가 있었을까?"

그런 의문은 일말의 희망과 같았다. 정말 그런 이유라면, 훔쳐가는 것보다 내가 보는 앞에서 내 몸을 죽이는 게 더 효과를 극대화시킬 수 있었을 것이다. 내가 그들에게 그랬듯이.

"그게 아니면…."

커튼을 치지 않아 따가운 오후 햇살이 베란다를 넘어서고 있었다.

유체이탈 상태로 밖을 돌아다닌 건 언제나 밤과 새벽 시간대였다. 그때만 보이던 영혼들은 낮에도 그곳에 있을까. 나는 한도운의 육체에서도 생생하게 보이던 그들을 떠올렸다. 흉측하거나 일그러지거나 텅 빈 눈으로 지켜보던 그들은 내가 한도운의 몸에 있다는 걸 아는 것처럼 집요하게 쳐다보았다. 그러니까 어쩌면 단서는 그들에게 있을지도 몰랐다.

4월 28일 PM 3:40 원영의 몸(무명의 영혼)

살아있는 인간은 때마다 음식을 섭취하고, 배변 활동을 하고, 휴식을 취해야 한다. 살아있다는 건 귀찮은 일이구나…. 그런 생각을 하면서도 잊고 있던 까마득한 감각이 느껴질 때면 그건 작은 즐거움이 되었다. 적당한 시간이 되면 배에서 소리가 났고 화장실에 가고 싶었고, 오래 걸은 뒤에는 발바닥과 무릎이 아파 어디든 앉아 쉬고 싶었다. 영혼이었을 때는 몰랐던 인간의 생리 욕구였다.

거리를 걷다가도 거울처럼 비치는 건물 외벽이 보이면 그 앞에서 한참을 서 있었다. 비치는 건 진짜 내 모습이 아니지만 상관없었다. 거울에 내가 비친다는 것…. 내가 어떤 표정을 짓는지, 어떤 행동을 어떻게 하는지, 그게 다른 것들에도 영향을 끼칠 수 있다는 게 중요했다. 살아있는 이들은 결코 모를 기쁨이었다.

1250, 1250…. 나는 훔쳐낸 몸으로 살아있음을 만끽하면서도 부지런히 '1250'을 찾아다녔다. 1250은 내가 잊지 않기 위해 외우던 숫자였다.

짐작할 수 있는 건 자동차 번호판이었다. 그 숫자를 단 차가 나를 치었던 걸까. 확신할 수는 없었다. 내게 남겨진 기억이라곤 그 숫자와 맹렬한 기세로 나를 노려보던 누군가의 눈, 뜨겁고 부드러운 무언가를 붙잡아 쥐던 간절한 감각 같은 조각들뿐이었다. 다만 중요하게 생각해볼 게 있었다. 내가 연지동, 그중에서도 연지1동에 묶여 있던 지박령이라는 것.

내 죽음과 삶의 긴박한 순간이 연지동에 있으리라. 그것만이 내가 짐작할 수 있는 전부였다. 지금은 그저 가느다란 선조차 그어지지 않은 백지 같은 존재였지만.

"그 여자. 나를 볼 수 있더라."

목소리가 들리는 쪽으로 슬쩍 고개를 돌렸다. 새빨간 한복 자락에 절로 눈썹이 찡그려졌다. 나는 못 들은 척 앞만 보고 걸었다. 어디서 붙었는지 모를 무당귀가 계속해서 나를 따라다녔다.

"핏줄에 신기가 있는 모양이야. 무당은 안 돼도 살면서 남들은 모를 고단한 일 꽤 겪었을걸."

지하주차장에서 마주친 여자가 떠올랐다. 30대쯤 되었고, 머리는 하나로 묶고, 셔츠 차림이던 여자. 쌍꺼풀 없는 눈은 가로로 길었고, 전체적인 생김새가 날렵했다. 그런 인상으로 운전석에 앉아 나를 보던 눈도 날카로웠다. 오싹함이 느껴질 정도로.

"그래도 끝까지 버티진 못하고 기절했어. 기운이 아주 세진 않아 다행이라면 다행인 거지."

무당귀는 시끄럽게 조잘거렸다. 내가 자기 말을 들을 수 있어 신난 듯했다. 뒤늦게 우리를 무시하던 이 몸의 주인이 이해가 됐다. 건물과 건물 사이, 볕이 들지 않는 응달진 곳으로 발길을 돌렸다. 바닥엔 담배꽁초가 지저분하게 떨어져 있었고, 침 자국이 말라붙어 있었다. 골목 끝은 벽으로 가로막혀 지나다닐 수 없으니 나는 그야말로 막다른 골목으로 들어온 셈이었다.

"왜 자꾸 따라와?"

골목 끝에 다다라 무당귀에게 쏘아붙였다. 두어 걸음 떨어져 빙글거리며 웃던 무당귀가 ‘왜?’ 하고 되물었다.

“날 따라다니는 걸 보니 어디 묶인 지박령은 아닌 것 같은데. 따라오지 말고 갈 길 가는 게 어때?”

코웃음치며 무당귀가 흰자위를 번뜩거렸다.

“내가 왜 널 따라다니는 것 같아? 응? 내 목소리 들어주는 사람이 생겨서, 그게 기뻐서 이렇게 졸졸 뒤쫓아온 것 같아?”

그게 아니면? 나는 튀어나오려는 말을 참고 가만히 무당귀를 들여다봤다. 새하얀 얼굴에 대비되는 붉은 입술이 찢어질 듯이 위로 올라갔다. 입술에 붉게 칠해진 건 립스틱이 아니라 피멍이었다.

“나도 줘.”

바람 소리처럼 가벼운 음성이었다. 고개를 오른쪽으로 기울인 무당귀가 이내 반대편으로 빠르게 고개를 기울였다. 무당귀가 움직일 때마다 매캐한 향냄새와 희미한 방울 소리가 퍼졌다.

“너도 네 것 아니잖아.”

나는 단번에 무당귀가 원하는 게 무엇인지 알아챘다. 내가 주춤거리며 물러서자 무당귀의 눈이 진흙을 밟듯 질척거리는 소리를 내며 돌아가기 시작했다.

“나한테도 몸을 줘.”

무당귀 기운에 눌린 건지 어깨와 등으로 압박감이 밀려왔다. 싫다는 말을 꺼내기도 전에 무당귀의 손이 내 얼굴을 잡고 이끌었다.

"너만 갖지 말고 나한테도 나눠줘, 응?"

벌어진 무당귀 입술 사이에 녹슨 방울이 언뜻 보였다. 방울을 깨문 앞니는 새까맣게 썩어 있었다.

"차지할 수 있는 그릇을 찾는다는 게 얼마나 어려운 일인지 알아? 아무 몸에나 들어갈 수 있으면 벌써 그렇게 했겠지. 보통은 몸 주인의 의식 때문에 제대로 움직이기도 힘들다고. 근데 이렇게…."

허벅지가 덜덜 떨렸다. 팔에 힘을 주어도 들려지지 않았다.

"완벽한 그릇을 네가 차지했잖아."

어떻게든 뿌리쳐야겠다고 발버둥치는 그때, 담배를 입에 문 20대 남자 둘이 안쪽으로 들어왔다.

체구가 작고 검은색 후드티와 청바지를 입은 한 사람, 체구가 조금 더 크고 남색 티셔츠에 회색 슬랙스를 입은 다른 한 사람.

무당귀가 두어 걸음 멀어졌다. 나를 흘끔거리던 그들이 무당귀와 나 사이에 서서 담배를 피우기 시작했다. 하얀 연기가 향을 피우듯 아지랑이처럼 피어올랐다. 입구에 선 무당귀가 입을 빼끔거리며 나를 노려봤다.

"어디서 향냄새 안 나냐?"

한 남자가 묻자, 다른 남자가 담배 냄새 아니냐고 대답했다.

"아냐, 제사 때 쓰는 그런 향냄샌데."

나는 그들의 흘깃거리는 시선을 피해 골목 입구로 나왔다.

끈적한 눈길이 따라붙는 게 느껴졌다. 그게 호의인지 경멸인지, 혹은 다른 무엇인지 알 수 없었다. 살아있는 인간의 그런 적나라한 시선은 몸을 빌린 이후로 처음이었다.

"세상에, 어쩜 저리 불순한 생각을 할 수 있는 거지."

내 옆으로 다가온 무당귀가 작게 속살거렸다.

"죽여줄까?"

무당귀는 지금 널 보는 놈의 두 눈을 전부 파내주겠다고, 두 눈을 전부 파내고 혓바닥도 잘라주겠다고 했다. 무엇이든 들어줄 테니 말만 하라고. 대신 아주 작은 부탁만 들어주면 된다고 달래듯 말했다.

"쟤가 널 가지고 무슨 생각을 하는지 내가 말해줄게. 얼마나 더러운 생각을 하는지. 들어보면 너도 쟬 죽이고 싶을 거야."

심장이 거세게 뛰었다. 무당귀의 말을 들을수록 이상한 분노와 짜증 같은 게 솟구쳤다.

"내가 쟬 죽여줄게. 그러니까 나한테도 몸을 줘."

어금니를 깨물고 손바닥으로 두 귀를 막았다. 그런데도 무당귀의 목소리가 잦아들지 않았다.

참을 수 없어 소리쳤다.

"입 좀 다물어, 제발!"

뒤에서 '네?' 하고 남자의 목소리가 들려왔다.

"저기요, 괜찮으세요?"

둔탁한 걸음 소리가 가까워졌다. 탁탁, 걸음 소리에 맞춰 심장이 크게 박동했다.

숨이 거칠어지자 어깨와 가슴팍이 제멋대로 오르내렸다. 나는 여전히 귀를 막은 채로 반쯤 몸을 틀어 돌아봤다. 검은색 후드티를 입은 남자가 다가와 있었다. 향수를 뿌렸는지 짙은 파우더 냄새가 났다.

집이 멀어요?

남자의 얼굴 위로 낯선 모습이 덧입혀졌다. 검은색 반소매 티셔츠를 입은 사내. 그림자에 가려 얼굴은 보이지 않았고 두툼한 팔뚝과 커다란 손이 유난히 눈에 띄었다.

전 이 근처에 살아요. 연지동에.

다정하고 친절한 음성.

그건 내가 떠올린 또 다른 조각이었다.

4월 28일 PM 8:07 현서

뚝뚝, 물기 묻은 머리카락 끝에서 물방울이 떨어졌다. 현서는 수건을 집어들어 머리를 털어냈다.

차에서 정신을 차렸을 땐 오후 세 시가 막 지났으니, 두 시간이나 기절해 있었던 셈이다. 내려서 지하주차장을 다 살펴봤으나 두 여자 중 누구도 찾을 수 없었다.

곧장 관리실로 가 경찰 공무원증을 보이고 주차장에 설치된

CCTV를 모두 확인했지만, 붉은색 한복 차림의 여자는 보이지 않았다. 대신 회색 맨투맨 차림의 여자는 보였다.

영상에 찍힌 여자를 보고 경비원이 농담처럼 건넸다.

"자동차라도 털려고 저렇게 돌아다니는 건가요?"

현서는 영상을 멈추고 핸드폰을 꺼내 그녀를 사진으로 찍어두었다. 선명하진 않아도 눈앞에 있으면 알아볼 수는 있을 것 같았다.

관리실을 나오자마자 차를 몰아 곧장 오피스텔로 향했다.

꿈이었을까. 신경과민증… 그런 걸까. 그래도 괴이한 여자의 입술 사이에서 움직이던 요란한 방울만큼은 쉽사리 잊히지 않았다.

층고가 높은 오피스텔이라 공기가 차게 느껴졌다. 혹시 모르니 감기약이라도 먹고 자야겠다 싶어 비상약을 모아둔 부엌 서랍장을 뒤적거릴 때였다. 침대 옆 협탁에 올려둔 핸드폰이 시끄럽게 진동했다.

액정에 나온 이름을 보자 한숨이 흘러나왔다.

"여보세요."

건너편에서 '쉬는 날이냐?' 하고 묻는 아버지의 음성이 돌아왔다. 현서는 틀어둔 텔레비전 소리를 줄였다.

"주말이니까요."

"세상 좋아졌다. 경찰이 주말에 다 쉬고."

비아냥거리는 게 아니라는 걸 알면서도 인상을 찌푸렸다.

“무슨 일로 전화하셨어요?”

“애비가 자식한테 전화하는 데 무슨 일이 있어야 하나?”

“집에 무슨 일 있어요?”

“일은 무슨. 아무 일도 없다. 네 엄마도 나도 건강하게 잘 지내. 반찬가게도 잘되고.”

현서는 듣는 둥 마는 둥하며 오피스텔 창밖을 내다보았다.

18층에서 보는 야경이 제법 괜찮았다. 길 건너편에는 작은 공원이 예쁘게 꾸며져 있었고, 중심가와 떨어져 있지만 상권도 나쁘지 않았다. 혼자 살기에 적당했다.

“밥은 챙겨 먹고 다니냐?”

“무슨?”

“밥은 어떻게 해결하냐고?”

“사서 먹어요. 바빠서 집에서 먹을 시간도 없고. 대부분 서에서 해결하니까 걱정하지 마세요.”

“사서 먹는 것도 하루 이틀이지. 너희 엄마가 이번에 너 좋아하는 걸로 반찬 좀 했다. 적당히 싸서 좀 보내줄 테니까….”

“됐어요.”

단번에 거절하며 신경질적으로 머리를 쓸어 넘겼다.

“반찬가게에서 만든 반찬이나 사 먹는 거나 그게 그거죠. 괜히 먹지도 않을 반찬 받아봐야 버리기만 하지…. 보내지 마세요.”

매몰찬 대꾸에 건너편이 잠잠했다.

현서는 창문에 비치는 제 모습을 보다가 '아버지' 하고 조심스레 입을 열었다. 건너편에서 '그래' 하는 짧은 답이 돌아왔다.

"도운이…."

아버지는 이름을 듣고도 아무 말하지 않았다. 그게 아버지답긴 했다.

"도운이를 봤어요. 아직 만난 건 아니고, 어디서 뭘 하고 사는지는 알게 됐어요."

무슨 의도로, 무슨 생각으로 도운이 애길 꺼내는지 자신도 정확히 알 수 없었다. 그저 뭐든 털어놓지 않으면 속이 답답해 미칠 것만 같았다. 그리고 도운에 관한 일이라면 아버지도 알 필요가 있다고 되뇌었다. 19년 전 일을 누구보다 잘 아는 사람이 바로 아버지니까. 아버지도 현재 상황을 알 필요가 있다고, 현서는 그렇게 스스로를 설득했다.

"도운이가요… 살아있다고요."

많은 감정이 뒤섞인 문장이었다. 도운이가 죽지 않고 살아있어요. 걔가 포기하지 않고 아직 살아있어요. 울컥 치솟는 감정에 목소리가 마구 떨렸다.

"그러냐."

한참 늦은 대답이었다. 현서는 차마 입을 떼지 못하고 고개를 숙였다.

"살아있다니… 다행이다."

통화는 그걸로 끝이었다. 핸드폰을 침대 위로 던져놓고 현서는 무릎을 꿇은 채 손바닥으로 얼굴을 가렸다. 누가 보고 있는 게 아닌데도 고개를 들 수 없었다. 도운을 만났더라도 비슷했으리라. 고개를 들 수 없었으리라. 도운이라면 괜찮다고, 네 책임이 아니라고 했겠지만.

"양심이 있지…."

양심…. 양심이라고? 정말 그런 게 나한테 있나? 부모님이 만든 반찬을 먹으며 자란 내가, 감히 양심을 입에 올릴 수 있나?

갑자기 헛구역질이 올라왔다. 화장실로 들어가 뭘 뱉어내려 해도 나오는 게 없었다. 낮부터 지금까지 제대로 먹은 게 없는 탓이었다. 힘만 쏟아내다 기진맥진해서 나왔다.

싱크대 위에 올려둔 종이 가방 위에 큼지막한 글씨로 적힌 '온정'이 보였다.

"온정…."

도운에게 받았던 온정을 이번엔 반드시 되돌려줘야 했다. 그것만이 자신이 구원받을 수 있는 유일한 방법이었다.

4월 28일 PM 10:12 **도운의 몸(원영의 영혼)**

영혼들은 낮에도 거리에 붙박이듯 서 있었다. 그렇다고 섣불리 다가가 말을 걸 수는 없었다. 그랬다간 미친 사람 취급을 받을지도 몰랐다. 허공에다 말하는 수상한 사내. 괜히 이목을 끌 필요는 없었다.

어스름한 저녁 시간에 집에서 나와 동네를 한 바퀴 돈 다음 슬며시 그들에게 다가갔다. 오래된 다세대주택과 후미진 골목이 미로처럼 얽힌 곳이었다.

영혼들은 전처럼 텅 빈 눈으로 나를 보았으나 거기까지였다. 그들은 나를 외면했다.

"저기…."

소리내 불러봐도 누구 하나 다가오지 않았다. 전과는 완연히 달랐다. 이들이 한순간에 변해버렸다. 내가 한도운의 몸을 하고 있어 알아보지 못하는 건가?

그건 아닐 것이다. 내가 누구의 몸으로 다가가든 영혼에게 겉모습은 중요하지 않다. 내 이야기를 들어줄 누군가. 그것에만 관심이 있었다. 그런데 왜?

태도가 뒤바뀐 연유가 궁금했지만 당장은 걸음을 돌려야 했다. 할 일이 있었다. 한도운이 사는 고시원에 가 옷가지를 챙겨와야 했다.

우두커니 선 영혼들을 지나쳐 걸었다. 시선들이 내게 달라붙는 게 느껴졌다. 더 이해되지 않았다. 이토록 끈질기고 간절하면서 막상 다가가면 왜?

붉은색 벽돌로 된 5층짜리 건물이 나왔다. 미처 몰랐는데 고시원은 2, 3층을 여성 전용과 남성 전용으로 나누어 사용했다. 시설이 낙후된 데다 관리도 허술해 그런지 2층엔 머무는 사람이 없었다. 대부분 창고로 쓰거나 공실인 듯했다. 2층을 지나 한도운이 머무는 3층으로 올라갔다. 계단 곳곳이 깨져 있었지만 수리되지는 않을 것 같았다.

"야, 한도운!"

3층 층계참을 돌기 무섭게 누군가 이름을 불렀다. 한 박자 늦게 고개를 들었다.

"이 새끼, 진짜!"

성큼성큼 계단을 내려온 남자가 앞을 가로막았다. 너무 놀라 두어 걸음 뒷걸음질 쳤다. 그런 내 어깨를 순식간에 잡아채서는 '어디 갔었어? 어?' 하고 다그쳐 물어댔다.

남자는 나가서 얘기하자고 내 팔을 잡아끌었다. 나는 그의 손에 이끌려 계단을 내려갔다. 그가 한도운과 어떤 관계인지 몰라 뿌리치거나 거절하기 힘들었다.

그가 내 팔을 잡아 이끈 곳은 고시원 옆 건물 1층에 있는 편의점이었다. 파라솔과 의자가 한 세트처럼 있는 곳에 앉히고는 기다리라며 편의점 안으로 들어갔다.

일 분도 안 돼 맥주 두 캔과 과자 한 봉지를 들고 나왔다.

"어디 있었어? 짐은 고시원에 그대로던데. 전화는 왜 안 받고? 무슨 일 있었던 거야? 무슨 일이든 나한테 다 털어놓으라고 했지, 새끼야."

남자는 맥주를 내밀고 과자 봉지를 뜯으며 빠르게 말을 이었다.

"너 이 새끼 오늘 땡땡이친 거 월급에서 깔 거니까 각오해."

농담이었다. 진심이 아니라는 것쯤은 한도운이 아닌 나도 알 수 있었다.

"너 혹시… 몸이 안 좋거나 그랬던 건 아니지? 병원에 있다 왔다거나. 그런 거면 빨리 말해. 괜히 붙잡고 있지 않을 테니까."

좋은 사람이구나. 나는 한도운을 향한 남자의 걱정이 진심이라는 걸 느꼈다. 남자는 내 표정을 연신 살피더니 '진짜야? 진짜 아파?' 하고 몇 번이나 물었다.

나는 이런 사람이 어째서 한도운 같은 인간을 가까이 두는지 궁금했다. 한도운이 어떤 놈인지 모르는 걸까? 씻을 수 없는 죄를 지은 놈이라는 걸 모르고 있는 걸까?

의문이 더해갈수록 가슴이 뜨거웠다. 어떤 정의감 같은 게 심장 근처로 모여들었다.

한도운. 너는 이런 대접을 받을 사람이 아니야. 네 옆에 너를 걱정해주는 사람이 있으면 안 돼. 너 같은 놈은 평생 외롭고 쓸쓸하게, 그렇게 살다 끔찍하게 죽어야만 한다고.

"왜 잘해줘요?"

엉겁결에 튀어나온 질문이 이상했다. 아니나 다를까, 남자가 얼떨떨한 얼굴로 눈썹을 찌푸렸다.

"엉?"

"왜 잘해주냐고요. 한도운… 나한테."

다소 신경질적으로 말이 나갔다. 남자는 머리를 긁적거리더니 어물거렸다.

“내가 잘해줬냐? 그렇게 생각했다면 다행이기는 한데. 딱히 잘해준 건 또 없는데….”

나도 모르게 비웃음이 새어 나왔다.

“내가 어떤 놈인지 몰라요?”

나는 그를 비난했다.

“어떻게 이런 놈을… 걱정해줄 수가 있어요? 사람으로서 할 짓이 있고 못 할 짓이 있는데. 그런 나쁜 짓을 저지른 놈인데.”

그러니 한도운 버리고 가. 뒷말을 겨우 삼키며 그를 노려봤다. 남자는 날 빤히 보며 피식 웃더니 맥주를 한 모금 꿀꺽 마셨다.

“도운아.”

그는 ‘오늘 유난히 주문이 많았거든’ 하고 입을 열었다.

“온종일 돈가스 튀기고, 불고기 굽고, 샐러드랑 반찬 만들어서 채우는데 힘들어 죽겠는 거야.”

손등을 들어 보이며 화상을 입어 붉게 부어오른 델 가리켰다.

“보이지? 하도 바빠서 데인 줄도 몰랐어. 근데 문득 상처를 보다가 네 생각이 나더라.”

남자의 시선이 멀리서부터 천천히 내게로 다가왔다.

“네 등에 있는 상처. 너는 그걸 어떻게 견뎠을까. 도대체 어떻게 그 긴 시간을 지나왔을까.”

내가 모르는 얘기였다. 나는 잠자코 그의 말을 들었다.

“네가 전에 그랬지. 네 죄는 도저히 지울 수 없는 거라 어떻게든 기억해야만 한다고. 기억하고 기억해 매일 후회하고 빌어야만 한다고. 저 같은 놈이 할 수 있는 건 그것뿐이라고.”

아른거리는 그의 눈동자에 한도운이 비쳤다.

“곧 죽을 놈처럼 굴다가도 살아있어야 내일이 있고, 모레가 있다고 말하는 널 보면서 나도 많이 깨달았다.”

나는 그의 눈동자에 비친 도운을 오래도록 바라봤다.

“이제는 그만 스스로 용서해라, 도운아.”

봄바람이 불었다. 타인의 몸에서 느껴지는 감각이 새삼 생소했다.

“너는 그래도 돼.”

도운은 지워질 것처럼 희미하게 그의 눈동자 속에 담겨 있었다.

*

일주일 정도 쉬었다 출근하라는 말을 남기고 그는 자리를 떴다. 월급은 그대로 줄 테니 걱정 말라며. 나는 무슨 반응을 보여야 할지 몰랐다.

그가 보이지 않을 때까지 기다렸다가 고시원으로 향했다.

계단 난간을 잡고 오르면서 남자의 부당해 보이는 당부를 곱씹었다.

스스로 용서해라, 너는 그래도 돼….

고시원에 널브러진 짐 속에서 옷을 찾아 들었다. 몇 가지 되지도 않아 고를 것도 없었다. 당분간 입을 검은색 후드티와 청바지, 반소매 티셔츠 두 장과 속옷을 챙겨 312호를 나왔다.

집으로 돌아가는 길에 영혼들을 보았으나 다가가지 않았다. 더는 붙잡고 말 걸어봐야 헛수고였다.

이상할 정도로 몸이 피곤했다. 고작 동네 한 바퀴 돌고, 골목 좀 돌아다니고, 한도운의 고시원에 들렀다가, 식당 사장과 한 시간 정도 얘기 나눈 것뿐인데, 며칠은 고생한 것처럼 온몸이 노곤했다.

'내 몸이 아니라서 그런가?'

타인의 육체로 세 시간 이상 지내본 적이 없었다. 그건 차마 대비할 수 없던 부분이었다. 어쩐지 눈이 감기는 것 같았다. 졸음인지 피로감인지 혹은 다른 무엇인지 구분이 가지 않았다. 일단 몸을 뉘여야 할 것 같아 서두르는데 낯선 아이의 목소리가 앞을 가로막았다.

"몸을 찾지?"

앞이 희뿌옇게 보였다. 눈을 비볐다. 얼굴 반이 녹듯이 흘러내린 아이가 보였다. 끔찍한 외형이었다.

내가 하는 짓이 재밌다는 듯 히죽거리며 아이가 고개를 갸웃갸웃했다.

"나는 아는데."

아이가 입은 하얀색 티셔츠 가슴께에 무지개 자수가 수놓아져 있었다.

"누나 몸을 누가 훔쳐 갔는지, 나는 알지롱."

입술이 저절로 벌어졌다. 졸음이 쏟아지던 눈에 힘이 들어갔다. 들고 있던 옷을 바닥에 던져두고 무릎을 굽혀 아이와 시선을 맞췄다.

"누가? 누가 가져갔는데?"

잡을 수 없는 걸 알면서도 아이의 어깨쯤에 손을 올렸다.

중력을 이기지 못한 손이 바닥으로 맥없이 떨어졌다. 몇 번이나 그러다 손을 거뒀다.

"찾고 싶어?"

아이는 약 올리듯 내 얼굴을 살피며 물었다.

"당연하지!"

아이가 또 히죽거리며 입을 오물거렸다.

"그럼 내 부탁을 들어줘."

뭐든 들어줄 테니 누가 내 몸을 훔쳐 갔는지 알려달라고 했다. 간절하게 구는 걸 지켜보던 아이가 '…줘' 하고 웅얼거렸다.

"그 몸을 나한테 줘. 그러면 알려줄게."

눅진하게 불던 바람이 차갑게 변해 어깨와 옆구리를 슥 지나갔다.

아이의 일그러진 얼굴과 멀쩡한 얼굴이 기묘하게 뒤틀렸다.

스위치

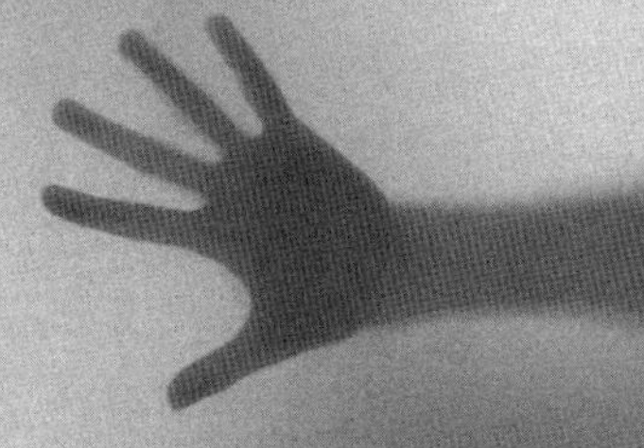

현서에게.

꽃이 피었다는 소식을 들었어. 다 핀 건 아니고 어디만 이르게 피었다고 하더라. 계절이 벌써 바뀌었구나. 나도 모르게 헛웃음이 나왔어. 시간이 흘러가듯 계절이 바뀌는 건 당연한 건데, 뭐가 그리 새삼스럽다고.

이상하지? 여기선 당연한 것도 당연하지 않은 게 돼. 사소한 것도 대단하게 다가오고 큰일은 큰일이 아닌 것처럼 느껴지기도 하고. 참 희한한 일이야.

어제는 꿈에 할머니가 나왔어. 재판 내내 딱 한 번만이라도 꿈에 보여달라고 그렇게 빌었는데 감감무소식이더니, 2년이 지나서야 날 찾아오신 거야.

할머니는 내가 기억하는 모습 그대로였어. 내 손을 잡고 아무 말 없이 웃으시더라. 어쩌면 나보다도 현서 네가 더 반가운 모습이었을지도 모르겠다. 나보다 네가 우리 할머니랑 더 친했잖아.

이제 와 하는 말인데 가끔 너한테 질투도 했어. 네가 밥 먹으러 와서 밥상 앞에 앉으면 할머니가 네 앞에만 이것저것 반찬 밀어 줬잖아. 손자는 나인데, 하나뿐인 가족은 나인데 왜 너한테만 친손녀처럼 그러는지. 그래서 괜히 너한테 툴툴거리기도 했던 거야. 네가 유치하다고 놀릴까 봐 못 한 말인데 이제야 꺼내게 된다.

꿈은 별거 없었어. 할머니는 그저 내 손을 잡고 웃었고, 나는 그런 할머니를 보다가 엉엉 울어버렸어. 자고 일어나니까 베개가 온통 젖어 있는 거야.

옆자리 형이 밤새 뭐가 그렇게 서러워 울었냐고 묻는데, 딱히 꺼낼 말이 없었어. 내가 무슨 말을 하겠어. 내가 죽인 할머니가 꿈에 나와서… 그렇게 말할 수는 없잖아.

현서야, 나는 건강해. 밥도 잘 먹고, 잘 지내고 있어.

잘 지내면 안 되는 놈인데 무척이나 잘 지내서 괴로울 정도야. 가끔은 이런 호사를 누려도 되는 걸까 고민도 해. 그 정도로 나는 잘살고 있어.

그러니까 현서야, 나는 네가 더는 찾아오지 않았으면 좋겠어.

그동안 그랬듯이 나는 앞으로도 너를 만나지 않을 거야. 네가 어떤 마음으로, 어떤 말을 하려고 하는지도 듣고 싶지 않아. 너를 원망해서가 아니라 그냥 궁금하지 않을 뿐이야. 아무리 친한 친구라도 멀리 떨어지게 되면 차차 잊게 되잖아. 나한테 너는 그런 친구가 된 거야.

이제 너는 내가 아니라 지금 네 옆에 있는 다른 친구들과 어울리면 돼. 고등학생이 되었으니 공부도 열심히 하고, 친구들과도 재미있게 놀고. 평범하게 누릴 거 누리고 사는 거. 그게 너랑 어울리는 모습인 거야.

나는 지금껏 그랬듯 여기서 열심히 배우고 깨우치고, 그렇게 지내겠지. 그게 너와 내가 가야 할 길인 거야. 섭섭해하지는 말자. 그냥 자연스럽게 받아들이자. 나는 그거면 돼.

거긴 어떨지 모르겠다. 거기도 어디쯤에는 꽃이 피었니?

여긴 아직 쌓인 눈이 녹지 않아서 봄을 실감하기는 힘들어. 눈이 녹은 뒤에는 여기도 꽃이 피겠지. 그때쯤에는 네가 찾아오지 않는 날이 되어 있기를 바랄게.

주절주절 쓰다 보니 말이 길어졌다.

미안했고 고마웠어.

내가 푹 자듯이 너도 푹 자고 잘 먹기를 바란다.

이만 편지 마칠게.

3월 6일

김천에서 도운.

"뭐?"

몸을 달라니, 어처구니가 없어 일부러 귀를 후비며 되묻자 아이는 어깨만 으쓱거렸다.

나는 아이의 두 눈을 똑바로 보고 꾸짖듯이 말했다.

"내가 뭘 믿고 너한테 이 몸을 주는데? 네가 거짓말하는 걸 수도 있잖아. 몸만 가져가 버리면 난 어떡하고?"

아이가 '음…그건…' 하고 말끝을 흐렸다.

별수 없는 애 앞에서 무슨 실랑이인가. 경직된 어깨가 풀어지고 뻣뻣하던 등이 둥글게 굽어졌다. 아이의 끔찍한 얼굴에서 슬그머니 고개를 돌렸다. 바닥에 떨어진 옷을 주워 일어섰다. 아이의 고개가 나를 따라 올라왔다.

이 아이가 정말로 아는 게 있다면, 그게 아주 작은 단서라도 기꺼이 거래에 응할 생각이었다. 다만 그 단서는 진실이어야 했다. 나는 거리에 선 영혼들을 주욱 훑어보다가 말했다.

"만약에 네가 정말로 내 진짜 몸을 훔친 게 누구인지 알고 있고, 내 몸이 지금 어디에 있는지 알고 있다면, 얼마든지 이 몸을 줄 수 있어."

아이는 '정말?' 하고 손가락을 입에 넣고 빨았다. 영락없는 아이였다. 얼굴이 온전했더라면 충분히 귀여웠을 것이다.

"대신 몸을 주는 건 내 진짜 몸을 되찾은 이후야. 그다음에 이 몸을 줄게. 그게 내 조건이야."

아이가 어깨를 부러 축 늘어트렸다. 그러며 입술을 비죽 내미는 것도 실망한 아이다운 몸짓이었다. 그러곤 알아들을 수 없는 소리를 웅얼거렸다. 본능적으로 소리를 들으려고 고개가 기울었다.

그건 다분히 계산적으로 느껴졌다. 계속 관심을 끌기 위한.

문득 이 아이가 죽은 건 언제일지, 이곳을 떠돈 게 얼마나 됐을지 궁금해졌다. 어쩌면 겉만 어린아이지 속은 늙은이보다 영악할지 몰랐다. 보이는 것보다 훨씬 위험한 존재. 나는 아이의 까만 정수리를 보며 말했다.

"너한텐 아쉬울 게 없는 거래 아니야? 넌 잃을 게 없잖아. 반면에 난 어떻게든 내 몸을 찾아야 하고. 내가 내 몸을 찾게 되면 어차피 이 몸은 비게 돼. 비어 있는 몸을 누가 차지할지는 난 모르겠고."

숙였던 아이의 고개가 위로 슬며시 들렸다.

"좋아."

입꼬리가 올라간 아이는 손가락을 꼼지락거리며 대답했다. 나는 아이의 뒤로 멀찍이 서 있는 영혼들을 보았다. 그들은 저마다 정면을 보고 있었으나 나와 아이의 대화를 엿듣는 중이었다. 몇은 대놓고 우리 둘을 계속 바라보았다. 텅 빈 눈이 안광이 돌 듯 반질거렸다. 어쩐지 속이 울렁거려 침을 삼켰다.

"저기로 갔어."

내 옆에 바짝 붙어서서 아이가 아파트 반대편, 거리의 끝을 작고 가느다란 손가락으로 가리켰다.

"찾을 게 있다고 그랬어."

나는 아이가 가리킨 쪽으로 허리만 돌려 보았다. 내가 걸어온 골목이었다. 찾을 거라니?

골목을 밝힌 가로등 불빛이 순간 점멸했다. 골목 중간에서 깜빡거리던 빛이 아예 사라졌다. 일정한 간격을 두고 세워진 가로등이라 하나만 불이 꺼져도 공백이 생긴 듯 골목 중간이 새까맣게 지워진 것처럼 보였다.

"자기가 누구인지, 왜 죽었는지 그 이유를 찾을 거라고."

손가락에 힘이 들어갔다. 집어든 한도운의 옷을 밧줄이라도 되는 양 힘껏 움켜쥐었다.

"이유를 찾으려고… 내 몸을 훔쳐 갔다고?"

목소리 끝이 떨려서 나왔다. 그걸 왜 내 몸을 이용해 찾으려고 하는 건데! 왜 하필 나였는데? 왜? 대체 왜?

목구멍이 간질거렸다. 소리치고 싶어서. 그래봤자 달라지는 건 없었다. 지금은 나를 찾는 것! 그게 우선순위였다.

"여길 떠나 어디로 갔는지는 알아?"

아이는 미안한 표정으로 고개를 저었다.

"그게 얼마나 나를 지켜보고 있었는지는… 알고 있니?"

아이가 영악한 속을 드러내듯 이번엔 크게 미소를 지었다.

"아주 오래. 아주 오래도록 지켜봤어."

4월 29일 AM 2:08 **원영의 몸(무명의 영혼)**

자정이 넘어가는데도 아직 거리엔 사람들이 많았다.

벌겋게 달아오른 얼굴들이 대부분이었다. 술 냄새와 담배 냄새가 지독했다. 속이 메스꺼웠다. 술도 담배도 하지 않았을 이 몸의 주인은 꽤 건강하게 살았던 모양이었다.

기억의 조각을 떠올리고 나서 얼마나 걸어다녔는지 무릎과 종아리가 아팠고 목이 말랐다. 살아있다는 건 정말 귀찮은 일이구나. 그런 생각을 두어 번 더 했다.

처음엔 신기했고, 그다음엔 흥미로웠고, 이젠 짜증이 밀려왔다. 살아있기에 이렇게 돌아다닐 수 있었지만, 동시에 살아있기에 걷다가도 쉬어야 했고, 갈증과 허기를 참아야 했다. 무언가를 참는다는 건 거리를 벗어나지 못한 채 얽매여 있는 것보다 훨씬 끈질긴 인내심이 필요한 일이었다.

"아이고, 깜짝이야! 왜 여기 앉아 있어요?"

입구가 열린 상가 건물 계단에 앉아 있었다. 목적지도, 돈도 없으니 쉴 데라곤 이런 건물 계단이나 공원 벤치 정도였다.

상가 건물은 자정이 되기 전에 관리인이 출입구를 잠갔다. 공원은 새벽바람이 쌀쌀해 오래 앉아 있기 힘들었다. 겨우 찾은 데가 유흥업소가 즐비한 12층짜리 건물이었다. 층마다 '안마'와 '노래방' 간판이 달린 건물은 새벽에도 계단과 화장실이 개방돼 있었다. 내게는 잠시 쉬기 적당한 곳이었다.

"저기 위 직원인가?"

나는 6층과 7층 사이 계단에 앉은 채로 층계참에 선 남자를
보았다.

40대 중반이거나 그보다 더 많을지도. 그는 떠나지 않고 계
속 말을 걸어왔다. 말할 때마다 술 냄새가 푹푹 풍겼다.

"왜 여기 서글프게 앉아 있나?"

남자는 내 발목과 어깨를 흘끔거렸다. 침을 꿀꺽 삼키기도
했다. 그게 뭔지는 뻔했다.

"살기 힘들죠? 팍팍하고. 나도 안다니까. 세상이 개 같은 거
야. 우리가 나쁜 게 아니라. 나는 자기 다 이해해."

그는 느물거리며 옆으로 와 앉았다. 은근슬쩍 몸이 닿도록
기울였다.

나는 뭐가 그리 좋은지 히죽거리며 웃고 있는 무당귀를 쳐
다보았다. 층계참 구석에 선 무당귀가 연신 입술을 파르르 떨
며 히죽거렸다.

"어떻게, 너무 힘들면 내가 좀 도와줄까? 푹신한 데서 좀 쉬
기도 하고. 그러면 나아질 텐데."

마침 꼬르륵, 뱃속에서 신호가 왔다. 더는 못 참을 것 같았
다. 먼저 일어나 멀거니 나를 올려다보는 그에게 말했다. 배고
파. 남자의 눈동자가 반질거렸다.

"먹을 것 좀 사서 쉴까? 그럴래?"

술에 취한 남자의 눈가가 목둘레만큼이나 붉었다. 나는 쉽
게 고개를 끄덕였다. 피곤했고 목이 말랐고 배가 고팠다. 남자

가 내게 원하는 것보다 내가 원하는 게 지금 더 필수적이고 강렬했다.

*

편의점에서 빵과 과자, 음료수를 사서 나를 데려간 곳은 무인 모텔이었다. 나는 방에 들어서기 무섭게 남자가 든 봉투를 낚아챘다.

그는 셔츠 단추를 풀며 '더 사줄까?' 하고 침대 끄트머리에 걸터앉았다.

"안 되겠다. 땀이 나네. 먼저 씻을게. 먹고 있어."

셔츠를 벗고는 화장실로 들어갔다. 불투명한 유리 벽 너머로 남자의 실루엣이 비쳤다. 속이 비어서 메스껍던 게 이제는 너무 한꺼번에 차서 메스꺼웠다.

빵을 그만 내려놓고 음료수를 벌컥벌컥 마셨다. 음료수를 마시며 봉투를 뒤집어 탈탈 털었다. 속에서 손바닥보다 작은 크기의 정사각형 콘돔 하나가 떨어졌다.

"인간들이란 참 더럽지?"

구석에 선 무당귀가 깔깔거렸다. 웃음소리 밑으로 방울 소리가 은은하게 깔렸다.

"저런 망나니도 살아있는데… 왜 우리는 죽어야 했을까? 억울하지 않아?"

하나로 빗어 넘겨 묶은 무당귀의 머리카락이 군데군데 실이 풀린 것처럼 튀어나와 있었다. 찬찬히 훑어보면 무당귀는 단정하면서도 단정하지 않은 차림새였다. 갖춰 입은 듯 보이면서도 헝클어져 보였다.

"말해봐, 뭐든지. 내가 다 들어줄게."

유리 벽 너머에서 물소리와 흥얼거리는 콧노래가 들려왔다. 나는 남자가 벗어둔 셔츠와 바지를 노려봤다. 나를 찾기 위해 당장 필요한 건 돈이었다. 무당귀가 무슨 말을 하건 흘려들었다. 대신 리모컨을 들어 텔레비전 전원을 켠 다음 소리를 최대치로 키웠다.

연예인들이 나와 시끄럽게 떠드는 프로그램이었다. 여러 명의 웃음소리가 귀가 아플 정도로 울려댔다. 내가 뭘 하려고 그러는지 알고 난 무당귀의 입꼬리가 파르르 떨렸다. 웃음을 참기 힘든 모양이었다.

화장실 앞에 벗어둔 바지 주머니에서 지갑을 꺼냈다. 오만 원 한 장, 만 원 세 장, 천 원 네 장. 이게 전부였다. 신용카드 두 장도 꺼내 챙겼다. 무당귀가 턱을 으쓱거렸다. 저기 보라는 듯.

"뭐야? 너 뭐 하냐?"

하반신에 수건을 두르고 나오던 남자는 어이없다는 얼굴이었다.

"내가 이럴 줄 알았다. 내가 너 같은 것들 한두 번 보는 줄 아냐!"

남자가 털이 무성한 다리를 들었다. 발이 어깨로 쾅 날아들었다. 몸이 그대로 주르륵 밀려났다. 그다음엔 빵이 날아들었다. 텔레비전 소리가 커서 욕설은 자세히 들리지 않았다.

"어떻게 해줄까?"

무당귀의 축축한 목소리가 귓불을 간질였다.

"나는 네가 바라는 걸 해줄 수 있어."

남자의 두꺼운 종아리가 눈에 들어왔다. 언뜻 잔상 같은 기억이 떠올랐다.

무지막지하게 몸을 차던 발길질. 그 다리를 붙잡고 애원하던….

살려달라고 했었나? 머리가 아팠다. 떠오른 게 내 기억이 맞는지, 내 기억이 맞는다면 내 죽음과 연관된 기억인지 궁금했다.

머리를 후려치는 고통에 번쩍 고개가 들렸다. 남자가 내 머리카락을 잡고 흔들어댔다. 시야가 잔뜩 흐려졌다. 생리적인 고통 때문이었다. 시야가 좌우로 흔들릴 때마다 지독한 향수 냄새가 머릿속을 쑤셔댔다. 이건 남자한테서 나는 게 아니었다. 기억 속, 내가 찾아야 할 기억 속에 남은 향이었다.

"내가 도둑질 모른 척해줄 수도 있거든. 다 너 하기에 달렸다. 알겠어?"

"죽어…."

"뭐?"

"죽어…."

“뭐라는 거야, 미친년이!”

기억 속에서 나는 같은 말을 반복해 외쳤다. 그때의 감정이 강렬하게 솟구쳤다.

어금니가 갈렸다. 앞니로 혓바닥을 자를 만큼 턱에 힘이 들어갔다. 분했고 슬펐고 아팠다. 그 생생한 감정에 미칠 것 같았다. 어떻게든 해소해야만 숨이 쉬어질 것 같았다.

너는…. ‘내게 집이 멀어요?’ 묻고 ‘전 이 근처 살아요. 연지동에’라고 덧붙이던 너는.

“죽여.”

수건을 걷어낸 남자의 알몸이 드러났다.

“뭐?”

나는 허공에 대고 음식을 주문하듯이 말했다.

“죽여버려.”

무당귀의 발이 남자의 옆에서 폴짝거리며 뛰기 시작했다. 무릎을 크게 접었다가 펼치며 뛰는 모습이 한바탕 굿을 떠올리게 했다.

전등 불빛이 순식간에 몇 배나 밝아졌다. 어두워지는 것과 다르게 끝없이 밝아지는 것 또한 두려웠다. 필라멘트가 터졌는지 팟, 소리와 함께 불빛이 사라졌다. 어둠 속 유일한 빛은 텔레비전 화면뿐이었다.

“뭐… 뭐야?”

남자가 이리저리 둘러보며 당황하는 기색이 역력했다.

“아이 신나, 아이 신나.”

무당귀는 남자 주위를 뛰어다니며 외쳤다. 그의 이마에서 땀이 흘러내렸다.

딸랑딸랑

“바라는 것을 들어줄 테니!”

딸랑딸랑

“이 몸 저 몸 다 죽자꾸나!”

딸랑딸랑

“혼자서는 억울하니!”

딸랑딸랑

“이 몸 저 몸 다 죽자꾸나!”

방울 소리와 무당귀의 목소리가 텔레비전 소음을 지웠다. 사방에서 온갖 소리와 진동이 폭죽처럼 터졌다.

“억…!”

무당귀가 남자의 머리카락을 잡고 쑤욱 들어 올렸다. 남자가 나를 향해 손을 뻗었다. 그의 눈가에 맺힌 눈물이 그가 얼마나 끔찍한 공포 속에 있는지 짐작케 했다.

“이… 이거 뭐야? 너… 뭐야?”

그의 눈에는 보이지 않을 무언가. 그러나 내게는 보이는 그것. 무당귀가 남자의 뺨에 자기 뺨을 댔다. 남자가 팔을 허우적거렸다. 텔레비전 옆 화장대 거울에 그가 비쳤다.

거울 속에는 남자 혼자였다. 그의 얼굴에 난 구멍에서 액체들이 흘러나왔다. 침이며 눈물이며. 귓가에는 핏물도 흘렀다. 온몸을 연신 바들바들 떨었다.

나는 지폐와 신용카드를 챙겨 나오기 전에 마지막으로 그를 보았다.

"도와… 줘! 몸이… 안 움직여!"

현관문을 닫기 전 손가락 한 마디만큼 열린 틈으로 남자를 확인했다.

목이 천천히 돌아가면서 고통에 찬 신음이 간신히 흘러나왔다. 남자의 목이 한 바퀴를 다 돌았다. 우드득거리는 소리가 소름끼쳤다. 그리고 두 바퀴, 세 바퀴 계속 돌아가고 있었다. 분수처럼 피가 솟구쳤다.

안녕.

문을 닫았다. 문 너머에선 어떤 소리도 새어 나오지 않았다.

4월 29일 PM 5:20 현서

"살인사건이요?"

현서가 놀라 묻자 동료는 고개를 주억거렸다.

그는 괜스레 빈자리를 훑어보다 소리를 낮췄다.

"모텔 직원이 청소하러 들어갔다가 발견한 모양인데, 시체가 가관이래. 그것 때문에 강력계 난리잖아, 지금."

"살인사건이 한두 번도 아닌데…."

동료는 그게 아니라며 손을 저었다. 가까이 오라고 손짓하고는 작게 속삭였다.

"목이 비틀려서 댕강! 이해돼?"

'비틀리다'와 '댕강'이 어떻게 이어지는 건지 전혀 이해되지 않았다. 현서는 고개를 저으며 물었다.

"목이 잘렸다는 거예요?"

"잘리긴 했는데 흉기로 한 것 같지는 않다는 게 문제인 거지."

"흉기로 한 게 아니면요?"

동료의 입술이 달싹였다. 어떤 말을 어떻게 꺼내야 할지 모르겠다는 얼굴이었다.

"뭐라고 해야 하나. 꼭… 뜯어낸 것처럼 잘려 있었다는 거야."

"뜯어냈다는 게 목을 말하는 거죠? 그러니까 얼굴이 몸에서 뜯어져 있었다는…."

"맞아! 왜, 애들 보는 잔인한 만화 같은 거 보면 그런 장면 나오잖아. 괴물이 사람 머리를 잡아서 뜯어버리는."

현서는 말도 안 된다고, 그런 게 현실에서 있을 수 있겠느냐고 말하려다 입을 다물었다. 동료의 얼굴이 사뭇 진지했다.

"용의자는요?"

"있는 것 같기는 한데…."

말끝을 흐렸다.

"저쪽에서도 확신은 못 하나 봐."

그의 눈이 복도 너머 강력계 쪽을 흘끔거렸다. 거긴 비번인

형사들이 찌든 몰골로 복도와 강력계를 오갔다. 진실이 무엇이든, 꽤 피곤한 사건이 벌어진 건 맞는 듯싶었다.

"저 잠시만 나갔다 올게요."

곰 같은 덩치가 기지개를 켜며 복도를 어슬렁거리는 게 보였다. 현서는 여성청소년계를 나와 곧장 야외 흡연구역으로 향했다.

현서의 손이 담배를 입에 문 그의 옆으로 가 라이터를 내밀었다.

"여어, 차형사."

영호는 현서를 반기면서도 피곤한 기색을 숨기지 않았다. 평소보다 수염이 더 거친 것 같아 잠깐 안쓰러운 마음이 들었다.

"오늘따라 더 바쁜가 보네요."

"소식 들었구먼. 아무튼 촉새들이야. 어떻게 된 게 형사란 놈들이 뛰는 것보다도 떠드는 걸 더 좋아하는지."

"정말로 목이 뜯어졌습니까?"

본론부터 들이밀자 영호가 너털웃음을 지었다. 그는 솥뚜껑같이 커다란 손으로 제 얼굴을 두어 번 쓸어내렸다.

"차형사, 심리학과 출신이라고 했으니까 인간 심리, 뭐 이런 거에 대해서 잘 아나?"

"그건 왜 물으세요?"

"내가 형사 생활만 15년이야. 강력계에서는 7년을 있었고. 형사 일로 먹고살면서 별의별 놈들 다 만나봤다. 허약하게 생거서 자기보다 덩치가 두 배는 큰 놈을 때려죽인 놈도 봤고, 핸드폰 빼앗았다고 부모를 죽인 놈도 봤고, 칼로 수백 번을 찔러서 사람 죽인 놈, 자동차로 몇 번이나 피해자를 뭉갠 놈, 고백 안 받아줬다고 지 몸에 불붙여서 피해자한테 달려든 놈, 시신을 곰탕 끓이듯이 끓여서 돼지 농장에 뿌린 놈. 세상에 뭐 이런 놈이 다 있지, 싶은 놈들 보고도 그냥 욕이나 한 사발 해주고 말았다고, 내가. 기자들이 세기의 악마니, 살인자니 떠들어대도 나한텐 그냥 쓰레기 같은 범죄자, 딱 그 정도였단 말이야. 그렇잖아. 사람을 죽이는 게 대단해? 그건 그냥 잔인한 거야. 해서는 안 되는 범죄. 그냥 그 정도인 거잖아. 거기에 무슨 사연이 있고 이해가 필요하겠어. 그냥 범죄자. 딱 그뿐인 거지.”

뿌연 담배 연기가 허공에서 흩어졌다. 현서는 먼 곳을 응시하는 영호의 옆모습을 보며 차분히 기다렸다.

“근데 이번엔 도무지 모르겠어. 아무리 생각해도 파악할 수가 없어서 미치겠다, 차형사. 전혀 감이 안 잡혀.”

호기심이 일었다. 그의 말처럼 온갖 꼴을 다 본 베테랑 형사가 이렇게 말할 정도라면 대체 어떤 사건인 걸까.

불현듯 만화에 비유해 설명해주던 동료의 말이 떠올랐다. 말도 안 된다고 생각했다. 과장이 섞여 있을 거라고. 입에서 입으로 전해지는 모든 건 그런 법이니까. 그렇게 생각하면서도 의구심이 들었다.

“사람이 사람을⋯ 어떻게 그렇게 죽일 수 있지? 그게 가능한가?”

담배를 발로 비벼끄고 그가 현서를 돌아봤다. 얼굴이 거뭇했
다. 피곤이 누적된 것과는 별개로 보기 드문 두려움 같은 감정
이 드러나 있었다. 사람이 사람을 죽여서가 아니라 사람이 사
람을 그렇게까지 해서 죽였다는 데서 오는 두려움일 것이다.

“아무리 힘이 세도 사람이 사람 목을 잡아서 뜯을 수 있다고
생각하냐고?”

현서는 섣불리 대답하지 못했다. 그가 내뱉은 문장 자체가
온전히 이해되지 않아서였다. 잡아서, 뜯는다…. 상상해보려고
해도 쉽게 그려지지 않았다.

“다른 방법을 쓴 걸 수도 있잖아요.”

“우리도 그렇다고 생각해. 아니, 그렇다고 생각하고 싶어.”

사내는 덩치만큼이나 손도 큼지막했다. 그 손을 마구 흔들
어댔다.

“근데… 160 조금 넘는 여자가 그럴 수 있을까? 여자라서
안 된다는 게 아니야. 힘이 아무리 좋은 남자였어도 불가능했
을 거라고.”

“피해자는요? 동성입니까?”

“아니, 남자야.”

“용의자와의 관계는요? 파악됐어요?”

“전혀. 연결점이 없어.”

“피해자 시체가 발견된 장소가 모텔이라고 들었는데, 그럼

혹시 그쪽이랑 연관된 게 아닐까요?”

현서가 언급한 ‘그쪽’이 ‘성범죄’임을 알아들은 그가 ‘그럴 수도 있지만, 내 생각엔 아닌 것 같아’ 하고 단호하게 대답했다.

“이유를 물어도 됩니까? 그렇게 판단한 이유요.”

“내가 이런 말 하면 우스울 수도 있는데…. 내 별명이 개코인 거 차형사도 알지? ‘강력계 개코’ 하면 여기저기서 내 이름부터 대잖아.”

턱수염을 쓰다듬은 그가 ‘현장에서는 냄새가 나. 범죄의 냄새라고 할까’ 하고 덧붙여 설명했다.

“희한하게 냄새가 나더라고. 살인사건 현장에서는 생선 썩는 것 같은 비린내. 시체에서 나는 게 아니라 공간 자체에서 그런 냄새가 나. 반면에 성범죄 현장에서는 오래된 화장실에서 나는 역한 냄새가 나고.”

그는 아무 반응이 없는 현서를 내려다보고는 다시 입을 열었다.

“그래서 나는 현장에 도착하면 대강 파악이 돼. 여기서 무슨 일이 벌어졌을지. 물론 백발백중은 아니지. 결합 사건도 있으니까. 내 촉이 완벽한 것도 아니고. 그래도 조사해보면 얼추 맞아. 나도 신기하다고 생각해. 이것도 능력이면 능력일 테고. 신이 내린 형사. 뭐 그런 비슷한 거 아닐까.”

심각한 상황을 풀기 위해 허투루 내뱉은 말이었지만, 현서는 웃을 수 없었다.

웃지 못하는 건 사내도 비슷했다. 그는 자기가 꺼낸 농담에도 입꼬리에 힘조차 주지 못했다. 잠시 침묵이 내려앉았다.

"이번엔 무슨 냄새를 맡으셨어요?"

먼저 입을 연 건 현서였다. 현서는 눈치껏 차분하게 물었다.

"탄 냄새."

단번에 대답하곤 가늘게 눈을 떴다. 냄새를 맡듯 그의 콧잔등이 씰룩거렸다.

"나도 처음 맡아본 냄새였어. 탄 냄새라는 건 알겠는데, 그게 현장하고 무슨 연관이 있는지도 모르겠고."

아우! 양손으로 머리를 헝클어트리며 영호는 '모르겠다, 진짜 모르겠어' 하고 중얼거렸다.

"해결될 겁니다. 요즘 세상에 완전범죄가 어디 있어요. 뭐든 사건 초반은 다 어렵잖습니까."

"나도 그랬으면 좋겠어. 서장님 요즘 예민한 거 알지? 원담시에서 하필 우리 관할에서만 시체가 자꾸 나온다고. 한두 번도 아니고 뉴스만 틀면 우리 지역 얘기라고 윗선에서 압박이 이만저만 아닌가봐. 오죽하면 무당 불러서 굿이라도 해야 하는 거 아니냐고, 그런 신소리를 하시더라니까."

현서가 이해한다는 듯 고개를 끄덕거렸다. 전에도 기이한 시체에 관해 떠든 기억이 있었다. 스스로 양 손목을 잘라 자살한 남자에 관한.

사내가 진동을 느끼고 주머니에서 핸드폰을 꺼냈다. 심각한 표정으로 핸드폰 액정을 들여다보던 그가 나지막하게 현서를 불렀다.

"드디어 땄네! 그래, 혹시 모르니까 차형사도 봐봐."

"누군데요?"

"이번 사건 용의자. 아직 신상은 파악하고 있고, 이건 모텔 CCTV에 찍힌 사진. 퇴근하는 길에 거리 좀 훑어봐."

핸드폰 액정 속에는 몸에 비해 큰 회색 맨투맨에 청바지 차림을 한 여자가 찍혀 있었다. 손가락으로 여자의 얼굴을 확대해보곤 현서가 '어?' 하고 입을 벌렸다.

사진을 뚫어져라 응시하다가 깨달은 듯 자기 핸드폰을 바지 주머니에서 꺼냈다.

"본 적 있어요."

"어?"

"이 여자요. 전에 본 적 있습니다."

"어디서? 언제 봤는데?"

핸드폰 앨범을 뒤져 사진을 찾아냈다. 일전에 주차장 CCTV를 확인한 뒤 찍어둔 사진이었다.

"비슷하죠? 선명하지 않기는 한데… 보세요. 옷에 쓰인 영어 문구가 똑같아요. 전체적인 실루엣도 같고요."

현서가 찍어둔 여자의 사진과 현장에서 찍힌 여자의 사진을 번갈아보다가 영호는 은근한 목소리로 현서의 이름을 불렀다.

"차형사."

영호와 현서의 시선이 말을 나누듯 마주쳤다. 사내의 뭉툭하던 눈빛이 잘 버린 칼끝처럼 날카로웠다.

"가자."

곧장 뛰기 시작한 사내를 따라 현서도 뒤따랐다.

야외 주차장을 가로지르는 그림자가 겹쳤다. 푸른빛이 돌던 하늘에 석양이 졌다.

주차장에 벌써 땅거미가 내려앉았다.

4월 29일 PM 7:45 도운의 몸(원영의 영혼)

"지박령은 특정한 장소에서 죽은 영혼이나 떠돌이 귀신이 그 장소에 얽매여서 계속 머무는 것을 말한다…."

모니터에서 나온 빛이 얼굴을 간질였다. 뻑뻑한 눈두덩이를 손가락으로 눌렀다가 놨다. 흐리던 초점이 원래대로 돌아왔다.

특정한 장소에서 죽어, 그 장소에 묶인 영혼이나 귀신. 떠나지 못한 채 기약 없이 한 곳에만 있어야 하는 것들. 몇 번의 검색 끝에 나온 결과였다.

골목과 거리를 서성거리던 영혼들을 떠올렸다. 대체 무얼 바라고 다가오려던 것이었을까. 그들이 내게 바란 것. 그게 뭐였는지 비로소 궁금해졌다. 만약 그들의 요구를 들어줬더라면 지금 같은 일은 벌어지지 않았을까. 이미 벌어진 일이건만 생각을 끊기는 힘들었다.

"지박령…."

그들은 저마다의 이유로 거기 묶인 지박령들이었다. 어디로도 떠나지 못한 채 한정없이 머물러야 하는 존재. 계절이 바뀌고 시간이 아무리 흘러도 그들은 그곳에 있어야만 했다. 그게 그들이었다.

문득 한도운의 몸을 달라고 요구하던 어린 영혼이 떠올랐다. 외형은 어리지만 의도는 결코 어리지 않던 존재. 다른 영혼들과는 어딘가 좀 다른 부분이 있던 아이. 같은 영혼이어도 아이는 뭐랄까… 지나치게 활발하고 집요했다. 괜히 불쾌할 정도로.

"집중해야 해."

노트북을 덮고 일어나 베란다 창문으로 다가섰다. 유리창에 가만히 이마를 댔다. 차가운 표면이 열이 오른 이마를 식혀주었다.

얼굴의 반이 일그러진 아이가 한 말이 진실이라면, 내 몸을 훔친 영혼은 반드시 이곳, 이 동네로 돌아올 거다. 자기가 '누구'인지, '왜 죽었는지'에 관한 답은 자기가 '왜 이곳에 얽매여 있었는지'로 연결될 테니까.

지이이잉.

노트북 옆에 놔둔 핸드폰이 진동했다. 액정에 뜬 건 저장되지 않은 번호였으나 그 주인이 누구인지는 이미 알았다. 핸드폰을 든 손가락이 머뭇거렸다.

“원영이니?”

전화를 받기 무섭게 상대가 내 이름을 불렀다. 나는 대답하지 않았다. 하고 싶은 마음도 없었지만, 할 수도 없었다. 한도운의 목소리로 대꾸했다가는 일이 복잡해질 테니까.

“궁금해서 전화했어. 잘 지내고 있는지, 몸은 건강한지…. 돈도 보냈는데 안 받았더라. 큰 뜻 없이 보낸 건데… 그냥 받지.”

여자의 목소리가 가련하게 떨렸다. 가증스러워 헛웃음이 튀어나오려 했다.

“있지… 원영아, 곧 있으면 그날이잖아.”

그날…. 여자도 알고 자신도 아는 그 지독한 날.

핸드폰을 든 손에 힘이 꾸욱 들어갔다. 손바닥에 각진 자국이 남을 만큼 비틀듯이 쥐었다.

“원영아… 엄마는 정말로….”

더는 듣고 싶지 않았다. 종료 버튼을 눌렀다. 통화가 종료되었다는 문구를 보다 한도운의 목소리로 악! 괴성을 내질렀다. 핸드폰을 벽에다 집어던졌다.

가슴팍이 요동쳤다. 타인의 몸으로 느끼는 분노가 생경했다. 내 몸일 때보다 훨씬 숨이 거칠었다. 현기증이 일고, 눈앞이 핑 돌았다. 눈을 감았다가 뜨니 핸드폰이 떨어진 구석에 열 살쯤 됐을 남자애가 서 있었다.

소년이 가만히 날 지켜보고 있었다. 표정이 담기지 않아 화가 났는지, 슬픈지, 아픈지 알 수 없었다. 둥글고 앳된 얼굴 속

가는 눈이 나와 닮아 있었다.

"…오빠."

오빠라는 말이 축축하고 무겁게 젖은 감정을 끌고 나왔다. 목이 메었다. 다시 뻑뻑한 눈을 감았다 뜨니 소년은 보이지 않았다. 이리저리 둘러보았다.

특정한 장소에서 죽어 그 장소에 얽매인, 그곳을 떠나지 못한 채 오래도록 서성대는 영혼….

오빠와 아빠도 지박령이 되었을까. 자기들이 죽은 끔찍한 공간에서 떠나지 못하고 있을까. 한 번도 생각해본 적 없던 의문이었다. 종아리와 허벅지가 덜덜 떨려 기어이 주저앉았다. 한도운의 몸으로 울음을 토해냈다.

원영아, 괜찮아. 그냥 자.

더는 선명하지 않은 음성이 내 어깨를 어루만졌다.

오빠가 있으니까 괜찮아.

나를 달래던 오빠의 마지막 말이었다.

오빠는 그 말이 마지막 남긴 유언이 될 줄 알았을까? 그럴 리 없다. 겨우 열 살짜리 애였는데.

눈물로 젖어버린 남자, 도운의 얼굴을 손바닥으로 닦아냈다.

나는 지금도, 앞으로도 엄마를 용서할 수 없다. 엄마가 용서를 구해야 할 사람은 내가 아니었으니까. 살아남은 내가 아니라 이유도 모른 채 부모에게 살해된 오빠에게 구해야 했다.

체구는 작아도 걱정한 것보다는 튼튼한 몸이었다. 비쩍 말랐어도 제법 힘이 좋았고, 뜀박질도 곧잘했다. 그래도 살아있는 인간의 몸으로 움직이는 건 피곤했다. 육체가 별수 없는 속박임을 깨닫기까지는 오래 걸리지 않았다. 육체가 있어 좋은 건 거리를 빠져나왔다는 것, 오직 그것뿐이었다.

때때로 육체가 있다는 걸 까먹어 벌어지는 일도 있었다. 어떤 선을 넘으면 소동이 될 만한 일들이었다.

예를 들자면 이런 일이었다. 무작정 차도를 건너려다 차에 치일 뻔했고, 유리문을 열지 않고 건물 안으로 들어가려다 부딪혀 넘어졌다. 붐비는 길에서 사람들과 부딪히는 건 예사였다. 크게 웃거나 소리 내어 말하다가 이목을 끌기도 했다.

육체를 가졌다는 건 보이지 않는 사슬로 묶여 끌려다니는 것과 비슷했다. 거리에 묶여 떠나지 못한 것처럼 인간의 육체는 사람들 시선으로부터 자유로울 수 없었다. 육체는 나를 증명하는 동시에, 한없이 약하게 만들었다.

"궁금하지 않아? 그놈이 어떻게 됐는지?"

네온사인이 어지러운 거리를 걷는 내내 무당귀가 따라다녔다. 아무런 반응도 해주지 않았다. 그러거나 말거나였다.

"내가 그놈 목을 끊어버렸어. 다시는 입도 뻥긋거릴 수 없도록."

무당귀는 쉬지 않고 말을 늘어놓았다. 그를 어떻게 죽였는지, 죽은 자가 얼마나 처참하게 버려져 있는지 자랑처럼 떠들었다.

"전에도 그런 놈들 많았지. 아무것도 아니면서 힘으로 누르려는 놈들! 제아무리 잘난 놈들도 내 비방 한 번이면 전부 끝이었지만."

나는 모른 척하면서도 머릿속으로는 한 바퀴, 두 바퀴 계속 돌아가는 남자의 머리를 떠올렸다.

"원한다면 형체도 없이 죽여줄 수도 있어. 네가 원하는 대로 말이야, 응?"

무당귀라면 그것도 가능할 것 같았다.

"네가 말만 하면, 나는 뭐든 들어줄 수 있다는 거야. 네가 바라는 대로. 뭐든!"

무작정 걷다 멈춰서서 돌아보았다. 무당귀의 새까만 눈이 질척거리는 진흙 같았다.

"그 남자는 어디에 있어?"

무당귀가 헤벌쭉 웃었다. 입술 사이가 유난히 까맸다. 절로 눈썹이 찌푸려졌다.

무당귀 옆을 지나던 연인이 흘끔거리며 나를 보는 게 느껴졌다. 그들이 지나간 후에도 몇 사람이나 날 이상하게 쳐다보았다.

혼자서 대상 없이 허공에다 지껄이는 것! 그건 그럴 수도 있는 게 아니라, 미친 사람이나 하는 짓이었다. 그런 짓을 하지 않을 수 없었다.

"그 남자의 영혼은 어디로 갔어?"

무당귀는 '글쎄?' 하고는 말을 돌렸다. 답변이 필요한 이 순간이 자기가 우위에 설 기회라고 생각하는 모양이었다.

나는 무당귀 앞으로 다가가 속삭이듯 말했다.

"영혼도 죽었나? 아예 사라진 거야?"

뒤에서 수군거리는 게 들려왔다. 옆을 지나던 여자 둘이 질린 눈으로 나를 훑었다. 나는 개의치 않고 무당귀가 떠 있는 공중에다 말했다.

"좋아. 좋을 대로 해. 대답하기 싫으면 대답하지 말라고. 근데 그건 알아둬야 할 거야. 네가 원하는 건 이 몸이지? 나는 몸 따윈 원하지 않아. 내가 바라는 건 다른 거거든. 그러니 혹시 알아? 내가 바라는 것만 채우면 이 몸을 너한테 넘길지."

그럴 생각은 없었다. 원래의 주인에게 몸을 돌려줄 계획이었다. 그게 맞는 일 같았다.

무당귀는 가늘게 눈을 뜨고 내 얼굴을 빤히 보았다. 뱀처럼 서늘하고 요사스러워 닭살이 돋았다. 나도 모르게 팔뚝을 쓸어내렸다.

"…그놈은 말이야, 한이 깊어서 이승을 떠날 수가 없을 거야. 갑자기 그렇게 허무하고 고통스럽게 죽어버렸으니 세상에 대한 원한이 얼마나 깊겠어."

무당귀의 목소리가 시끄러운 거리에서도 또렷하게 들렸다. 그건 신기하기보다는 기이한 것에 가까웠다.

"거기 평생 묶여 살아온 날보다 훨씬 긴 시간을 보내겠지. 아무도 들어주지 않는 비명을 내지르고, 고함을 쳐대면서. 나중에는 기억이고 감정이고 다 잊고 악만 남은 악귀가 될지도 모르고. 나는 그게 좋아. 그런 놈들이 써먹기 편하거든."

고개가 천천히 아래로 떨어졌다. 운동화 앞코가 지저분했다. 얼마나 오래 걸었는지 발바닥과 무릎이 뭉근하게 아렸다. 골목을 벗어나지 못하던 때가 떠올랐다. 겨우 며칠 전인데도 먼 과거 같았다.

"벗어나지 못한다고?"

"그래."

고개를 들었다. 내가 원하는 것…. 이 몸을 훔친 이유는 처음부터 아주 가까운 곳에 있는 거였다. 나는 바보처럼 그걸 너무 늦게 깨달은 것이고.

되돌아 걷기 시작했다. 내딛는 걸음에 힘이 실렸다. 사람들과 부딪혀도 아랑곳하지 않았다. 누군가는 욕을 했고 누군가는 비틀거리며 옆으로 밀려났다. 나는 물러서지 않고 더 바삐 걸었다.

나는 누구일까. 내가 죽은 이유는 무엇일까. 나는 왜 그 거리, 그 골목을 벗어나지 못하고 서성거린 걸까.

잔상 같은 그림자가 내 뒤를 따라왔다. 내가 알고 싶었던 것. 이 몸을 훔쳐서라도 알아내고 싶었던 진실. 답은 처음부터 그곳에 있었다.

"김원영. 스물다섯 살이고, 십대 때 가출 신고로 여러 번 접수됐었어."

현서는 모니터에 뜬 원영의 증명사진을 꼼꼼하게 살폈다.

사진의 주인은 포획 틀에 잡힌 야생 짐승처럼 거칠고 날 선 눈으로 정면을 노려보았다. 어린 티가 나는 외모였으나 눈빛만큼은 그렇지 않았다. 하나로 묶은 머리와 단정하게 갖춰 입은 교복이 아니었더라면 원영의 증명사진은 얼핏 머그샷처럼 느껴지기도 했다.

"현재 주거지가 사건현장이랑 그렇게 멀지 않네요."

"맞아. 근방이야. 걸어서 가도 40분 좀 넘는 거리지. 그래서 더 무섭다니까. 진짜 얘가 사람 목을… 그렇게 해서 죽였을까?"

영호는 '무섭다, 무서워. 겉만 봐선 알 수가 없다니까' 하고 중얼거렸다.

"근데 주거침입에 폭행이 있네요."

"아, 그거. 최종적으로는 기소유예 받았나 봐. 안 그래도 담당형사한테 전화해봤는데 바로 기억하더라고."

현서가 모니터 속 3년 전 기록을 살펴보다 고개를 돌렸다.

"사건이 좀 이상했대."

이상하다고?

"왜요?"

"피해자 측에서 당장 감옥에 넣으라고 처음엔 완강했대. 그러다 나중엔 순순히 합의하겠다고 했다는 거야."

"그런 경우야 종종 있잖아요. 철모르는 이십대 딸이 사고친 거잖아요. 가족이 합의금을 두둑하게 내민 거 아닐까요?"

"뭐 그럴 수도 있는데…."

영호의 말이 끝을 맺지 않고 흩어졌다.

"뭔데요?"

뭔가 더 있는 것 같아 다그쳐보았다.

"김원영이 그 집에 침입한 이유를 끝까지 말하지 않았대. 그래서 형사들도 답답했던 모양이야. 피해자 쪽은 신혼부부였고, 피해자는 아내, 신고자는 남편. 남편 말로는 퇴근하고 집에 돌아오니 아내가 가해자 김원영한테 맞고 있었다는 거지. 다행히 침입한 지 얼마 안 돼 발견한 거라 아내가 크게 다친 건 아니었고."

쯧, 혀를 차곤 그가 모니터 속 사진을 턱으로 가리켰다.

"사건 마무리되고 한 일 년쯤 지났나. 피해자였던 여자가 아동학대로 잡혔어. 유치원 교사였거든. 유치원 애를 오랫동안 때렸나 봐."

"김원영이 그걸 알고 복수라도 했다는 겁니까?"

"모르지. 끝까지 말은 안 했으니까. 근데 어쨌든 그 부분도 다시 조사는 해봤나 봐. 담당형사 말로는 김원영이 당시에 유치원 근처에 살았던 건 맞는데, 유치원이나 피해 아동, 주거침입 사건 당시 피해자하고는 아무 연관이 없었어. 그리고 애초에 선생이 애들 때리는 걸 목격한 거면 사진 찍어서 경찰에 신고하거나 유치원 측에 알리지, 누가 그걸 직접 그렇게 복수해? 사실 복수란 말도 안 어울려. 자기랑 무슨 상관이 있다고?”

영호의 말이 맞았다. 김원영은 유치원과 아무 관련이 없었고, 사건 이전까지는 피해자와도 아무 관계가 없다는 게 경찰의 조사 결과였다.

“누가 알려준 게 아닌 이상은 그렇겠죠.”

“김원영 어머니 말로는 딸이 어렸을 때 큰 충격을 받은 적이 있는데 그것 때문에 분노조절장애 비슷한 증상이 있다고 했대. 조울증도 있다고 하고. 그냥 어떻게든 감싸려고 하는 말일 수도 있는데, 실제로 정신과에서 약을 처방받아 먹은 기록도 있다고 하니까.”

“어쨌든 이전이나 이후엔 비슷한 사건을 또 저지른 적 없는 거죠?”

“더 기록된 건 없어.”

정도가 심하지 않다고는 해도 명백한 폭행이었다. 조사 결과로만 보자면, 김원영은 일면식도 없는 사람 집에 침입한 것도 모자라 폭행까지 저질렀다.

혹시 이번 살인사건의 전조가 이 사건이었던 걸까?

그렇게 단정 짓기엔 사건의 폭력 수위가 비교가 안 될 정도였다. 불과 몇 년 만에 폭행에서 잔인한 살인에 이르기까지. 사건 현장과 피해자 시신 사진을 보면 우발적이라고는 도저히 생각하기 힘들었다.

'우발적으로 사람이 사람의 목을 그렇게까지 참혹하게….'

사진을 보고 생각하는 것만으로도 머리가 지끈거릴 정도였다. 관자놀이를 검지로 꾹 누르자 지끈하게 퍼지던 두통이 옅어졌다. 감은 눈꺼풀 위로 빛이 둥글게 번졌다.

"아무튼 만나보면 알겠지. 도착한 애들 말로는 집에 아무도 없는 것 같다는데…. 혹시 몰라 김원영 어머니 집에도 가보라고 했으니까 금방 찾을 거야."

영호가 어깨에 근육이 뭉치는지 목을 좌우로 꺾으며 스트레칭을 했다. 문득 그의 시선이 벽에 걸린 디지털시계에 닿았다.

"어이쿠, 시간이 벌써 이렇게 됐네? 늦은 시간인데 도와줘서 고마워, 차형사. 얼른 퇴근해. 괜히 도와달라고 해 여태 붙잡고 있었네."

현서는 괜찮다며 깍듯하게 인사하고 강력계 사무실을 나왔다.

차에 올라타 김원영의 주소지를 입력했다. 강력계 형사들이 만난 것과는 별개로 직접 김원영이란 사람을 만나보고 싶었다.

'그때 그 여자는 뭐였는지도 궁금하고.'

지나치게 희고, 지나치게 붉던 정체 모를 여자와 함께 지금도 어디선가 쟁쟁거리며 방울 소리가 들리는 것 같았다.

경찰서 주차장을 나온 차는 길게 뻗은 도로 위를 속도감 있게 내달렸다. 새벽 시간이라 차도가 한적했다. 운전석 창문을 반쯤 내리고 시원한 바람을 맞았다. 졸음이 순식간에 싹 가셨다.

경찰서에서 김원영의 집까지는 차로 20분. 안내 시간보다 이르게 도착했다.

미래아파트.

이름과 달리 연식이 오래된 복도식 아파트였다. 지하 주차장이 없었다. 지상에 발 디딜 틈 없이 차들이 빼곡하게 주차돼 있었다. 어디가 길이고 주차장인지 분간도 안 되었다. 아파트 1층에 경비실이 있었다.

어느덧 새벽 2시가 넘어갔다. 경비실은 전등만 켜둔 채 비어 있었다. 단지를 둘러보는 중이거나 퇴근했거나.

대기 중인 형사들이 있을 테지만 찾을 이유는 없었다. 자신은 정식 수사로 온 게 아니었고 이 사건은 엄연히 강력팀 사건이었다. 찾아온 이유를 설명한다 해도 강력팀 형사들에겐 의뭉스러울 수 있었다. 차라리 조용히 움직이는 게 나았다.

고개를 숙여 얼굴을 가리고 계단을 단숨에 올라 안으로 들어갔다.

바로 엘리베이터 버튼을 눌렀다. 마침 내려오는 중이었다. 10층을 지나, 9층, 8층, 7층, 6층. 멈추지 않고 내려오던 엘리베이터는 3층에서 섰다가 다시 움직이기 시작했다.

땡, 안내음과 함께 엘리베이터가 열렸다. 안은 비어 있었다. 아무도 없었다.

'혹시?'

계단 쪽을 슬쩍 쳐다본 다음 경비실로 다가갔다. 손잡이를 당기자 문이 열렸다. 현서는 아무도 없는 줄 알면서도 조심스럽게 들어가 몸을 숙였다.

잠시 뒤 엘리베이터 앞에 켜졌던 센서등 불빛이 꺼졌다. 십분쯤 지나자 계단에서 발소리가 났다. 현서는 몸을 더 숙이고 눈만 내민 채 계단을 내려오는 사람을 확인했다.

'남자인가?'

검은색 모자를 눌러썼는데, 여자는 아닌 듯했다. 조금 더 자세히 보자 어쩐지 아는 얼굴처럼 느껴졌다. 경비실 가까이 왔을 때는 선명하게 얼굴을 확인할 수 있었다. 현서의 입술이 크게 벌어졌다.

모자 아래, 그림자로 가려진 얼굴이 센서등 불빛에 환하게 드러나자 정확한 얼굴이 보였다. 오랜 시간이 지났고, 어리던 외모는 선이 굵어져 전보다 인상도 변했으나 현서는 남자를 충분히 알아볼 수 있었다.

"도운…."

한도운. 계단으로 내려온 남자는 분명 도운이었다.

책상을 짚고 있던 손이 아래로 툭 떨어졌다. 현서는 도운이 경비실을 지나 아파트 밖으로 나가는 걸 지켜보다 몸을 일으켰다.

문이 열리면서 아귀가 안 맞아 삐걱이는 쇳소리가 났다.

아파트 입구 앞에 섰다가 인도를 막 건너려던 도운이 인기척에 고개를 돌렸다. 그리고 돌아섰다.

눈이 마주쳤다. 19년 만이었다. 현서의 입꼬리가 파르르 떨렸다. 주먹에는 잔뜩 힘이 들어갔다. 웃고 싶었다. 어색하지 않게, 자연스럽게 웃고 싶었다. 도운을 만난다면 오랜만에 만난 사람들처럼 웃고 싶었다. 연습도 했다. 도운에게 처음이자 마지막 편지를 받은 열일곱 살 이후로, 현서는 종종 거울을 보고 웃는 연습을 했다.

네 말처럼 나는 평범하게 지냈노라고. 자주 웃고 가끔은 울고 그렇게 살아왔노라고. 네 부탁대로 나는 다른 애들처럼 봄이면 꽃을 구경하고 여름이면 휴가를 떠나고 가을이면 단풍을 보고 겨울이면 눈사람을 만들었다고. 나는 지난 시간을 그렇게 보냈다고. 길고 긴 변명 같은 말을 대신해 웃고 싶었다. 사실은 전부 거짓말이지만.

"도운아!"

울먹거리지 않으려 애쓰며 도운을 불렀다. 이름을 뱉으니 마법이 풀린 것처럼 눈가가 시큰했다.

"오랜만이다. 그렇지?"

빤히 보고만 있던 도운이 한 걸음 뒤로 물러섰다. 현서도 멈칫했다.

도운은 말없이 쳐다보기만 했다. 처음 보는 사람처럼 낯설게 굴었다.

"잘 지냈어?"

그런 말이 어색했다.

"해가 바뀌었으니까 19년 만이네."

말로 뱉고 보니 더 오랜 시간처럼 느껴졌다.

중학교 2학년, 열다섯 살이던 우리가 벌써 서른이 넘었다니.

"…이쪽으로 왔다는 얘기는 은재 통해서 들었어. 은재가 우연히 너를 봤대."

도운은 여전히 이상했다. 아무런 반응을 보이지 않았다.

그의 침묵이 길어질수록 현서는 몸이 무거워지는 걸 느꼈다. 갑자기 몇 배의 중력이 차곡차곡 몸에 쌓이는 것 같았다. 거기엔 죄책감, 후회, 미안함, 고마움 같은 감정도 엉망으로 뒤섞여 있었다.

"할머님 납골당에는 가봤어?"

먼저 꺼내면 안 되는 말인데도 묻지 않을 수 없었다. 화를 낸다 해도 어쩔 수 없었다.

"미안해, 도운아…."

겨우 아물었던 상처를 다시 터트리는 걸지도 몰라 겁이 났다.

"너는… 너라면… 사과하지 말라고 하겠지만…."

바닥으로 기울어진 시선이 흐릿하게 뭉개졌다. 손을 들어 눈물을 닦을 용기도 나지 않았다. 그 앞에서 숨을 쉬는 것조차 죄스러웠다.

"미안해, 정말 미안해…."

울고 싶지 않았다. 울어선 안 됐다. 도운 앞에서 울 자격도 없었다.

"그때 어떻게든 네가 무고하다는 걸 밝혔어야 했는데… 내가 그랬어야 했는데."

순식간에 몰아친 감정은 버틸 수 없는 거대한 파도 같았다. 몸이 이리저리 파도에 휩쓸렸고 버텨내는 게 역부족이었다.

"네가 그런 게 아니라고, 네가 할머니를 죽인 게 아니라고 내가 다 말했으면…."

도운이 덮어쓴 죄는 도운의 것이 아니었다. 그걸 아는 사람들이 있었다. 현서 자신을 포함해, 현서의 아버지, 도운, 도운의 할머니 그리고 도운에게 덮어씌운 애들까지. 손가락으로 꼽자면 한 손으로도 부족했다.

그런데도 도운을 도와준 사람은 아무도 없었다. 자신마저도.

"내 사과가 이기적인 거 알아. 내 마음 편하고 싶어 이러는 걸 수도 있어. 앞으로 평생…."

"나중에 얘기하자."

도운이 말을 잘랐다. 현서가 고개를 들었을 때는 이미 도운은 어딘가를 향해 뛰듯이 걷고 있었다.

현서는 그를 부르는 대신 무작정 뒤를 따랐다. 이대로 놓치면 안 된다는 경고가 몸 깊은 곳에서 요란하게 울렸다.

도운은 아파트 단지를 벗어나 골목을 돌아다니기 시작했다. 누굴 찾는 것도 같았고, 뭔가를 확인하는 것도 같았다. 그가 뭘 하는지는 모르지만, 현서는 나서거나 묻지 않고 거리를 두고 지켜보았다.

…찾았다.

봄바람이 불었다. 멀리서 메아리 같은 목소리도 실려 불어 왔다. 오싹, 등골에 소름이 돋았다. 본능적으로 뒤돌자 가로등이 꺼진 거리, 양옆으로 불법 주차된 차들이 있는 차도 중앙에 여자가 서 있는 게 보였다.

검게 그늘진 인영이 낯설지 않았다. 현서가 머릿속에 떠오른 이름을 불렀다.

"김원영?"

"너…!"

현서와 도운이 동시에 한 사람을 불렀고, 서로의 목소리가 겹쳤다.

야, 너! 여자를 향해 소리치고 나서 도운이 달려갔다.

도운아! 현서가 도운을 부르며 따라 뛰었다.

김원영은 달려오는 낯선 사람을 보면서도 도망치거나 피하지 않았다. 평범한 반응이 아니었다. 평범한 반응이라면 누구나 소리치며 어떤 식으로든 방어적인 제스처여야 했다. 왜 이러느냐며 겁이라도 먹어야 했다. 그런데 김원영은 다가오는 걸 지켜보고만 있을 뿐이었다.

딸랑.

어디선가 소름 끼치는 방울 소리가 들렸다. 이미 들은 적 있는 소리라 현서의 눈썹이 저도 모르게 잔뜩 찌푸려졌다.

"도운아!"

위험하다고 느껴졌다. 현서가 그를 잡으려 손을 뻗었다.

"한도운! 멈춰!"

무서운 기세로 달리던 도운이 일순 중심을 잃고 휘청거렸다. 현서 자신이 불러서가 아니었다. 다시 중심을 잡고 달리는 걸 보면 알 수 있었다.

도운과 김원영의 거리가 2미터쯤 좁혀졌을 때, 가로등 전구가 팟, 소리를 내며 터졌다.

가까스로 도운의 티셔츠를 잡아 끌어당겼다. 두 사람의 몸이 기울어지면서 뒤로 넘어갔다. 동시에 도운의 신발 앞으로 유리 파편이 쏟아졌다. 도운에게서 뜨거운 열기가 뿜어졌다.

"괜찮아?"

도운이 현서의 팔을 뿌리치고 거리를 쏘아봤다. 잠깐 사이에 김원영은 어디론가 사라졌다.

"젠장!"

도운은 주저앉은 채로 머리를 움켜쥐었다. 화가 난 모습이었다. 고개를 쳐들고 현서에게 물었다.

"봤어?"

"어?"

"어디로 가는지 봤냐고!"

"김원영을 말하는 거야?"

도운은 묻기만 하고 대답은 하지 않았다.

"그 미친…! 분명 다시 올 거야. 여기에 자기가 찾는 게 있을 테니까. 여기가 아니면 찾을 수 없으니까 분명 여기로 올 거야.”

올 거야, 다시 올 거야, 분명 올 거야…. 도운은 같은 말을 불안하게 중얼거렸다.

“도운아.”

도운은 반응이 없었다. 그는 현서가 곁에 있는 것도 잊은 눈치였다.

현서는 도운에게 좀 더 가까이 다가섰다.

“한도운.”

그는 자기 이름을 듣지 못하는 사람 같았다. 혹은 그만큼 김원영의 존재가 중요하거나.

“…뭐야?”

도운이 그제야 귀찮다는 듯 현서를 노려봤다. 그의 고개가 자기 손목을 붙든 현서의 손등으로 내려갔다.

현서는 도운에게서 눈을 떼지 않았다.

“봄이야.”

현서의 뜬금없는 말에 도운이 버릇처럼 눈가를 찌푸렸다.

“봄이라고, 도운아.”

“그래서 뭐? 나중에 얘기하자니까.”

도운이 다시 움직이려다 멈칫했다. 현서가 더 세게 붙들었기 때문이다.

“나중에! 나중에 좀…!”

도운의 손목을 붙들고 있는 그녀의 손은 안간힘을 주고 있었다. 느릿하게 한숨을 뱉었다.

"하….."

가로등 전구가 터지던 순간이 천천히 재생됐다. 짧은 순간이지만 불꽃이 사방으로 터졌다. 재생되는 사이로 낡은 한 장면이 삽입됐다. 오른쪽 어깨부터 허리까지 길게 베인 것처럼 일그러진 화상 자국.

그날 이후로 도운은 작은 불꽃조차 두려워했다. 재판장에서도 그랬다. 전등이 깜빡거리는 것조차 두려워 벌벌 떨었다. 아무리 오랜 시간이 지났어도 그 순간 그 모습만큼은 선명했다.

더구나 봄이었다. 그날이 있던 봄.

두 사람이 영영 잊지 못할 계절. 그 계절 속에서도 눈앞의 도운은 멀쩡했다.

"미친 소리라는 건 아는데."

온갖 감정이 뒤섞였던 현서의 표정이 깨끗하게 비워졌다.

그녀의 날카로운 눈빛이 도운의 얼굴을 훑었다. 반듯하고 짙은 눈썹도, 끝이 뭉툭한 코도, 입꼬리가 말려 올라간 입술과 전체적으로 단정한 분위기가 나는 용모까지도, 모든 게 현서가 기억하는 도운이 맞았다.

"너, 한도운이 아니구나."

도운의 모든 걸 기억하기에 현서는 알 수 있었다. 이자는 도운이 아니다.

"도운이일 리가 없어."

그제야 도운의 껍데기 속에 숨어 있던 원영이 현서의 눈을 정면으로 바라봤다.

차분하게 가라앉은 눈동자에 그가 비쳤다. 계속 들여다보고 있노라면, 그 속에서 언뜻 자신의 모습이 보이는 것도 같았다.

"누구야, 너?"

현서가 뭔지 모를 표정을 하고 입술을 뗐다. 도운에게 왜 그렇게 물어야 하는지, 그게 무슨 의미인지 현서는 도대체 알 수 없었다. 그런데도 껍질이 벗겨지는 것 같았다. 문드러진 속살이 드러나는 순간이었다.

4월 30일 AM 3:20 **원영의 몸(무명의 영혼)**

"희한한 것들끼리 붙어 있네. 어떻게 그렇게 붙어 다닐까?"

깔깔거리며 웃던 무당귀가 고개를 갸웃거렸다.

나는 4층짜리 다세대 빌라 3층 복도에 숨어 바깥 상황을 살폈다. 사방이 고요했다. 다행히 아무도 뒤쫓아오지 않았다.

바닥에 엉덩방아 찧듯 털썩 주저앉았다. 오래된 빌라라 그런지 센서등은 작동하지 않았다.

"네가 들어가 있는 그 몸의 주인 말이야. 운 좋게 어디서 괜찮은 그릇을 하나 얻었나 보네? 너도 그 여자도 참 신기해. 난 십수 년을 찾았어도 한 번도 찾지 못했는데. 뭐… 지금은 눈앞에 있긴 하지만."

무당귀는 번들거리는 눈을 부릅뜨고 말했다. 나는 허공에서 펄럭거리는 무당귀의 붉은색 한복 자락을 홀린 듯 보다 눈을 감았다.

그를 피하느라 계단을 급하게 뛰어오른 탓에 숨이 찼다. 마음 껏 헉헉거리는 소리를 낼 수 없어 손을 들어 심장을 문질렀다.

"부럽다. 나도 몸이 있으면 좋을 텐데. 몸을 가질 수만 있다 면 뭐든 할 수 있을 텐데 말이야."

자꾸만 감기려는 눈꺼풀에 힘을 줬다. 무당귀가 빤히 내 얼 굴을 보며 연신 '부러워' 하고 중얼거렸다.

나는 무시하고 고개를 돌렸다. 몸에서 자꾸만 힘이 빠졌다. 배가 고파 그런 건지, 힘이 들어 그런 건지, 다른 이유가 있는 건지 모르겠다. 당장은 피곤하다, 그러니 쉬고 싶다. 이 두 가 지뿐이었다.

"얼마나 좋을까, 응? 얼마나 좋아? 넌 몸이 있으니 알 것 아 니야. 시키는 것 외에는 아무것도 못 하는 나랑은 다르잖아. 넌 뭐든 할 수 있잖아, 몸이 있으니까!"

제발 좀 꺼져! 시끄럽게 굴지 말고 어디로든 가버리라고! 욕이 튀어나오려는 걸 애써 삼키고 눈을 치켜떴다. 시야가 온 통 붉게 물든 채였다. 무당귀를 쏘아보았다.

"너… 제발 입 좀 다물어!"

사위가 조용했다. 바깥에서 자동차 지나는 소리만 드문드문 들렸다. 무당귀는 입을 다문 채 날 가만히 지켜보았다.

"자꾸 그릇, 그릇 하는데, 그렇게 육체가 가지고 싶으면 네가 찾아서 빼앗으면 되잖아. 사람도 죽일 수 있으면서 그런 건 못 하나 보지?"

오른쪽 관자놀이를 중심으로 지끈거리는 두통이 번졌다.

"솔직히 말해보자고. 날 따라다니는 이유가 뭐야? 이 육체? 이 육체 때문에 날 따라다니면서 사람을 죽인 거야? 내가 죽이라고 시켜서 한 게 아니라, 그냥 네가 죽이고 싶어던 건 아니고?"

비아냥 섞인 내 말투에도 무당귀는 아무런 동요가 없었다. 나는 쉴 새 없이 입말을 쏟아냈다. 종국에는 내가 무슨 말을 꺼냈는지도, 그 말을 왜 꺼냈는지도 모르는 상태였다. 반쯤 미친 것처럼 아무 말이나 지껄이는 수준이었다.

"…너나 나나."

한참 만에야 입을 연 무당귀가 속삭이듯 작게 뇌까렸다.

"좋게 끝맺을 수는 없는 운명이지."

헛웃음이 새어 나왔다. 비웃는 나를 본 무당귀가 '왜, 우스워?' 하고 날선 어조로 되물었다.

"이미 끝난 인생이야. 벌써 죽어서 이렇게 된 거라고. 생전에 좋게 끝났으면 너나 나나 여기에서 이러고 있겠어?"

냉정한 말로 무당귀를 쏘아붙였다.

"너는 어떻게 끝났는지 몰라도, 나는 내 끝을 몰라서 지금 이러고 있는 거야. 이 몸? 가질 생각 없어. 육체가 있으면 뭐?

달라지는 게 있나? 마음껏 움직이지도 못하고 때마다 먹고 쉬고 자고 배설하고. 그런 걸 다 지키면서 사는 게 뭐가 좋다고!"

새벽의 서늘한 기운이 어깨로 내려앉았다. 몸이 으슬으슬 떨렸다. 축 처진 팔에 일부러 힘을 줘 몸을 껴안았다. 최대한 몸을 웅크리자 빠져나가던 온기가 머무는 듯한 기분이 들었다.

"죽어서 욕심이 사라지면 그 존재는 신이 되는 거겠지. 그렇지 못하니까 이렇게 귀신으로 남아있는 거고. 혹시 아나, 악신이라도 되면 살아생전처럼 대접이라도 받을 수 있을지."

"그래서, 그렇다고 사람을 그렇게 무참하게 죽여? 어떻게 그래!"

"오호! 이번에 나도 알았네. 내가 뭘 할 수 있는지. 네 덕분에 알게 된 거야. 나라고 어떻게 그런 능력을 사람에게 발휘하겠니. 그런데 네가 시키니까 된 거야. 너는 사람이 아니잖아. 사람의 탈을 쓰고 명령을 내리니까 나도 그게 되네? 이번에 알았어. 그래서 그 몸이 더 필요한 거야. 그리고 그놈은 내가 죽인 거지만 너도 죽인 거야."

의뭉스러운 말을 꺼내놓곤 무당귀가 아까처럼 히죽거렸다.

나는 팔에 힘을 줘 더 세게 몸을 끌어안았다. 눈꺼풀이 전보다 훨씬 무거웠다. 잠들면 안 된다고 곱씹으면서도 고개가 무겁게 아래로 떨어지려 했다.

…원영아, 괜찮아. 엄마랑 아빠랑 오빠가 옆에 있는데 뭐가

무섭다고 그래?

의식이 흐릿해지는 사이로 목소리가 스며들었다. 번쩍 고개를 들었다. 무당귀는 여전히 허공에 뜬 채 곁에 있었으나 목소리의 주인은 아니었다. 낯선 목소리는 내가 훔친 이 몸의 주인을 아는 듯했다. 다정하게 이름을 부르고 다독거리는 걸 들어보면 그랬다.

불안감이 슬그머니 식도를 타고 넘어왔다. 침을 삼켜도 가시지 않았다. 낯선 목소리는 이 몸에 저장된 기억일까? 그렇게 생각하고 있으려니 다시 몸에서 힘이 쭉 빠져 처지려고 했다.

바닥을 짚고 일어나 창밖을 유심히 훑었다. 도망친 곳에서 내가 숨은 이곳까지는 가까웠으나 골목이 좁고 미로처럼 얽혀 있는 덕분에 쉽게 찾아올 수는 없을 터였다.

조심히 밖으로 나간다면 들키지 않을 수 있었다. 적어도 내 목적을 이룰 때까지는 몸을 빼앗길 수 없었다.

난간을 잡고 천천히 계단을 내려갔다. 중간중간 이가 빠진 계단에 서서 숨을 골라 쉬기도 했다. 몇 개 되지도 않는 계단을 내려오는데 평소보다도 오랜 시간이 필요했다. 불길한 변화였다. 나는 그걸 직감적으로 알았다.

"어디로 가려고? 그 몸의 주인이 어떻게든 너를 찾으려고 혈안인 것 같은데. 어디 멀리 가 있는 게 낫지 않겠어?"

빌라를 나오자 사위가 어느새 푸르스름하게 변해 있었다. 날이 새는 중이었다.

내가 도망쳐온 길 쪽을 보았다. 벽을 따라 주차된 검은색 승용차와 흰색 승용차 사이에 이마가 심하게 깨진 채 허리가 굽은 노파가 서 있었다.

"어디도 안 가."

노파의 고개가 삐걱거리며 나를 향해 움직이려 했다. 노파는 몸을 가누기도 힘들어 보였다.

시간이 없다…. 그 문장이 심장을 마구 내리쳤다. 몸에서 힘이 빠지는 이유도, 이 몸의 주인이 알 법한 낯선 목소리가 갑작스레 들려온 이유도 그걸 말해주려는 것 같았다.

나는 노파를 외면하고 몸을 돌렸다. 시간이 없다는 건 조금이라도 빨리 내 목표를 이뤄야 한다는 뜻이었다.

"내가 찾으려는 건 여기에 있을 거야. 여기서 찾아야 해."

담 위에서 쉬던 고양이들이 나와 무당귀를 보며 하악질을 해댔다. 그건 경계 같기도 했고 두려움을 내보이는 것 같기도 했다.

무당귀가 고양이를 향해 '영물이구나' 하고 말했다.

나는 무시하고 골목 사이로 빠르게 움직이기 시작했다. 사위가 점점 더 선명해지고 있었다. 새벽이 지나고 날이 새면 또 고단한 낮이 올 것이다. 모든 게 밝아질수록 자신은 점점 더 어두워지는 것 같았다.

4월 30일 AM 6:05 **현서**

"내 몸을 찾아야 하니까, 어쩔 수 없는 선택이었어요."

아직 동도 트지 않은 공원엔 둘밖에 없었다. 새들도 깨지 않은, 밤의 끝이자 낮의 시작이었다. 경계의 시간에 현서와 도운은 한 벤치에 망연자실한 채 앉아 있었다. 앉은 자리에서 고개를 들면 김원영이 사는 아파트가 보였다. 아파트의 빼곡한 창문들에 드문드문 빛이 들어오고 있었다.

현서는 김원영의 집을 눈대중으로 찾으며 도운의 말을 들었다. 정확히는 도운의 몸에 숨은 원영의 말을 듣는 거였다.

"이렇게라도 하지 않으면 내 몸을 찾을 수 없을 테니까."

현서는 그녀가 하는 말을 들으면서 기가 막혔다. 무릎 위로 올려둔 손에서 땀이 나는지 축축한 기분이 들었다. 슬그머니 주먹이 쥐어졌다. 현서가 '그럼…' 하고 말을 꺼냈다.

"누군가 당신 몸을 훔쳐 가서, 당신은 그 몸을 되찾기 위해 도운이 몸을 훔쳤다는 거네요? 당신한테 그건 어쩔 수 없는 일이었고요."

이번엔 다른 의미로 감정이 요동쳤다.

"그럼 도운이는요? 지금 도운이는 어디 있는데요? 왜 하필 그 애예요? 다른 사람도 있었을 텐데, 왜 하필 도운이 몸을 훔쳤는데요? 도운이에 대해선 어떻게 알았고요?"

도운의 입술이 달싹거렸다. 원영이 사무적으로 말했다.

"정보를 주는 친구가 있어요. 나쁜 놈들 정보만 골라서 주는."

"들이라는 건… 도운이가 처음이 아니라는 말이군요?"

도운의 뺨이 어색하게 굳었다. 원영은 괜한 말을 꺼냈다고 생각하는지도 몰랐다.

"친구가 준다는 정보를 완전히 신뢰할 수 있어요? 고작 종이에 적힌 몇 줄만으로 모든 진실을 다 알 수 있다고 생각해요?"

"지금까지는 정말 나쁜 놈들이 맞았으니까요!"

원영은 침착하게 자신이 꺼낼 수 있는 말을 골라 뱉었다.

"한도운도 나쁜 놈이잖아요. 자기 피붙이인 할머니를 죽인 나쁜 놈. 그런 놈은 이런 일을 당해도 싸요."

그러면서 슬그머니 현서를 돌아보니 그녀의 표정이 화나기 직전처럼 일그러졌다. 마치 자신이 욕을 먹고 있다고 느끼는 것처럼.

도운의 껍데기 속에 숨은 원영이 피하듯 고개를 돌렸다. 그녀의 따가운 시선이 느껴졌다.

원영은 그녀에게 말한 것보다 말하지 못한 게 훨씬 많았다. 도운의 입을 빌려 꺼낸 진실은 '누군가 내 몸을 훔쳤고, 그 몸을 찾기 위해 도운의 몸을 차지했다'뿐이었다. 그 외의, 지난 일련의 과정과 사건은 조금이라도 꺼낼 수 없었다.

"누가 그래요?"

현서의 말끝에 짙은 한숨이 묻어났다. 변명할 가치도 없을 때 어이없어 나오는 한숨 같았다.

"도운이가 나쁜 놈이라고, 그런 짓을 했다고 누가 떠들고 다녀요?”

“그럼 아니에요?”

“아니에요!”

벤치에서 벌떡 일어서는 동작이 분명한 항변의 의사였다. 현서의 입술과 턱이 바르르 떨렸다. 어느새 눈가마저 붉었다.

“도운이는 당신이 아는 그런 애가 아니에요. 그쪽이 착각한 거라고요! 도운이는 누구보다…”

차마 말을 잇지 못하고 고개를 숙였다. 속눈썹에 언뜻 물기가 맺힌 듯했다. 원영이 도운의 눈으로 그런 현서의 얼굴을 오래 들여다봤다.

“…착한 애예요. 너무 바보처럼 착해서 나나 당신 같은 인간한테 당하고만 살아온 착한 애.”

“할머니를 죽였다고 했어요. 불을 질렀다고.”

“그건…!”

현서는 소리를 지르듯이 말했다. 그런 그녀의 모습을 도운의 눈이 가득 담았다.

“도운이가 한 짓이 아니에요. 당신 친구가 잘못 알고 있는 겁니다.”

경고하듯 말하곤 길게 숨을 내쉬었다. 바람이 불면 나뭇잎 부대끼는 소리가 음산하게 퍼졌다.

현서는 차분하게 숨을 정리하고 화제를 돌렸다. 정작 하고 싶었던 말이 이제야 나오는 것이다.

“몇 가지 질문이 있어요. 당신이 대답해주면 나도 당신을 돕겠습니다.”

원영은 가타부타 대답하는 대신 현서를 무심하게 보고만 있었다.

그게 긍정의 의미라고 여기고 품고 있던 질문을 하나씩 꺼냈다.

“도운이 몸속에 있는 당신은 김원영인가요?”

도운의 고개가 위아래로 간단히 움직였다.

“28일 새벽부터 지금까지 김원영 당신은 한도운의 몸에 있었다는 거죠?”

또 한 번 고개가 위아래로 움직였다. 이번엔 좀 더 길게.

그 대답이 진실인지 가늠하려는 듯 현서의 눈이 가늘어졌다.

“29일인 어제는 어디에서 뭘 하고 있었나요?”

이번엔 도운의 대답이 늦어졌다. 한 번 더 재촉하려는데 낮은 음성이 먼저 튀어나왔다.

“…경찰이구나.”

그제야 현서는 빠트린 게 있다는 걸 알았다. 자기가 누구고 무엇 때문에 그녀 집을 찾아왔는지 설명하지 않았다. 일부러 숨기려 한 건 아니고, 그저 놀라운 상황이 급박하게 진행돼 잊은 탓이었다.

잠시 현서의 입술이 머뭇거렸다. 의도한 건 아니었으나 속인 듯한 찝찝한 기분이 들었다.

“그럼 낮에 찾아온 남자도 경찰이었던 거네. 경찰이 왜 나를 찾아왔지?”

그 말은 질문이 아니라 스스로 되뇌는 공명 같았다. 눈가를 움찔거리던 그가 현서 쪽으로 몸을 움직였다.

“내 몸이 무슨 짓을 저질렀는데?”

원영이 이상한 걸 묻는 것처럼 현서도 이상하다는 걸 생각했다.

정말로 믿어도 될까? 도운의 몸에 김원영이 있다는 걸….

잠시 미뤄둔 의심이 다시 기지개를 켰다. 사실은 전부 거짓말일 수도 있잖아. 상황을 모면하려고, 연기하는 건 아닐까?

그래도 확신은 있었다. 다른 건 몰라도 지금 도운은 도운이 아니었다. 도운이 맞았으나 진짜 도운은 아니었다. 그것만큼은 단언할 수 있었다.

“사건이 있었어요.”

현서는 설명조로 말했다.

“시내 모텔에서요.”

“무슨 사건?”

도운의 왼쪽 눈썹 끝이 위로 치켜 올라갔다. 무슨 내용인지 궁금하면서도 그게 분명 화를 돋구는 내용일 거라는 걸 아는 것처럼.

현서의 입술이 천천히 벌어졌다.

“살인사건.”

정적이 이어졌다.

"…내가, 내 몸이 사람을 죽였다는 거야?"

"아직 확실하지는 않지만, 김원영 씨가 용의자인 건 맞아요."

박차고 일어선 도운이 양손으로 머리카락을 쥐어뜯었다. 그의 입에서 쉴 새 없이 욕지기가 튀어나왔다.

"한 번도, 지금까지 단 한 번도 들킨 적 없었는데!"

흥분한 그가 바닥을 발로 차며 소리쳤다. 관찰하듯 조용히 지켜보던 현서가 버릇처럼 눈을 가늘게 접었다.

"당장 찾아야 해! 어디서 어떤 짓을 더 벌일지 모르니까, 빨리 찾아야 한다고!"

"진정해요."

"어떻게 진정해!"

"어디에 있는지 누가 훔쳐 간 건지도 모른다면서 어떻게 찾을 건데요?"

"분명히 다시 나타날 거야."

차분하면서도 당연한 말투였다.

"그걸 어떻게 확신합니까?"

"내 몸을 훔쳐서까지 알아내려고 했던 게 여기 있으니까."

허공을 응시하던 도운의 눈이 공원 밖, 길게 뻗은 골목 사이로 움직였다.

"자기가 죽은 이유. 여기서 떠나지 못하고 영혼인 채 맴돌던 이유. 그걸 알아내려면 왜 여기였는지 알아야 하거든."

조금씩 드러나는 햇살을 받아 도운의 얼굴은 더욱 선명해지고 있었다. 파리한 얼굴엔 피로가 잔뜩 묻어 있다는 걸 그제야 볼 수 있었다.

현서는 핸드폰을 꺼내 교통과에 있는 동료 경찰에게 전화를 걸었다. 도운이 그녀가 하는 양을 가만히 쳐다봤다. 현서는 손바닥을 보이며 '걱정하지 말아요. 도우려는 거니까' 하고 말했다.

"골목에 있는 CCTV를 확인해보면 김원영 씨가 어디로 갔는지 찾을 수 있을 겁니다. 담당 형사들이 이미 찾아봤을 수도 있겠지만…."

도운이 눈을 몇 번 깜빡거렸다. 원영이 어떤 의미로 그러는지 헤아리긴 어려웠다.

"이후의 상황은 우선 김원영 씨 몸을 찾은 이후에 생각하죠."

도운의 몸이 잠시 휘청거렸다. 티 나지 않게 중심을 잡은 그가 느린 숨을 뱉고 다시 들이마셨다. 몸이 약해지고 있었다. 단순한 체력의 문제가 아니다. 이건 더 근본적인, 마치 육체가 제 주인이 아닌 영혼을 거부하는 듯한 그런… 불길한 징조였다.

4월 30일 AM 10:32 원영의 몸(무명의 영혼)

정사각형 반듯한 천장 중앙에 원형 전등이 있다.

전등 가운데가 검다. 벌레시체가 만든 늪이자 웅덩이다.

전등 빛이 점멸한다. 깜빡, 깜빡, 깜, 빡.

한참 후에야 깨닫는다.

빛이 점멸하는 게 아니라 내 눈이 뜨고 감기는 중이라는 걸.

일련의 행동조차 인지하지 못할 만큼 몸의 감각이 무디다.

툭. 무언가 내 종아리를 건든다.

까끌까끌한 눈동자를 간신히 아래로 내리면, 역광에 가려진 검은 얼굴이 보인다.

어쩌다 이렇게 됐더라.

빛이 지워버린 얼굴을 보며 떠올린다. 한 시간, 두 시간, 세 시간 전을. 여기서 쓰레기처럼 나뒹굴기 전의 나를 떠올리기 위해 노력한다.

순간 차갑고 두터운 손가락이 내 뺨을 쓸어내린다. 뺨을 치는 강도가 세진다.

시야는 속절없이 흔들리기 시작한다.

떠올려야 해. 뭐라도 기억하고 있어야 해.

가련한 노력에도 떠오르는 것은 없다. 대신 점멸이 더 빨라진다.

깜빡, 깜빡, 깜, 빡, 깜, 빡.

가는 숨이 흩어진다.

*

사이렌 소리에 눈이 저절로 떠졌다. 잠이 가시지 않아 눈두

덩을 한참이나 비볐다. 이가 빠진 계단 끄트머리가 보였다. 허름한 아파트의 비상계단이었다.

도망쳐 온 데가 고작 여기였다. 하천을 낀 산책로를 걸어 십 분쯤, 산책로를 나와 큰길을 따라 걷다 오르막길을 오르면 나오는 작은 빌라 단지였다.

재건축을 앞두고 비어 있는 터라 숨어 있기엔 적당한 곳이었다. 녹슨 철제 난간을 잡고 일어서자 대번에 현기증이 일었다. 시야가 좀 밝아질 때까지 기다렸다.

둥근 빛이 잔상처럼 떠올랐다. 낯선 천장과 음습한 방, 얼굴과 목, 가슴 위로 떨어지던 굵은 땀방울의 찝찝한 감각도 기분 나쁘게 남았다.

꿈이었나. 아니면 생전의 기억일까? 지금껏 한 번도 떠오르지 않은 장면이었다. 희한한 일이었다. 육체가 생기니 자꾸만 생각을 하게 되고, 꿈을 꾸게 되고, 추측을 하게 된다. 그래서 떠오른 걸까?

무엇도 확신할 수 있는 게 없었다. 뭐든 알아내야 하는데…. 내가 누구인지, 왜 죽었는지, 왜 무거운 영혼이 되어 그 골목에 묶여 있었는지. 이 중에 단 하나라도 알고 싶었다.

당장 이것부터. 나는 누굴까….

당연히 알게 되는 걸 나는 모른다. 이름도 나이도 외모도.

영혼인 나는 어디에도 비치지 않고, 누구의 눈에도 보이지 않는다. 나를 볼 수 있는 것들이 있다 해도 설명을 듣는 건 불가능했다. 그것들과 나 사이엔 영원한 간극이 존재하니까.

삶과 죽음. 살아있음과 살아있지 않음. 보임과 보이지 않음. 들림과 들리지 않음. 그런 수많은 틈이 무한한 거리를 만들었다.

"깜짝이야! 야! 누가 있는데?"

변성기가 아직 안 지난 성마른 목소리가 들려왔다. 계단 난간 아래 교복을 입은 애들이 보였다. 고만고만한 체격의 남학생들이었다. 저마다 담배나 라이터를 들고 있었다. 세 명이었다.

"그냥 올라가. 뭐 어때?"

뒤에서 맨 앞에 선 아이의 등을 툭 밀쳤다. 아래층에서 빼꼼히 나를 올려다보던 아이가 '그냥 내려가자' 하고 투덜댔다.

"그냥 올라가라니까. 어차피 아무 말도 안 할 거야."

"내려가자고. 혹시 모르잖아."

"괜찮을 거라니까!"

조잘거리는 소리가 이어졌다. 나는 난간을 잡고 아래로 내려갔다.

발소리에 아이들 소란이 잦아들었다. 층계참에 서자 아이들이 말없이 나를 쏘아보았다.

열다섯, 열여섯 살쯤…. 모두 다섯이었다.

경계하는 아이들을 지나쳐 내려갔다. 안도하듯 내쉬는 숨소리가 귓가를 간질였다.

"거 봐. 괜찮을 거라니까."

"신고라도 하면 어떡해?"

"그럼 튀면 되지. 뭘 그렇게 걱정하냐?"

"둘 다 그만 떠들고 올라가기나 해."

학생들 목소리는 여전히 컸다. 빈 공간이라 작은 소리도 크게 울리기도 하겠지만, 부러 큰 소리로 떠드는 게 아닐까 싶기도 했다.

"이 새끼가 저번부터 헛소리하니까 그러지. 매일 범죄 다큐 같은 거나 보고 있으니까 네 성격이 그렇게 음침하게 되는 거라고. 이상한 음모론에서 좀 나와라, 새끼야."

"음모론 아니라니까? 너 밝혀지지 않은 사건이 얼마나 많은지 알아? 소문도 있었잖아! 동네에서 여자 시체 나왔다고!"

"아, 새끼. 그게 진짜였으면 누구든 신고했겠지. 뉴스도 나오고, 어! 너희 동네에 경찰이 와서 뭐 수사하고 그런 적 있어?"

소년들 대화에서 귀를 잡아끄는 게 있었다. 한 계단 아래로 움직이던 발이 허공에서 멈췄다.

아이들은 옥상으로 올라가는 중이었다. 난간 사이로 고개를 내밀어 위를 쳐다봤다. 나를 완전히 잊었는지 자기들끼리 웃고 떠들었다.

무리 마지막을 따라 걷는 아이의 행색이 눈에 띄었다. 옆을 지나칠 때는 몰랐는데, 끝을 따라 걷는 아이의 뒤통수가 박살 나듯 깨져 있었다. 꼭 높은 곳에서 떨어진 듯한 모습이었다.

"최근에 온 건 그거 때문은 아니긴 한데… 어쨌든, 우리나라에 밝혀지지 않은 사건이 얼마나 많이 있는 줄 아냐? 20년 전

에 화재로 사망한 일가족 사건도 있었고! 근데 그 사건도 결국
엔 좀 찝찝하다는 게 전문가들 의견인 거지. 미제사건이라고!”

“꺼져. 헛소리할 거면 내려가라.”

뒤통수가 깨진 아이가 나를 보았는지 고개를 옆으로 갸웃
기울였다. 난간 틈 사이로 시선이 마주쳤다. 아이의 생기 없는
눈동자가 나를 쳐다봤다.

“얼마 전에 쟤네 동네에서 무슨 사건 있지 않았냐? 그래서
경찰들 오고 그랬다며?”

“그거 그냥 자살사건 때문 아니었어?”

공허한 눈동자가 끈질기게 내게 붙어 떨어지지 않았다. 불
쾌감과 안쓰러움이 뒤섞인 진창 속을 헤집는 기분이었다.

순간 전구가 터지듯 눈앞에서 스파크가 번쩍거렸다.

둥근 빛이 잔상처럼 사방으로 뻗어갔다.

낯선 천장과 낯선 방, 습한 공기가 내려앉고, 얼굴과 목, 가
슴 위로 떨어지던 굵은 땀방울의 찝찝한 감각이 전보다 훨씬
생생하게 목을 졸랐다.

숨이 쉬어지지 않았다. 온몸에서 힘이 빠져 무너지듯 주저
앉았다.

복부와 어깨 부근이 쓰라렸다. 무언가에 맞은 것처럼 강렬
한 고통이었다. 나는 배를 감싸듯 안고 최대한 몸을 웅크렸다.
그렇게 해야만 한다고 생존 본능이 내 의지를 빼앗았다.

원영아, 괜찮아. 그냥 자.

낯설지만 들은 적 있는 목소리에 고개가 뻣뻣해졌다. 난간 사이로 위를 올려다봤지만 이미 아이들은 보이지 않았다.

오빠가 있으니까 괜찮아.

다시 같은 목소리인데, 내 것이 아니다. 이곳에 있는 누구의 목소리도 아니다. 나는 그게 이 육체에 각인된 누군가의 것임을 깨달았다. 육체의 주인만이 기억하는 목소리. 지금은 내가 차지하고 있으나 본래 육체에 깃들어 있어야 할 영혼이 알고 있을 어린 음성.

괜찮을 거야, 원영아.

나를 다독이는 게 아닌데도 나는 어린 목소리가 건네는 위로를 참을 수 없었다. 무릎 사이에 얼굴을 파묻고 입술을 깨물었다. 울컥, 속에서 치솟은 감정이 꾸역꾸역 눈을 비집고 흘러나왔다. 영문도 모른 채, 나는 누구인지도 모를 대상을 찾아 그리움을 토해냈다.

혼란스러웠다. 지금 나를 흔드는 이 감정은 내 것이 맞는가? 이토록 절절하고 애절한 그리움의 정체가 내 영혼이 만들어낸 것이 맞는가?

나는 목소리가 내뱉은 이름의 주인이 아니었다. 비록 내가 누구인지조차 알지 못하나, 원영이 내 이름이 아닌 것만큼은 확실했다. 혼란스러웠다. 내 것이 아닌 기억과 감정이 내 영혼과 혼재되고 있었다.

"대체 누구야…."

너는 누구고, 나는 누구야? 무릎 사이에 묻었던 고개를 들었다. 잔뜩 흐린 눈앞에 젖살이 빠지지 않은 둥근 얼굴의 어린 남자아이가 서 있었다.

웃지도 울지도 않은 무표정한 얼굴로 나를 보는 아이가 입을 움직였다.

원영아.

소리는 청각이 아닌 다른 감각으로 읽혔다. 나도 모르게 팔을 뻗었다. 아이에게 닿기 직전 손끝이 움찔거리며 멈칫했다.

그제야 정신이 들었다. 선명해진 시야엔 지저분한 아파트 계단과 복도만이 뻗어 있었다.

벽을 짚고 일어섰다. 몸을 괴롭히던 고통은 이미 깨끗하게 사라진 뒤였다.

4월 30일 AM 11:40 도운의 몸(원영의 영혼)

"당분간은 여기서 지내도록 해요."

오피스텔은 복층으로 되어 층고가 높았고, 전망을 가리는 건물이 없어 창문 밖 풍경이 제법 괜찮았다.

"편하게 지내라고 해도 불편할 테니 더 말하지는 않을게요."

나는 들어서자마자 어정쩡하게 3인용 소파로 가서 앉았다.

"칫솔은 화장실에 준비해 뒀어요. 초록색을 쓰면 되고, 먹을 건… 시켜 먹거나 필요한 게 있으면 사올 테니 가능하면 밖에 나가지 말아요.”

“이렇게까지 도와주는 이유는 한도운 때문인가요?”

차현서는 망설이다가 대답을 내놓았다.

“네.”

이어질 설명을 기다렸으나 그녀는 더 말하지 않았다. 나도 더 묻는 대신 창밖으로 고개를 돌렸다. 투명한 유리에 모습이 비쳤다. 지치고 피로한 얼굴의 사내. 한도운이었다.

“사건 담당 형사들이 당신을… 김원영 씨의 몸을 곧 찾을 거예요. 오래 도망칠 순 없을 테니까.”

“좋은 소식인지 나쁜 소식인지 모르겠네요.”

“가능한 좋게 생각하세요. 더 큰 사건을 벌이기 전에 잡는 게 나을 테니까.”

“정말 내가 사람을 죽였다고 생각합니까?”

냉장고에서 생수병을 꺼내 뚜껑을 열던 그녀가 지그시 나를 응시했다.

“정황상 그럴 가능성은 있죠.”

“정황상이라는 건, 다른 용의자도 있다는 말처럼 들리는데요.”

“더는 자세히 말 못 합니다. 정확하게는 저도 모르고요.”

우리는 서로를 바라본 채 입을 다물었다. 어색하고 불편한 정적이 공간을 맴돌았다.

초인종이 울린 건 그때였다. 현서는 현관문 외시경으로 밖을 확인하곤 망설이는 기색이었다. 초인종 소리가 세 번, 네 번 울릴 때까지 그녀의 손이 움직이지 않았다. 여섯 번째 울렸을 때 잠금쇠를 풀었다.

"안에 있었네? 없으면 어쩌나 걱정했는데."

문이 열리기 무섭게 그녀보다 머리 하나는 작은 통통한 체격의 중년 여자가 안으로 들어왔다. 무표정한 현서와 달리 여자는 환하게 웃었다.

현서가 여자가 못 들어오게 막고 말했다.

"밖에서 얘기해."

"어머, 얘는 무슨 얘기를 밖에서 해? 안에서 하면 되지. 네 아버지 반찬이랑 과일이랑 챙겨서 올라오고 계셔. 그거 상하지 않게 냉장고에 넣어둬야 해."

"일단 나가자니까."

"얘가 왜 이래? 왜, 안에 애인이라도 있어?"

여자가 현서 어깨 너머로 빼꼼 고개를 쳐들었다. 눈이 마주쳤다.

"너, 도운이…."

나를 알아본 여자의 얼굴에서 해맑던 미소가 사라졌다.

"나가. 나가서 얘기해."

"현서야, 도운이… 도운이가 왜 여기에…."

"엄마!"

여자는 차현서에게 숨듯이 몸을 오므렸다.

"도운이가 여기에 있는 게 뭐가 어때서? 여기 있으면 안 돼?"

“그게 아니라, 도운이는 교도소에….”

“나왔어. 자기 잘못도 아닌데 억울하게 거기 있다가 드디어 나왔대.”

현서에게 가려진 여자가 어떤 표정을 짓고 있을지 쉽게 상상이 되지 않았다. 나는 그저 가만히 자리를 지켰다.

“도운이가 혹시 나쁜 마음이라도 먹으면 어쩌려고? 그럼 어쩌려고 안으로 들여? 쟤가 어떤 애인 줄 알고!”

작은 목소리였으나 충분히 들렸다. 현서의 등이 눈에 띄게 움찔거렸다.

“어떻게 그런 말을 해?”

“현서야!”

“엄마든 아빠든 나든! 누구도 도운이한테 그렇게 말하면 안 돼.”

“현서야, 사람 모르는 거야. 물론 알지, 아는데! 도운이가 제 아무리 착한 애여도 나쁜 마음이라도 먹으면….”

“먹으려면 벌써 복수했겠지.”

현서의 어깨가 심하게 떨렸다.

“19년이야. 19년을 내가 아니라 도운이가 나를 피해 살았어. 쟨 그런 애야.”

“현서 너 정말 왜 이래? 다 지난 일이야, 그건!”

“그러니까! 다 지난 일을 가지고 엄마는 왜 아직도 도운이를 19년 전처럼 대하는 건데! 아직도 그때처럼….”

악에 받친 말이 끝나기 무섭게 현관문이 열리고 풍채 좋은 중년 남자가 들어섰다. 양손에 가득 무언가를 든 그는 모녀를 살피다가 내게로 시선을 던졌다.

그의 눈가가 크게 떨렸다. 모두가 한도운의 존재에 과민하게 반응했다.

"오랜만이다."

그가 내게 인사했다. 나는 대답하지 않았다. 그럴 거라 예상이라도 했는지 그는 더 말하지 않고 고개를 떨궜다.

"나가서 얘기해요."

상황을 정리한 건 현서였다. 그녀는 둘을 밖으로 내보낸 다음 한숨을 내쉬곤 나를 돌아봤다. 금이 간 듯 표정이 엉망이었다. 눈가는 붉고 축축했다. 파리하게 질린 낯빛이 창백해 겁에 질린 것처럼 보이기도 했다.

"잠깐 나갔다 올 테니까 기다려요."

현관을 나서는 등이 가련했다. 안쓰러움에 심장이 일렁였다.

"…현서야."

이름을 말한 건 내 의지가 아니었다. 놀란 나는 손을 들어 입을 가렸다. 분명 내가 꺼낸 말이었으나 내 의도는 없었다. 다행히 듣지 못했는지 차현서는 그대로 현관문을 열고 나갔다.

입을 가린 손을 내렸다. 멍하니 손바닥을 내려다봤다. 손가락이 미미하게 진동했다. 그것 역시 내가 제어할 수 없는 것이었다.

*

차 안이었다. 현서는 운전석에, 보조석에는 아빠가, 뒷좌석
에는 엄마가 앉았다.

세 사람은 한동안 말없이 창밖만 바라봤다. 평일 낮이라 주
차장 내부가 한산했다.

"언제부터였니?"

먼저 말을 꺼낸 건 아빠였다.

"도운이 소식을 들은 것도 얼마 안 됐고, 도운이랑 만난 건
오늘이 처음이에요."

현서는 헤드레스트에 머리를 대고 느릿하게 대꾸했다.

"잘 지냈다 하더냐?"

그 질문에 현서는 대답할 수 없었다. 어디서부터 어떻게 말
을 꺼낼 수 있는지 판단이 서지 않았다.

"모르겠어요."

한참 만에야 나온 대답이었다.

뒷좌석에 있던 엄마가 끼어들었다.

"도운이가 안타까운 것도 알고, 네가 도운이 아끼는 마음도
알지만, 엄마는 네가 걔랑 거리를 뒀으면 좋겠어."

"왜요? 도운이가 저한테 해코지라도 할까 봐서요?"

"아니라고 말하고 싶은데 못 하겠다. 그래, 엄마는 걔가 너
한테 해코지라도 할까 불안해. 불안해 죽겠어."

“여보.”

“솔직하게 말할까? 도운이 좋은 애인 거, 착한 애라는 거 나도 머리로는 이해해. 그런데 너랑 엮이면 아니야. 걔가 어떤 마음으로 네 옆에 있는지 알고 안심해?”

운전석과 보조석 사이 좁은 틈으로 몸을 내밀며 엄마가 말을 이었다.

“현서야, 내보내. 내보내고 너도 집 옮겨. 경찰서 근처 괜찮은 오피스텔 많잖아. 아니면 엄마가 구해줄게.”

“그만해, 여보.”

“뭘 그만해? 당신도 뭐라고 말 좀 해봐! 이대로 둘 거야? 19년이야. 벌써 19년 전 일이라고! 언제까지 거기 끌려다닐 건데?”

“끌려다니는 게 아니라 용서를 구하려는 거예요.”

팔을 들어 핸들을 잡은 현서가 손가락에 힘을 줬다. 핸들을 잡은 손가락 마디마디에 힘이 들어갔다.

“언제까지 끌려다닐 거냐고요? 평생! 평생 끌려다녀야죠. 엄마가, 아빠가, 내가 평생 끌려다녀도 지난 19년은 영영 돌아오지 않는 거니까.”

“현서야….”

“그때 제대로 끝났더라면. 진실을 밝혔더라면 이런 일도 없었을 거예요.”

“그땐….”

현서의 아빠가 변명하듯 입을 열었다.

"어쩔 수 없었다는 말은 하지 마세요."

현서가 그의 말을 잘랐다.

"어쩔 수 없었던 게 아니라 처음부터 그러려고 한 거잖아요."

부모가 모두 입을 다물었다. 두통이 이는지 현서가 머리를 짚었다. 그녀의 입에서 작게 자조 섞인 변명이 나왔다.

"나도 할 말 없어요. 내내 엄마가 해준 밥, 아빠가 해준 반찬 먹고 자랐으니까. 무려 19년을 그렇게 살았으니까."

속이 울렁거렸다. 현서는 메스꺼움을 애써 참고 눈을 떴다.

"그러니까 우린 모두 죄인이에요. 적어도 도운이한테는."

4월 30일 PM 12:26 원영의 몸(무명의 영혼)

환한 대낮이었다. 도돌이표처럼 되돌아온 거리에 서서 멀리 쳐다보았다.

분 단위로 눈앞에 스파크가 터졌다. 걸음을 떼려다가도 시선이 흔들려 쉽게 걸을 수 없었다. 여기까지 어떻게 왔는지조차 생각나지 않을 정도였다.

그런데도 멈출 수 없는 건 더는 시간이 없다는, 육체가 보내는 경고 때문이었다.

이제는 망설일 필요도 도망칠 시간도 없었다. 나와 관련된 무엇이든 알아내야 했다.

"다시 왔네!"

얼굴의 반이 흉측하게 일그러진 아이가 날 올려다보았다. 가슴께에 색색의 무지개 자수가 박힌.

"원하는 건 알아냈어?"

무지개는 갸웃거리며 물었다. 나는 고개를 설레설레 저었다.

"처음부터 정답은 여기 있었던 것 같아."

무지개가 '그게 무슨 뜻이야?' 하고 되물었다.

"내가 여길 떠나지 못했던 건 여기 나와 관련된 진실이 있기 때문이었어."

무지개가 이해할 수 있도록 친절하게 설명했다. 그제야 무지개가 그렇구나, 하며 주억거렸다. 표정은 여전히 짓궂어 보였다. 여전히 의뭉스럽고.

"그러니까 이젠 네가 대답할 차례야."

내가 아는 사실 한 가지. 그건 무지개가 여기 묶인 영혼 중 가장 오래된 영혼이라는 것이다.

"너는 모든 걸 지켜봤잖아. 맞지?"

왜 그걸 이제야 깨달았을까. 시야가 번졌다 깨끗해지기를 반복할 때 불현듯 무지개야말로 이곳을 가장 잘 알고 있을 거라는 걸 생각해냈다.

나는 일부러 무릎을 굽혀 앉아 무지개와 눈높이를 맞췄다. 지나던 행인의 눈길이 내게 붙었다가 떨어졌다. 나는 아무것도 없는 빈 공간을 보며 앉아 있는 이상한 사람일 터였다.

"말해봐. 네가 아는 나에 관해서."

무지개는 대답하지 않았다. 대신 일그러진 얼굴을 더 일그러트리며 웃었다. 몹시 징그러웠다. 얼굴의 화상 때문이 아니라 미소 짓는 자체가 기이했다. 설명할 수 없는 불쾌감이 몰려왔다. 이건 도무지 아이의 것이 아니었다.

"넌 알고 있잖아."

어깨를 들썩거리는 무지개를 지켜보며 차분히 기다렸다. 여전히 눈앞이 번쩍거렸다. 눈을 감았다가 뜰 때면 풍경이 흩어졌다 모여들기를 반복했다.

"네가 누구인지는 몰라."

무지개가 미소를 거두고 말을 꺼냈다.

"내가 아는 건 네가 여기서 죽었다는 거지."

심장이 쿵 내려앉았다. 고통에 가까운 감각이었다. 실제의 고통인지는 판단할 수 없었다.

"그러게, 넌 그놈을 따라가면 안 됐어."

손끝이 저릿했다. 눈가에 힘이 들어갔다. 무지개의 어깨를 향해 뻗으려던 팔을 거두고 물었다.

"그놈이 누군데?"

새까만 눈동자가 빤히 나를 들여다봤다. 그 눈동자 속에는 아무것도 비치지 않았다.

"그놈."

무지개가 손을 들었다. 무지개의 검지가 나를 가리켰다.

"이 몸이 죽인 그놈 말이야."

아무것도 이해되지 않았다. 무지개가 다시 한번 웃음을 터뜨렸다.

"나는 네가 그걸 알고 훔쳐 간 줄 알았어. 그게 아니었나 봐?"

"무슨 소리야?"

"인생은 참 재미있지? 돌고 돌아 이렇게도 만나니까."

"무슨 소리냐니까!"

빵! 클랙슨 소리가 요란하게 들렸다. 흰색 승용차 한 대가 거리를 두고 서 있었다. 운전자가 신경질적으로 손짓했다. 옆으로 비키라고.

나는 겨우 일어나 걸음을 물렸다. 한 걸음, 두 걸음. 겨우 중심을 잡고 섰을 때였다. 빵! 클랙슨 소리가 다시 한번 울렸다.

"김원영 씨 맞으시죠?"

앞이 분간되지 않을 정도로 하였다. 스파크가 완전히 터져 버려 시야가 나간 듯했다. 허우적거리는 기분이었다. 허스키한 남자의 목소리가 들려왔다.

"연지경찰서 강력팀에서 나왔습니다. 몇 가지 질문이….""

남자의 목소리가 고막을 찢을 듯 크게 들렸다. 나는 양 귀를 틀어막았다. 남자가 연거푸 '김원영 씨?' 하고 불렀다.

당황한 몸이 휘청거리다 뒤로 넘어갔다. 누가 내 손목을 붙잡는 감각이 느껴졌으나 머리를 바닥에 부딪힌 고통이 먼저였다.

"김원영 씨, 제 말 들립니까? 김원영 씨!"

앞은 여전히 빛으로 번져 보이지 않았고, 누군가 '구급차 불러!' 하고 소리쳤다.

그러니까 겁도 없이 누가 따라 오래?

어리지도 않은 게 뭘 그렇게 빼고 지랄이야.

잘 가라!

머리채가 잡혀 흔들리는 감각이 정수리 부근에서 느껴졌다. 목을 조르는 강한 악력과 뺨에 닿는 뜨거운 숨결에 속이 울렁거렸다. 힘이 빠진 몸이 늘어지고 차갑게 굳어가는 과정이 느릿하게 몸에 퍼졌다. 그건 이 육체의 것이 아닌, 내가 떠올린 파편이었다.

"아… 아아…."

벌어진 입술 새로 신음이 새어 나왔다. 작열감이 온몸을 때렸다. 턱이 덜덜 떨렸다.

다음 생에는 나 같은 놈 만나지 말고. 알겠지!

기분 나쁜 웃음소리가 이어졌다. 경직돼 발작하던 몸에서 힘이 빠졌다. 순식간에 눈앞이 어둠으로 물들었다.

크로스

CROSS

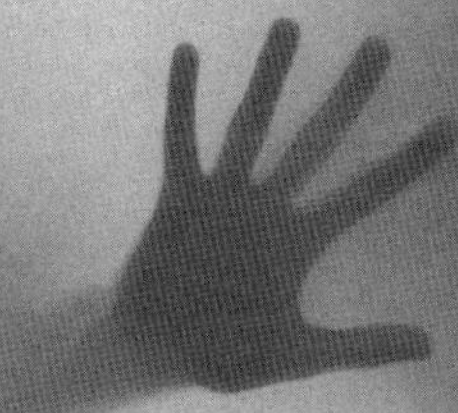

처음엔 내가 지은 죄를 갚을 수 없을 유일한 경우가 있다면, 그 대상이 존재하지 않을 때뿐이라고 착각했다. 그래서 죽은 사람에 대한 속죄는 의미가 없다고 여겼다.

소년원에 갇혀 2년쯤 지나자 나는 더 이상 그렇게 생각하지 않았다. 속죄는 죄를 지은 스스로를 정화하는 과정일지도 모른다고, 갚아야 할 대상을 위해서가 아니라 스스로 속죄하기 위해 평생 죄지은 몸을 아껴야 한다고. 함부로 상처 내거나 함부로 굴리지 말아야 한다고. 내 삶은 그 뒤로 온전히 속죄의 시간 속에서 스스로를 아껴왔다.

할머니의 죽음과 현서의 고통만이 내게는 속죄의 대상이었다. 할머니가 돌아가시고 오랫동안 고통 속에 갇혀 지낼 때, 현서의 고통을 떠올렸다. 그녀에게 보낸 편지는 결국 그녀의 고통에 대한 속죄였다. 더 이상 아파하지 말라고 감히 말할 수 있었던 건, 세상에서 나와 그녀를 완전히 분리시킴으로써 그 고통을 해소하는 게 가능하리라 믿었기 때문이다. 그렇게 십 년을 버텨왔다. 그러다 어제 그녀를 온정의 주방에서 우연히 발견했을 때, 그녀가 나를 일부러 찾아왔다는 걸 직감했다.

선택은 쉬운 거였다. 우리는 분리되어 있지 않으면 고통이라는 굴레를 발목에 차게 된다. 그러니 내가 떠나기만 하면 되는 것이다.

온정에서 일하기 전에 나는 고용주에게 나의 과거와 실상을 빠짐없이 털어놓았다. 그래도 사장님은 나를 거두어주었고, 보살펴주었다. 그가 아니었더라면 나는 더 많은 걸 견디느라 힘들었을 것이다. 그렇다고 나를 위해 그녀와 고통의 굴레를 나눠 찰 수는 없었다. 사장님한테는 미안하지만, 나는 다시 떠나야 한다. 내일….

*

천장이 내려앉은 단층 주택이었다. 마당 가운데 어울리지 않는 정원은 허리까지 자란 무성한 잡초로 뒤덮여 있었고, 창문은 온전한 걸 찾기 어려웠다. 깨진 부분은 상처를 봉해놓듯 누런 포장 테이프를 덕지덕지 붙였다. 사람이 살지 않는 집이라 해도 무방할 것이다. 물론 사는 사람들이 있었지만.

누구도 관심을 가지지 않고, 무슨 소리가 나도 들여다보지 않을 이곳. 다시 말해 어떤 문제든 터질 수 있고, 또 묻힐 수 있는 곳이 바로 여기였다.

녹색 칠이 벗겨진 철문이 삐걱, 앓는 소리를 내며 열렸다. 그곳으로 여름 교복을 입은 학생 네 명이 제 집처럼 들어섰다.

목을 덮은 긴 머리 남학생과 교복 상의를 벗어 어깨에 걸친 남학생, 오른발에 반깁스한 남학생, 사복 차림의 여학생까지. 시시껄렁한 농담을 주고받는 그들의 뒤를 잔뜩 긴장한 도운이 따라 들어왔다.

긴 앞머리 때문인지 도운의 표정이 어두웠다. 그는 앞서 들어선 아이들의 눈치를 살피며 손등을 긁었다. 손등 위로 핏줄이 돋았고 피가 맺혔다.

"도운아, 우리 친구잖아. 근데 왜 멀리 떨어져서 그렇게 주눅들어 있냐?"

도운을 둘러싼 아이들이 히죽거리며 웃었다. 깁스한 발이 도운의 오른발 정강이를 툭 찼다. 도운은 악, 소리를 냈다가 입을 막았다. 왼발, 오른발로 번갈아 차며 강도가 점점 세졌다. 도운은 뼈가 부러지는 것 같은 고통을 참아내고 있었다. 마지막엔 공을 후려 차는 발길질에 가까웠다.

"웃어라. 누가 보면 내가 너 때리는 줄 알겠다? 친구끼리 장난 좀 치는 건데 네가 그딴 식으로 행동하면 내가 뭐가 되냐?"

도운은 웃는 것도 우는 것도 아닌 어설픈 미소를 지으며 한 걸음 앞으로 나아갔다. 마른 풀잎이 바스락거리는 소리가 매미 우는 소리와 겹쳤다.

깁스한 발이 이번엔 허벅지를 후려찼다. 도운의 몸이 속절없이 옆으로 밀려 쓰러졌다. 깔깔거리며 비웃는 소리가 연신 터져 나왔다.

바닥을 짚은 채 숨을 헐떡이던 도운이 겨우 몸을 반쯤 일으켰을 때 또 한 번 깁스한 발이 날아왔다.

폭력은 그런 식으로 반복됐다. 도운은 일어서려고 했고, 그럴 때마다 깁스한 발이 날아와 도운을 쓰러트렸다.

조금만, 조금만 더. 아직은 아니야. 좀 더 버틴 다음에, 확실히 끝낼 수 있을 때를 기다려서. 그때가 되면…. 도운은 마지막까지 참아낼 인내심이 절실했다.

"내가 생각을 좀 해봤는데, 다음엔 여기 너희 집에서 놀면 어떨까 싶어. 어때? 좋지? 어차피 너 부모도 없다며, 고아 새끼야."

그래, 지금이다. 심장이 터질 듯이 쿵쾅거리는 게 마치 시작하라는 신호 같았다. 결심한 도운이 막 바지 주머니에 손을 넣었을 때였다.

"와, 여기 분위기 죽인다."

앙칼진 여자애 목소리였다. 명랑하게도 들렸다. 도운은 누군지 단번에 알 수 있었다. 고개가 절로 휙 돌아갔다. 와서는 안 되는, 지금 이 자리에 있어서는 안 되는 아이. 현서였다.

"걱정하지 마. 너희 얼굴도 다 찍었고, 너희가 한 짓도 다 찍혔으니까. 이런 거 가져가면 경찰들도 좋아할 거야. 증거가 다 있잖아. 그렇지?”

시멘트 블록 담벼락 위로 핸드폰을 든 현서가 매달려 있었다. 현서는 도운과 눈이 마주치자 휘파람을 불었다.

“너 뭐야?”

도운을 후려차던 아이가 신경질적으로 물었다. 영상이 잘 찍혔는지 확인한 현서가 ‘차현서야’ 하고 중얼거렸다.

“뭐?”

“차현서라고, 내 이름.”

“너 이 새끼 이거냐?”

남학생들이 도운을 꼬나보며 새끼손가락을 흔들었다.

현서는 기도 안 찬다는 듯 피식거리고는 한쪽 입꼬리를 올리고 말했다.

“지금 그게 중요한 게 아닐걸? 내가 경찰에 신고했거든. 양아치들이 남의 집에 들어가서 집 주인을 두드려패고 있다고. 곧 있으면 경찰들이 올 거야.”

남학생들이 욕을 지껄이며 현서를 불렀다.

“너 이리 들어와 봐.”

현서를 잡으러 나가려는 걸 도운이 막아섰다.

“그냥 무시해. 원래 여기저기 끼고 그러는 애니까….”

“하, 이 새끼. 야! 내가 네 여친 때릴까 봐 무서워?”

“그런 거 아니야.”

“그런 게 아니기는. 딱 봐도 그런 건데?”

한 남학생이 도운의 팔을 꺾으려 했고, 현서가 담벼락 위로 기어오르려는데, 가까이서 사이렌 소리가 들려왔다.

현서는 어느새 담벼락 위에 걸터 앉아 있었다.

아이들이 침을 퉤 뱉으며 밖으로 튀었다. 하나가 돌아보며 협박조로 말했다.

"또 보자!"

현서는 그러자며, 발랄하게 손을 흔들어주었다.

도운이 문을 닫아걸고 나서 더러워진 교복을 털며 담벼락 위에서 물장구를 치듯 발을 흔들고 있는 현서를 돌아봤다. 현서가 '거기도 털어야 해' 하고 턱짓했다. 도운은 머리에 묻은 흙먼지를 털어내고 퉁명스럽게 말했다.

"왜 왔어?"

"그냥."

둘의 대화는 간단했다. 그건 이 모든 게 축약된 대화였다.

일부러 너 못 오게 하려고 아무한테도 얘기하지 않았단 말이야. 위험하게 찾아오면 어떡해.

너 혼자 두고 내가 어떻게 아무것도 하지 않을 거라고 생각한 거야? 당연히 너를 구하러 온 거지.

장난스런 한숨을 내쉬며 도운이 '언제부터 본 거야?' 하고 물었다.

"처음부터라고 해야겠지?"

"경찰은? 정말 네가 신고했어?"

“아니? 우연의 일치.”

“학교에서든 밖에서든 모르는 척하라고 했잖아. 쟤들이 너까지 못살게 굴면 어쩌려고?”

“우리 아빠 경찰인 거 학교 애들 다 아는데? 쟤네가 그런 위험을 무릅쓰고 나를 건드릴 만큼 배짱 있는 놈들이라고 생각하는 거야?”

“혹시 모르잖아.”

도운의 발치께로 반창고와 연고가 날아왔다. 그걸 주워드느라 고개를 숙이는데 갑자기 울컥, 눈물이 나려고 했다. 목울대가 제멋대로 움직였다.

현서가 나타나서 다행이라고 생각했다. 만약 현서가 오지 않았더라면, 조금이라도 늦었더라면….

도운은 아득한 기분으로 눈을 감았다. 뒤늦은 두려움이 몰려왔다. 자기가 무슨 짓을 하려고 했던 건지, 이제야 현실감이 밀려들었다.

“뭐해? 가자.”

담에서 뛰어내려 다가온 현서가 등을 치자 그제야 도운이 눈을 떴다. 아직 떨리는 손으로 집을 나섰다. 언덕을 내려가는 그림자가 유난히 길었다.

연락받고 도착한 응급실엔 익숙한 얼굴들이 여기저기서 서성거리고 있었다.

현서는 가쁜 숨을 가누며 속으로 숫자를 셌다.

'당황하거나 조급해하면 안 돼. 그냥 우연히 전화를 받고 들른 거야.'

다시 한번 마음을 다잡고 그들을 향해 걸음을 뗐다.

현서를 먼저 발견한 영호가 '어, 차형사' 하고 이리로 오라고 손짓을 했다.

"김원영이 잡혔다고요?"

"이걸 잡았다고 해야 하나? 갑자기 길에서 쓰러져서는…."

말을 하고 듣는 동안 현서의 시선은 커튼이 쳐진 침상에서 떨어지지 않았다.

"잔꾀 부리는 것 같지는 않아. 어디 이상한 모양이기는 한데. 검사 결과로는 문제가 없다고 하네."

"보호자는요?"

"저기."

영호가 간호사 데스크로 고개를 까딱거렸다. 데스크 앞에는 몸집이 작고 마른 초로의 여자가 안쪽으로 뭘 퍼붓듯이 몸을 기울이고 있었다. 흔들리는 몸짓만 봐도 초조한 기색이 역력했다.

"제가 가볼게요."

"그래 줄래? 안 그래도 여간 애 먹이는 게 아냐. 우리 말은 듣지도 않아. 도와주면 고맙지."

현서가 그녀 뒤로 다가가 '김원영 씨 보호자분?' 하고 말을 걸었다.

매서운 눈매를 한 여자가 현서를 휙 돌아보았다. 데스크 직원들을 어떻게 노려보고 있었는지 바로 알 수 있었다. 그녀는 김원영과 닮았으면서도 더 어두웠다. 날카롭고 우울한 분위기가 물씬 났다. 사이 좋은 모녀일 수는 없겠다는 직감이 들었다. 그건 무슨 직업적인 촉이 아니라 비슷한 관계를 경험한 적 있는 딸의 감각이었다.

"여성청소년계 소속 차현서 경위입니다."

현서가 내민 신분증을 손가락으로 붙들고는 눈을 부릅뜨고 살폈다.

"그런데요?"

"김원영 씨와 관련해 몇 가지 질문이 있어서요."

"경찰에서 우리 원영이는 왜 조사하는 건데요?"

"조사까지는 아니고, 몇 가지 물어보는 겁니다."

그녀의 손은 아직 엄지와 검지를 쥔 채 부들부들 떨리고 있었다. 조금 전 신분증을 집었던 손동작이 풀리지 않는 것이다.

"할 말 없어요. 그쪽들이 우리 원영이 길바닥에 쓰러트린 거 잖아요. 오히려 내가 따져야 한다고요."

"일단…."

"현서야!"

현서의 고개가 저절로 가느다란 목소리가 들린 쪽으로 돌아갔다. 응급실 입구에 도운이 서 있었다. 그 옆에 엄마가 불안한 얼굴로 자신을 부르고 있었다.

아, 그제야 생각난 듯 현서는 원영의 모친을 두고 두 사람에게 다가갔다. 영호를 포함한 형사들의 눈길도 잠시 세 사람에게 머물렀다.

"여길 어떻게…."

"그게, 너 가고 올라가서 얘기 좀 한다는 게…."

대충 상황이 그려졌다. 자신이 응급실로 간 사이 엄마가 도운을 찾은 모양이었다. 할 말이 없었을 원영은 제 몸을 찾는 일이 어떻게 되어가는지 궁금해 엄마와 함께 이곳을 찾은 것이다.

상황이 급해 이런 상황을 예상해놓고도 단도리를 못 한 게 잘못이었다. 신경질적으로 머리카락을 쓸어 넘기곤 둘을 밖으로 내몰려는데, 원영이 팔을 움켜잡았다.

"여기 있지?"

익숙한 목소리에 현서는 맥이 풀리고 말았다. 진짜 도운이 아닌데도 쉽게 허물어졌다.

"형사들이 있습니다. 지금은 안 돼요."

"내가 뭘 할 줄 알고 안 된다는 건데?"

"뭘 하든 안 되니까."

둘을 번갈아보는 엄마의 눈에는 불안과 의아함이 뒤섞여 있었다. 친구인데, 아무리 오랜만에 만났다고 해도 존대를 한다고? 그런 눈빛이었다. 현서는 아차, 싶으면서도 머리를 흔들었다. 지금 그런 것까지 신경 쓰기에는 너무 복잡한 상황이었다.

"…엄마가 왜?"

어느새 도운이 현서 뒤쪽을 넘겨보았다.

원영이 제 엄마가 이곳에 있는 걸 보았다. 그건 자신의 몸도 이곳에 있다는 뜻이었다.

"이봐요, 일단…."

"뻔뻔하게 감히 여길…!"

으득, 이를 가는 소리가 도운의 몸 어딘가에서 튀어나왔다.

"이봐요!"

현서가 말리기도 전에 도운이 그녀를 밀쳐내고 간호사 데스크로 뛰었다. 따라가려는 현서를 엄마가 붙들었다.

"현서야, 이게 무슨 일이야? 응? 도운이 쟤는 왜 갑자기 여길 와야 한다고 닦달한 거고? 무슨 일 있어?"

"나중에 설명해드릴게요."

도운은 이미 여자를 돌려세우고 윽박지르는 중이었다.

"당신이 무슨 자격으로 여기 있어!"

여자는 얼굴도 모르는 젊은 남자에게 붙들려 봉변을 당한다고 생각할 것이다.

"뻔뻔하게, 보호자라고 여기 있는 거야? 당신이 어떻게 보호자야? 당신 같은 게 어떻게 보호자 행세를 해?”

“누구세요? 누군데 나한테 그런 말을 해요?”

어느새 형사와 간호사가 붙어 둘을 뜯어말렸다. 현서가 미처 닿기도 전에 도운의 입에서 무서운 말이 터져나왔다.

“남편도 죽이고 아들도 죽인 여자가 이런 말은 듣기 싫은가 보지?”

소동을 한 번에 집어삼킬 만큼 무거운 정적이 쿵 내려앉았다. 응급 환자와 보호자, 의료진마저 부산스런 소음을 일제히 멈추었다.

“아니면 이젠 딸도 죽이려고? 그때 못 죽였으니까 이제야 죽이려고?”

입을 가리는 여자의 손이 벌벌 떨렸다.

“당신 때문에 끼니 한 번 속 편하게 먹은 적이 없었어. 당신이 독을 탔을까 봐. 그때처럼 죽이려 할까 봐!”

여자의 몸이 버티지 못하고 스르르 기울어졌다. 그런 여자를 형사가 겨우 부축했다.

“가족이랍시고 보호자랍시고 뻔뻔하게 나타나면 안 되지. 양심이 있다면 당신은 엄마 소리 포기하고, 평생 죄인으로 살아야지!”

도운은 냉정한 말을 더 쏟아냈다.

“용서를 바란다는 헛소리는 하지 마. 당신한테는 죽어서도 그런 일 없을 거니까. 용서는 용서를 빌 대상이 있을 때나 하는 거야. 아빠도 오빠도 다 죽었는데, 당신한테 용서가 무슨 소용이야!"

여자의 충혈된 눈에서 눈물이 와락 흘렀다. 순간 고개가 툭 떨어지며 기어이 앞으로 고꾸라졌다.

기절한 여자를 깨우려 형사와 간호사가 응급처치를 했다.

현서는 도운의 얼굴에서 절대 나올 수 없는 표정을 보고서야, 비로소 그가 정말 도운이 아니라는 걸 확신했다. 오히려 그건 도운이 쏟아내는 낯설지만 경험적인 말들보다 더 강렬한 증거였다. 그때였다.

"김원영 씨, 제 말 들리세요? 정신이 드세요?"

영호가 옆 침상에서 내지르는 소리에 도운과 현서의 시선이 동시에 움직였다. 커튼이 걷힌 사이로 원영의 마른 팔이 보였다. 일어서려는 도운의 손목을 현서가 붙잡았다.

"김원영 씨!"

역시 이전에 본 적 없는 표정을 하고 도운이 현서를 노려봤다. 현서는 도운을 똑바로 마주보며 말을 이었다.

"내가 할게요. 내가 할 테니까, 제발 움직이지 말아요."

그건 원영을 위한 말이 아니었다.

"도운이를 위해서라면 뭐든 할 거니까."

*

도운은 현서가 자신을 위해서라면 무엇이든 할 거라는 걸 알았다. 그리고 얼마 지나지 않아 아이들이 죄다 풀려났다고 들었다.

처음엔 믿을 수 없었다. 어째서 방화범이나 다름없는 그 아이들에게 아무도 죄를 묻지 않은 거지? 현서가 가만있었을 리 없는데….

시간이 흐르면서 도운은 용서를 빌었다.

현서가 아무것도 하지 않아서 아직도 자신이 갇혀 있는 거라 원망했는데, 그게 아니었다. 정말 끔찍했던 건 현서가 무언가를 하길 바랐다는 자신의 마음이었다. 스스로를 가둔 게 결국 옹졸한 제 마음이었다는 걸 깨닫자, 비로소 자신을 비워낼 수 있었다. 모든 악감정으로부터 스스로를 지켜낼 수 있었다. 그래야 못난 손자를 둔 탓에 돌아가신 할머니께 속죄할 수 있으니까. 그렇게 나는 자신을 아끼는 법을 알았다.

*

"어디서 역겨운 냄새가 나나 했더니, 재수 없게 무당귀가 돌아다니고 있었네? 왜? 인간 몸 하나 얻어서 악신(惡神)이라도 되려고?"

무지개는 땅따먹기하듯 한 발로 바닥을 콩콩 뛰며 중얼거렸다.

"네년이 어찌 죽었는지 나는 알지! 무서운 놈의 혼을 받아들인 게야. 웬 놈의 가족이 주는 돈에 눈이 어두워서 살인마인 줄도 모르고 덥석 제 몸에 집어넣었으니, 감당됐으려나. 통해주지 못하면 제가 죽거늘, 그걸 몰랐어? 그래, 그리 죽고 나니 억울하고 원통하더냐?"

무지개는 영락없는 아이의 모습이었지만 내뱉는 말은 아이의 언어 범주를 한참이나 벗어나 있었다.

"사특한 꼬맹이구나. 속에 능구렁이가 백 마리는 똬리를 틀었겠어."

무당귀는 이리저리 정신없이 뛰어다니는 무지개를 집요하게 노려보았다. 그렇지 않으면 언제 무슨 역습을 당할까 몰라 두려워하는 것처럼.

"몸을 바라는 건 너도 마찬가지 아니니?"

재미난 듯 움직이던 무지개가 동작을 뚝 멈추고 중얼거리듯 말했다. 일그러진 눈이 천천히 위를 쳐다봤다. 허공에서 짤랑거리는 방울 소리가 울려 퍼졌다.

"맞아. 난 인간의 몸을 원해. 너보다 훨씬 필요하지. 내 몸에 들어앉은 놈이 아주 몹쓸 놈이거든. 그냥 살인마가 아니더라고. 무려 아홉이야, 아홉! 피 맛에 제대로 길들여진 놈이야. 그놈이 나를 계속 들쑤셔."

무당귀가 비죽거리며 웃었다.

"그런데 영혼만으로는 아무것도 할 수 없거든. 완벽한 그릇이 필요해.”

무당귀가 덧붙이자, 무지개의 눈이 가늘어졌다.

“그게 김원영의 몸이고?”

무지개의 고개가 반쯤 돌아가고 눈이 가늘어지고 있었다.

“아무 몸이나 되는 게 아니니까.”

무당귀의 시선이 무지개의 미세한 변화를 알아차리지 못하고 천천히 골목을 훑었다.

“네 말이 맞아. 저 아이 몸은 이미 틈이 벌어져 있어. 죽음의 냄새가 배어 있거든. 벌써 다른 영혼들도 다 맡았겠지. 그렇다고 아무 영혼이나 들어갈 순 없어. 살아있는 몸은 그렇게 만만하지 않거든. 몸을 빼앗으려면 그만큼 간절해야 해. 저 아이 몸에 들어간 영혼이 바로 그렇지.”

무당귀의 눈동자가 질퍽한 소리를 내며 움직였다.

“오래 머물수록 몸은 약해지고… 틈은 더 벌어지겠지.”

그렇게 혼잣말처럼 중얼댄 무당귀가 한쪽 입꼬리를 씰룩거렸다.

“그때가 되면 진짜 주인이 들어가는 거야.”

“다시 말하는데, 저건 내 거야!”

“지박령 주제에 욕심이 크네.”

무당귀가 조롱하듯 내뱉자 무지개의 입이 벌어지며 굳었다.

“저 몸을 차지한 영혼 덕분에 알게 됐지. 저 몸이 얼마나 좋은 장난감인지.”

무당귀의 눈이 번뜩였다.

"장난감?"

"그래."

무지개가 킥킥 웃었다.

"저 몸 하나면 나도 여기서 나갈 수 있거든. 세상이 궁금해. 죽고 죽이는 게 널린 세상이 보고 싶다고."

무당귀의 얼굴이 서서히 굳었다. 만만치 않다고 여기는 표정이 역력했다.

"그 몸은 내 거야."

무지개의 입에서 다시 한번 경고하듯 낮고 탁한 쇳소리가 나왔다.

"20년을 기다렸어."

아이답지 않게 목소리가 섬뜩하게 깔려서 나왔다. 허공에 나풀거리던 무당귀가 밀리듯 조금 더 멀어졌다.

"도끼를 갈아 바늘을 만든다고 하지. 마침내 도끼가 바늘이 되었거든."

무지개가 천천히 양손을 들어 올렸다.

바람이 불었다. 흐드러지게 핀 꽃나무에서 꽃잎이 비처럼 쏟아졌다.

꽃잎이 만들어낸 웅덩이가 바닥에 고였다. 인기척 없는 텅 빈 골목에 희미한 웃음소리가 맴돌았다.

"그러니까 건드리지 않는 게 좋을걸."

무지개가 까르르 웃듯 소리쳤다.

"감히 내 장난감을!"

4월 30일 PM 3:55 현서

의사는 현서에게 대수롭지 않게 설명했다. 그저 영양 상태가 안 좋은 것뿐이라고. 다른 이상은 없다고. 밥만 잘 챙겨 먹이라며 김원영의 퇴원을 허락했다.

현서는 병상을 쳐다보곤 응급실 입구에 뒷짐 지고 선 영호에게 다가갔다.

"김원영은 좀 어떻습니까?"

그의 눈썹이 잔뜩 찌푸려졌다. 그것만으로도 현재 상황을 짐작할 수 있었다.

"말도 마. 뭘 물어도 대답을 안 해. 이름이 뭐냐고 물어도 흥. 기억이 나는 게 있냐고 물어도 멍. 영장도 없이 꼬치꼬치 캐묻기도 그렇고."

"계속 그러나요? 아무 대답도 안 하고, 반응도 없고?"

"응, 혹시 몰라 간호사한테 부탁했거든. 마찬가지래. 뭘 물어도 아무 반응도 없다네. 일시적인 충격으로 그런 경우도 있다는데…. 우린 급하구만."

영호의 입에서 무거운 한숨이 흘러나왔다. 구레나룻을 긁적거리던 그가 '아까는 애인?' 하고 넌지시 물었다.

"네?"

"아까 그 잘생긴 남자 말이야."

"그건 아니고 오래된 친구… 예요."

"그래? 난 또 데이트 중인데 내가 전화해서 그냥 왔나 싶었지."

잠시 뜸을 들이던 그녀가 '김원영… 제가 만나봐도 될까요?' 하고 운을 뗐다.

"차형사가?"

"나름대로 심리학과 출신이기도 하고. 대학 때 실습 경험도 있거든요."

현서가 그의 눈치를 살폈다.

"그래 주면 나야 고맙기는 한데… 매번 차형사한테 부담만 주는 것 같아서."

"아닙니다. 제가 하고 싶어서 하는 건데요."

그렇게 말하는 현서의 손끝이 긴장한 탓에 뻣뻣해졌다.

"부탁 좀 할게. 오늘만 벌써 두 번째 부탁이네."

영호는 면목이 없다며 어색하게 미소 지었다.

원영의 병상 근처는 두 명의 형사가 대기 중이었다. 오며 가며 인사한 적 있는 이들이었다. 현서는 간단히 눈인사하곤 병상의 커튼을 걷었다.

"…김원영 씨."

잠든 듯 눈을 감은 얼굴이 파리했다. 두어 번 더 불러봐도 반응이 없었다.

현서의 눈이 커튼 밖을 확인했다. 감시 중이던 형사들은 멀찍이 떨어진 영호에게 보고 중인 것 같았다.

"김원영 씨, 당신이 김원영이 아니라는 거 알고 있습니다."

현서는 더 작은 소리로 급하게 말을 꺼냈다.

그제야 김원영의 눈꺼풀이 바르르 떨렸다. 그녀는 천장을 향한 채로 눈을 굴려 현서를 응시했다.

"당신은 누굽니까?"

원영이 눈을 깜빡거렸다. 어떤 의미가 있는 건 아니고 눈이 뻑뻑해 그런 듯했다.

"왜 김원영의 몸을 빼앗았죠?"

"…."

"김원영의 몸으로 사람을 죽였나요?"

"나는…."

그녀가 힘겹게 입술을 움직였다. 현서는 참을성 있게 다음 말을 기다렸다.

"찾아야…."

'찾는다고?'

힘겹게 움직이던 원영의 입술이 덜덜 떨리더니 이내 크게 벌어졌다. 발작하듯 눈동자가 위로 휙 넘어갔다. 숨이 쉬어지지 않는지 침대 시트를 움켜쥔 손등 위로 굵은 핏줄이 섰다.

"김원영 씨!"

몸부림치는 어깨를 잡아누르고 의료진을 불렀다.

달려온 간호사가 현서를 밀어내고 원영을 살폈다. 간호사의 콜을 받은 의사가 도착했다. 낯선 의학 용어들이 오갔다.

현서는 여전히 그녀에게서 눈을 뗄 수 없었다.

'방금….'

처치 중인 의료진 사이로 언뜻 드러난 원영의 입가에 미소가 걸려 있었다. 눈엔 흰자위만 가득한데도 현서를 보고 있는 것처럼 시선의 방향이 또렷했다.

갑자기 응급실 입구에서 웅성거리는 소리가 들려왔다.

"응급환자입니다! 화장실에 쓰러져 있는 걸 환자가 발견했어요!"

이동식 침대에 도운이 실려 있었다. 도운 역시 김원영이 그런 것처럼 몸을 비틀며 몸부림을 쳐댔다.

"도운아!"

현서가 도운의 침대로 와락 다가들었다. 도운의 침대를 이동하던 간호사가 현서의 손목을 잡았다.

"보호자 되십니까?"

"네, 친구예요."

"환자에게 기저질환이 있었나요?"

"아뇨, 그런 건…."

19년 전 도운에겐 기저질환이 없었으나 지금은 몰랐다.

"모르겠습니다."

“알려지나 문제가 될 부분이 있을까요?”

“그것도… 모르겠어요.”

“일단 환자 가족에게 연락 좀 해주시겠어요?”

“도운이는 가족이 없습니다.”

간호사의 입이 다물렸다.

추워서인지 두려움 때문인지 현서의 몸이 약하게 떨렸다.

“그러면 친구분께서 여기 계셔주세요. 응급 상황 시엔 친구분께서 동의서를 확인해주셔야 하거든요.”

현서는 연신 고개를 끄덕이곤 도운의 손등 위를 자기 손바닥으로 덮었다.

손바닥에 닿는 도운의 체온이 너무 낮았다. 손이 찬 현서조차 놀랄 정도로 차가웠다.

“차형사!”

영호가 음료수 캔을 들고 달려왔다. 보이지 않는다 싶더니 편의점에서 음료수를 사 온 모양이었다.

“뭐야? 어떻게 된 거야?”

영호의 시선이 처치가 끝나고 다시 잠든 듯 보이는 김원영에게 닿았다.

의료진들은 혹시 몰라 자리를 떠나지 않고 그녀를 살폈다.

“모르겠어요. 갑자기 발작하더니 다시 잠들었네요.”

“이거 진짜 골치 아프네. 계속 여기서 이러고 있을 수도 없고. 다른 사건도 처리해야 하는데.”

“제가 있겠습니다.”

“차형사가?”

“일주일 정도 휴가거든요.”

“휴가인데 이렇게 도와줘도 되겠어? 이러면 내가 정말 미안한데.”

“괜찮습니다. 제가 하고 싶어서 하는 거니까요.”

진짜 도운이 아닐지라도, 도운의 몸이 여기 있는 이상 현서도 당장 떠날 수 없는 노릇이었다. 현서는 입구까지 그를 배웅한 뒤 김원영과 도운의 병상 중간에 서서 숨을 골랐다. 공교롭게도 두 사람의 병상이 마주 보는 자리에 있었다. 둘 모두를 감시해야 하는 현서에게는 그나마 다행인 배치였다.

*

해가 질 무렵이었다. 벽에 기대 깜빡 졸던 현서가 눈을 비비며 몸을 일으켰다. 얼마나 피곤했는지 졸 때는 몰랐는데, 응급실 안의 소란이 귓가로 일시에 몰려왔다. 원래 응급실은 이렇게 시끄러운 곳이었다.

병상으로 가 김원영과 도운을 차례대로 확인했다. 둘은 미동도 없이 잠든 상태였다.

마른세수를 하며 현서는 주차장과 연결된 응급실 입구로 잠시 나왔다. 찬바람이라도 쐬려고.

해가 느릿하게 지는 것을 지켜봤다.

도운과 함께 노을 지는 풍경을 구경하는 게 일과이던 때가 있었다. 교복 차림으로 비탈진 언덕 정상에 앉아 있노라면 세상에 오직 두 사람, 도운과 자신만 존재하는 듯한 착각이 들곤 했었다.

"형사님!"

상념에 젖어 있던 현서를 간호사의 목소리가 깨웠다. 응급실 입구를 돌아보자 놀란 표정의 간호사가 숨을 몰아쉬었다. 안 그래도 이들에겐 오늘처럼 바쁘고 혼란스런 날도 드물었을 것이다. 그런데 또 뭘까?

"무슨 일입니까?"

누구 하나 깨어나기라도 한 걸까?

"김원영 씨가 사라졌어요!"

네? 내내 놀라운 일 투성이었지만, 무뎌지거나 익숙해지는 법이 없었다. 놀라는 일은.

"상태 확인하려고 갔더니 없었어요!"

응급실 안으로 뛰어들어갔다. 간호사의 말처럼 원영이 사라졌다.

"CCTV 있죠?"

"이쪽으로 오세요!"

마지막으로 그녀를 확인하고 자리를 뜬 게 고작 십 분 전이었다. 간호사가 김원영이 사라진 걸 확인하기까지 시간이 길지 않았으니 그리 멀리 가지는 못했을 터였다.

‘아직 병원에 있을 수도 있어.’

간호 데스크에 도착해 응급실 내부를 비추는 CCTV 화면을 확인했다. 시간을 역순으로 재생하자 병상 커튼 아래로 나오는 김원영이 보였다.

“이게 찍힌 시간이 언제죠?”

“8분 전이니까, 여섯 시 삼십 분이요.”

“이 부분부터는 앞으로 재생해주세요.”

화면이 원래대로 재생되기 시작했다.

‘뭘 하는 거야?’

김원영은 바로 도망가거나 어딘가에 숨는 대신 고개를 들어 CCTV 카메라를 쳐다봤다. 그러더니 응급실 입구가 있는 앞이나 뒤로 가지 않고 자기 맞은편으로 이동했다.

‘김원영의 맞은편….’

현서가 커튼이 쳐진 병상 한 곳을 바라봤다. 쿵, 심장이 멎는 기분이었다.

데스크에서 나와 도운이 있는 병상으로 뛰었다.

차르륵, 커튼을 걷었다. 도운은 여전히 잠든 채 누워 있었다. 혹시 몰라 심장 쪽에 손을 대고 일정한 간격으로 뛰는지 박동을 확인했다. 안도의 숨이 절로 나왔다.

‘김원영은 여기서 뭘 한 거지?’

바로 도망치는 대신 굳이 여기에 와서 뭘 했을까?

불안감이 더해졌다. 뭘 할지 예측하기 힘들었다. 데스크로 돌아가 영상을 이어 재생했다.

원영은 도운의 병상에 머물렀다가 그 뒤 간호사가 그녀의 병상으로 갔고, 거기서 나온 간호사가 현서를 찾아 응급실 입구로 뛰었다.

그 잠깐 사이. 간호사도 현서도 없는 짧은 사이에 김원영은 도운의 병상에서 커튼을 걷고 나와 반대편 입구로 차분히 멀어졌다.

'그냥 숨은 거였나?'

"근데 저 환자분 뭘 하는 거죠?"

함께 영상을 보던 간호사가 고개를 갸웃거렸다. 김원영은 본관과 이어진 응급실 입구 앞에 서서 가만히 CCTV 카메라를 마주했다. 그러곤 입술을 벌렸다.

'찾았어.'

가늘게 뜬 눈으로 집중한 현서가 김원영의 입 모양을 읽었다.

"저 얼굴…."

순간 카메라를 바라보는 원영의 얼굴 위로 유난히 하얗고 붉은 다른 얼굴이 겹쳤다.

주차장에서 자신을 놀라게 한 그 얼굴. 사람이 아니라는 직감이 들던 그 얼굴이 그녀의 얼굴 위로 겹쳤다가 사라졌다.

"본관으로 나간 것 같은데, 본관 쪽 CCTV 화면은 관리팀에 연락해야 하거든요. 연락할까요?"

현서가 환자의 얼굴이 이상하지 않으냐고 물었지만 간호사
는 고개를 저을 뿐이었다.

"연락 좀 부탁드립니다."

수화기를 든 간호사가 관리팀으로 전화를 걸었다. 현서는
시선을 올려 붉은색 점을 응시했다.

본관과 이어진 응급실 입구. 그 위에 달린 카메라에서 붉은
색 점이 반복적으로 깜빡였다.

4월 30일 PM 7:26

영호는 서류를 꼼꼼하게 읽는 것 같더니 책상을 쭉 빼며 말
했다.

"국과수에서 다른 말은 없었고?"

30대 중반쯤 된 날렵한 눈매의 형사가 차분하게 대답했다.

"거기 적힌 게 전부랍니다. 그쪽에서도 몇 번이나 확인해본
모양이에요."

"허 참…."

영호는 들고 있는 서류로 애매한 시선을 떨구었다. 몇 번을
읽는데도 서류에 적힌 내용이 바뀔 리는 없었다.

"피해자 신체에서 다른 사람의 지문이 하나도 나오지 않았
다? 닦은 흔적은 없고 씻긴 흔적도 없다? 그럼? 손 안 대고 사
람을 그 지경으로 만들었단 거야? 이 자식들 제대로 검사한

거 맞아?”

턱수염의 생각을 읽었는지, 다른 형사가 농담을 건넸다.

“이상한 점이 한두 개가 아닌 사건이잖습니까. 진짜 귀신이 한 건 아닐까요?”

“형사란 놈이 귀신이 범인이라는 소리를 하냐?”

“말이 그렇다는 거죠. 워낙 이상한 사건이니까.”

형사를 타박하기는 했지만, 영 틀린 말도 아니었다. 그의 말처럼 연지동 모텔 살인사건은 귀신이 곡할 노릇이란 표현이 떠오를 정도로 기이한 사건이었다.

“야, 이거 피해자 사망 추정 시간은 확실한 거래?”

무엇보다도 기이한 점은 피해자가 사망한 시점이었다. 용의자인 김원영이 모텔에서 빠져나온 시간이 새벽 3시 30분쯤. 피해자가 사망한 것으로 추정되는 시간은 4시 20분이었다. 적어도 모텔 입구 CCTV를 통해 파악한 건 그랬다. 모텔 복도엔 모형 CCTV만 있어 자세한 확인이 어려웠다.

“모텔 직원이 호출받고 올라간 게 오전 4시 15분이었고, 방에 가서 피해자 시체 발견한 게 4시 20분이니까… 추정 시간은 확실하겠죠.”

“호출은 누가 했는데? 설마 목이 떨어진 피해자가 했을 리는 없을 거고. 뭐, 목이 떨어지기 전에 했다는 건가?”

“예?”

“호출 때문에 갔다며, 자식아!”

“어… 잠시만요.”

형사가 급히 진술서를 뒤적거렸다. 꼼꼼하게 확인한 그가 입을 열었다.

“피해자가 있던 방에서 온 호출이었대요. 함께 있던 청소 직원도 확인했고. 아 그리고 더 이상한 게요, 피해자가 말을 했다고 합니다.”

“목이 잘렸는데?”

“방에 들어서자마자 들렸대요. 아프다, 뜨겁다고.”

“진짜 죽기 전에 남긴 말인가…. 근데 아프다는 건 알겠는데, 뜨겁다는 건 뭐냐?”

“그러게요. 아파서 뜨겁다, 그런 뜻 아닐까요? 왜 애들은 상처가 화끈거린다고 표현하잖아요.”

영호가 버릇처럼 털이 무성한 턱을 매만졌다.

“뭐가 이렇게 하나도 안 맞냐.”

그의 시선이 다시 보고서를 훑었다.

“다른 데는 다 피해자 지문이 있는데, 전화기에는 또 지문이 하나도 안 묻어 있네? 피해자 말고 다른 사람이 눌렀다는 거야?”

“공범이 있던 게 아닐까요?”

“그럼 더 이상하지. 그냥 두고 가면 되는데, 일부러 왜 전화까지 걸어서 굳이 시체를 확인하게 해?”

“그건 그러네요. 아, 이거 진짜 이상한 사건이야.”

형사가 뒷머리를 벅벅 긁었다. 영호가 손가락으로 콧잔등을 누르며 생각난 듯 말했다.

"병원에 있는 차형사한테서는 연락 없지?"

"예, 아직 아무 연락 없었습니다."

"뭐 오면 바로 전달해라."

"어디 가십니까?"

"알 거 없다."

사무실을 나서며 손을 휘휘 내저었다.

복도로 나온 영호는 이상한 기운이 느껴져 어스름하게 어둠이 깔린 복도 끝으로 시선을 던졌다.

'탄 내?'

어둠 속에서 덩어리 같은 형체가 꿈틀거렸다. 가늘게 눈을 뜨고 그게 뭔지 주시했다. 어둠에 잠긴 형체가 걸음을 내딛듯 앞으로 성큼성큼 움직였다.

형체가 움직일 때마다 탄 냄새가 났다. 심하진 않았고 옷에 밴 냄새가 풍기는 정도였다.

'잠깐, 저거 그림자 아니야?'

영호의 눈이 어둠 속 형체에서 벽으로 옮겨갔다.

타다닥.

순간, 벽에 붙어 있던 남자의 나체가 순식간에 그를 향해 달려들었다. 얼굴이 없는, 목이 비틀려 끊어진 흔적만 남은 나체였다.

“으악!”

갑작스러운 습격에 대비하지 못한 나머지 자기도 모르게 비명을 질렀다. 질끈 눈을 감은 그의 발이 빠르게 뒤로 물러났다. 등으로 벽이 닿았다. 뒤통수를 박았다는 고통을 느낄 새도 없이 어깨와 손, 허벅지가 떨렸다.

투박한 손길이 목과 어깨를 쓸었다. 몸을 주무르는 감각에 신물이 올라왔다. 탄내가 더 짙어진 것도 이유였다. 굳은 몸이 움직이지 않았다. 대신 자기 의지인지도 모른 채 오른손이 목가로 올라왔다.

‘죽는다!’

목을 조르던 제 손에 힘이 들어갔다. 죽음과 가까운 직업이기는 했으나 자기 죽음을 떠올려본 적은 한 번도 없었다.

“여기서 뭐 하세요?”

영호를 부른 건 교통과 경찰이었다. 떠듬떠듬 눈을 뜬 그가 복도 끝과 벽을 차례로 훑어봤다.

덩어리 같은 형체도, 머리가 없는 나체의 남자도 없었다. 목을 조르던 게 자기 손인지 남의 손인지도 분간이 가지 않았다. 그러니까 이 모든 게 흔적도 없었다. 심지어 복도는 환한 전등빛이 사방을 밝히고 있었다.

“형사님?”

“하….”

긴장이 풀리자 어깨가 저절로 늘어트려졌다. 그의 손에 들려 있던 보고서가 바닥으로 떨어졌다. 교통과 경찰이 얼른 보고서를 주워들었다.

보고서에 첨부된 사진을 보았는지 경찰의 표정이 찌푸려졌다.

"으아, 엄청 잔인하네요."

영호의 눈이 경찰이 내민 보고서로 움직였다.

"세상에! 이거 목이 끊어진 거죠?"

"하, 하하…."

헛웃음이 절로 나왔다. 연지동 모텔 살인사건 피해 남성의 시체가 보고서에 사진으로 첨부돼 있었다. 다양한 각도에서 다양하게 찍힌 여러 사진 중, 몸 전체가 나오게 찍은 몇 안 되는 것이었다.

"얼른 마무리되면 좋겠네요. 이런 끔찍한 사건을 벌이는 놈이라니."

경찰에게서 보고서를 받아 들고 영호는 자기 얼굴을 쓸어내렸다. 사진 속, 머리 없는 모습이 조금 전 그를 향해 달려들던 나체와 같았다.

"이런 미친…."

허탈한 숨과 함께 욕지기가 입에서 흘러나왔다. 초자연적인 현상 같은 걸 믿어본 적이 없었다. 그런데 지금은 믿을 수밖에 없었다. 환각이라고 치부하기엔 모든 게 지나치게 생생한 탓이었다.

바람이 부는지 복도 창문이 덜컹거리는 소리를 냈다. 창밖의 하늘이 짙은 남색으로 변해 있었다. 창문으로 자신의 상반신이 흐릿하게 비쳤다. 뒤늦게 정신을 차린 그가 멀거니 창문을 보고 있노라니 창문에 비친 얼굴 위로 하얀 김이 번졌다.

오싹해져 그만 침을 삼켰다. 벌어진 입술 새에선 숨소리만 거칠게 새어 나왔다.

4월 30일 PM 7:40 원영의 몸(무명의 영혼)

그때도 지금도 그림자가 길던 저녁이었다. 병원에서 나온 후 나는 오래전 그날의 나를 따라 걸었다. 어딘가를 향해 걷는 내 어깨너머로 검은 옷을 입은 남자가 보였다.

그는 슬쩍슬쩍 뒤따라 걷는 나를 보았다. 나는 아는 사이인 듯 그에게 웃으며 물었다.

'노트북 비쌀 텐데. 정말 나한테 줘도 괜찮아?'

내 물음에 그는 한 치의 망설임도 없이 고개를 주억거렸다.

'다음 모임 땐 내가 밥 살게.'

그는 알겠다고 하면서도 신경 쓰지 말라 덧붙였고, 나는 아무런 의심도 없이 그를 따랐다.

섬광이 이어졌다. 빛이 번졌다가 사라지는 찰나마다 생전의 내 목소리가 터져 나왔다. 웅얼거리듯 들리는 탓에 무슨 말을 하는지까지는 파악할 수 없었으나, 무서워하거나 위축되지는 않은 말투였다.

나는 멈추지 않고 계속 걸었다. 섬광 때문에 인도와 차도 사이를 아슬아슬하게 오갔다. 두 사람의 환영은 내가 늘 서 있던 골목을 지나쳐 앞으로 나아갔다. 순간 걸음이 멈칫했다.

늘 내가 있던 자리. 가늠할 수 없는 시간 속에서 허우적거리던 내가 있던 곳.

"왔구나!"

엉거주춤 선 나를 보고 무지개가 팔을 흔들었다. 일그러진 반쪽 얼굴이 한껏 팽팽하게 당겨져 있었다. 무지개에게 인사 같은 건 하지 않았다. 무시하고 걸음을 뗐다.

항상 종알거리며 따라오던 무지개는 입을 다물고 내 옆을 가만히 따라 걸었다.

'여긴…'

계속 앞으로만 걷던 환영은 익숙한 아파트 단지 앞에서 멈춰 섰다.

김원영의 집. 내가 훔친 몸의 주인. 그녀가 살던 아파트 앞이었다.

"…."

남자의 낮은 목소리가 지척에서 들려왔다. 고개를 이리저리로 돌렸다. 시야에 모자이크처럼 흐릿한 모습의 남자가 보였다. 남자를 따라 걷던 나는 없었다. 내 환영이 있던 자리에 내가 서 있을 뿐이었다.

"…."

환영이 내 손목을 붙잡았으나 무게는 느껴지지 않았다.

나와 남자는 나란히 서서 아파트 반대편, 빌라로 향했다. 그런 내 뒤를 무지개가 콧노래를 흥얼거리며 따라왔다.

조각이 깨지듯 눈앞에 금이 갔다. 부서진 틈 사이로 오래된 기억의 장면이 드러나기 시작했다.

"…."

잔뜩 뭉개져서 들리던 남자의 목소리가 한순간 사라졌다.

환영도 마찬가지였다. 나란히 걷던 남자의 모습은 완전히 사라져 보이지 않았고, 빌라 입구에 남은 건 나와 무지개뿐.

"어디로 가야 하는지 이제는 알아?"

천진하게 올려다보며 무지개가 물었다. 나는 빌라 입구 유리문에 비치는 나를 바라봤다.

이제 나는, 김원영의 모습이 아닌, 진짜 내 모습을 볼 수 있었다.

길게 자란 머리카락을 허리까지 늘어트리고 몸에 딱 붙는 티셔츠를 입은 나를. 유난히 눈이 크고 눈썹이 짙은 내 얼굴을.

너무 오랫동안 잊고 있었기에 타인의 얼굴처럼 낯설게 느껴지는 진짜 나를, 비로소 떠올릴 수 있었다.

"알아, 이제는."

나는 곧장 유리문을 밀고 안으로 들어갔다.

입구 옆 협소한 공간에 방치된 자전거들 위로 희뿌연 먼지가 쌓여 있었다. 그와 대조적으로 옆에 이어진 계단 난간 손잡이는 사람들의 손을 많이 탔는지 페인트 칠이 다 벗겨져 있었다. 맨들맨들한 난간 위로 자연스럽게 손바닥이 올라갔다. 어쩌면 그곳에 닿았을 나의 흔적에 명치께가 아려왔다.

"내가 잡았던 부분이야."

나는 누구에게 하는지 모를 말을 중얼거렸다.

"내가 여길 짚었어."

그건 마치 증명 같았다. 내가 살아있었다는. 내가 이 땅에, 이곳에 있었다는 분명한 증거.

나조차도 잊고 있던 내 흔적이란 누구도 눈여겨보지 않는 그런 것이었다.

"…"

천천히 계단을 올랐다. 심장이 터질 듯 뛰었다.

이 계단 끝에 다다르면 그토록 바라던 나를 찾을 수 있을 것만 같았다. 내 얼굴, 모습뿐만 아니라 이름과 나이, 가족과 친구들. 내가 어떤 사람이었는지까지 전부 떠올릴 수 있을 듯했다.

안 돼….

또. 전에도 들은 적 있는 남자아이의 목소리였다. 나는 난간을 잡은 채 엉거주춤 서서 계단 위를 올려다보았다.

안 돼. 가지 마.

그 아이. 얼굴이 둥근, 다정하게 김원영의 이름을 부르며 달래주던 그 애였다.

"여기도 희한한 게 붙어 다니네?"

언제 왔는지 아이의 옆에 다가선 무지개가 속삭였다.

무지개는 위협하듯 아이의 목과 어깨 사이로 손을 올렸다. 나도 모르게 발끝에 힘이 들어갔다.

"왜?"

무지개의 고개가 내게로 돌아왔다.

"너랑 무슨 상관인데?"

아무 상관도 없었다. 얼굴이 둥근 저 애는 내가 아닌 이 몸의 주인인 김원영과 상관있는 아이였다. 그런데도 나는 아무 대꾸도 못 했다. 마음대로 하라는 말도, 어떤 짓도 하지 말라는 말도.

"나약해졌구나."

무지개의 표정이 소름 끼치게 싸늘했다. 지금껏 보지 못한 표정이었다.

"살아있는 인간 행세를 하더니 나약해졌어."

안타깝다는 듯 혀를 찬 무지개가 그대로 아이의 목을 졸랐다.

"잠깐!"

머뭇거리던 발이 계단을 뛰어올랐다. 난간을 잡은 손에는 여전히 힘이 실려 있었다.

아이의 모습이 순식간에 사라졌다. 무지개는 허공을 향해 뻗고 있던 손을 내렸다.

"왜?"

무지개가 다시 물었다. 여전히 나는 아무 대꾸도 할 수 없었다.

나로서도 알 수 없는 감정이었다. 지금 내가 느끼는 게 정말 내 감정인지, 김원영의 몸이 기억하는 것인지 확신하기 힘들었다.

"가자."

무지개의 고개가 계단 위를 향해 까딱거렸다.

아랫입술을 힘껏 깨물었다.

눈을 감았다가 뜨는 순간이 지나치게 길었다. 잠시 눈을 감고 집중하면 눈꺼풀 위로 하얀색 천장이 떠올랐다가 지워졌다.

나는 그 천장이 어디인지 알았다. 그 천장을 보고 있는 게 누구인지도 역시 알고 있었다.

그 역시 나를 보고 있을 것이란 짐작이 들었다.

"가자."

이제는 정말로 시간이 없었다.

4월 30일 PM 7:40 도운의 몸(원영의 영혼)

"깼어요?"

나는 몸을 일으켜 앉는 것으로 괜찮다는 대답을 대신했다.

"김원영 씨의 몸은 지금…."

"알아요."

온몸이 뻐근했다. 오랫동안 좁은 곳에 갇힌 것처럼 뼈 마디마디가 굳어 있었다. 좌우로 목을 꺾으며 근육을 풀었다.

“안다고요?”

“봤으니까.”

이해되지 않는다는 얼굴로 현서가 되물었다.

나는 이불을 걷어내고 침대에 걸터앉았다. 발이 바닥에 닿았다. 한도운의 몸은 내게 지나치게 컸다. 집중하지 않으면 헛발질하듯 걸음이 삐끗하고는 했다. 맞지 않는 신발을 신은 것처럼 불편했다.

“어떻게 된 건지는 몰라요. 하지만 보였어요.”

“뭐가 보였는데요?”

“내 몸이, 내 시선이 보고 있는 것들. 그걸 볼 수 있었어요.”

“김원영이 지금 어디에 있는지 알고 있단 겁니까?”

현서와 눈을 맞추며 대답했다.

“네.”

내 몸이 걷던 거리, 지나쳤던 골목, 지금까지 본 모든 장소가 내게는 몹시 익숙한 곳이었다.

‘왜 하필?’

의아한 것은 왜 그곳으로 갔는가 하는 점이었다. 내 몸을 훔쳐 간 영혼이 찾는 게 무엇이든 왜 그곳에 있는 걸까. 늦은 호기심이 이마를 세게 때렸다. 두통이 일었다.

“왜 그래요?”

걱정스런 목소리로 현서가 물었다.

잠든 시간 동안 현서의 목소리는 여러 번 나를 깨웠다. 어떤 장면도, 어떤 기억도 보이지 않았으나 목소리만은 또렷했다.

"어디 아파요? 의사를 부를까요?"

현서가 내 어깨를 짚었다. 그녀의 손이 닿은 부분이 뜨거웠다.

"한도운은…."

이럴 때가 아니라고 여기면서도 나는 입술을 움직였다. 당장이라도 뱉지 않으면 온몸이 타버릴 듯한 감정이었다.

"어떤 사람이었어요?"

처음으로 궁금했다. 나는 한도운이 어떤 인간인지 몰랐다. 내가 아는 그는 할머니를 죽인 살인마였다. 패륜아에 지나지 않았다. 끔찍한 범죄를 저질렀음에도 멀쩡하게 살아가는 쓰레기 같은 인간. 그 정도였다. 우제트가 내게 보내주고, 내가 읽은 한도운이란 사람의 일부가 적힌 서류는 그랬다.

"차현서 씨가 아는 한도운은 어떤 사람입니까?"

한도운의 몸에 머물며 내가 느낀 건 '감정'이었다.

차현서를 향한 감정, 거울을 볼 때마다 느끼는 감정, 숨을 쉬고 눈을 감고 몸을 움직이는 매 순간 느껴지는 그의 감정.

그건 결코 유쾌하거나 자랑할 만한 감정이 아니었다. 뻔뻔한 범죄자의 것이라기에는 지나치게 무겁고 연약한 감정이었다.

"도운이는…."

현서의 입가가 멈뭇거렸다.

"소중한 친구였어요."

아주 멀리서 작은 웃음이 퍼져왔다. 어린 음성이 도운의 이름을 부르면 심장이 터질 것처럼 뛰었다. 나도 모르게 왼쪽 가슴에 손이 올라갔다. 쿵, 쿵! 거센 박동이 손바닥을 때렸다.

"너무 소중해서, 미안하다는 말도 꺼내지 못할 정도로 소중한…."

현서의 고개가 아래로 떨어졌다.

눈을 감았다가 뜨는 순간이 지나치게 길었다. 잠시 눈을 감고 집중하면 눈꺼풀 위로 칙칙한 회색 계단과 협소한 계단과 복도가 떠올랐다가 지워졌다.

"가면서 얘기하죠."

마음을 다잡고 일어섰다. 현서의 손목을 붙잡고 커튼을 걷었다. 현기증에 시야가 까맣게 변했다가 천천히 돌아왔다. 박동이 아까보다도 거셌다.

이제는 정말로 시간이 없었다.

*

차현서의 열다섯.

한도운의 열다섯.

돌이킬 수 없는 두 사람의 열다섯 살은 폭우가 내리던 그날 목요일에서 그만 멈추었다.

"목요일의 저주라는 말이 애들 사이에서 유행했어요. 그 정도로 목요일은 급식이 형편없었거든요. 다른 날이라고 좋았나면 그건 아닌데, 유난히 목요일은 더 그랬던 것 같아요."

그랬기에 목요일이면 간식을 싸 오거나 몰래 학교 밖으로 나가 점심을 때우곤 했다. 풋, 급식 따위. 점심은 내가 알아서 해결할게. 그건 열다섯 살 소년 소녀들이 부릴 수 있는 몇 안 되는 멋처럼 여겨졌다.

"비가 많이 내렸어요. 번거롭게 나갔다가 돌아오기 귀찮으니까 다들 간식을 싸서 왔죠. 누구는 샌드위치, 누구는 김밥, 누구는 빵, 누구는 과자. 저도 그랬고요. 뭘 싸갔는지는 생각나지 않는데 비가 정말 많이 내렸다는 건 기억해요."

현서는 친구들 너댓 명과 모여 앉아 싸온 빵이며 김밥을 나눠 먹었다. 도운을 부를까, 아니면 내 걸 가지고 도운에게 가볼까. 그런 생각을 했다가 이내 접었다. 아무래도 도운이 부담스러워할 게 더 부담되었다.

"늘 그랬거든요. 제가 당기면 도운이는 마지못해 끌려오고, 조금 멀어질라치면 제가 조금 더 다가가고. 그 거리는 서로가 너무 잘 알았어요. 편하면서도 조금씩 더 좁히고 싶어 아쉬운 애틋한 거리. 서로 분명하게 아는 게 있었어요. 도운이도 나도 서로를 놓지 않을 거라는 믿음 말예요. 그 믿음이 그 거리에서 서로의 표정과 생각을 살필 줄 알았죠. 항상 그랬는데…. 이상하게 그날은 그러고 싶지 않았어요. 그 일이 있기 며칠 전부터 도운의 표정이 안 좋았거든요. 고민이 깊은데 내가 당장 해결해 줄 수는 없겠구나, 그러니 혼자만의 시간이 필요할 거라고요."

배려가 후회로 돌아온 건 금방이었다. 이 정도의 거리에서 느끼는 불안이 현서를 괴롭혔다. 내버려두지 말고 더 다가가야 하지 않았을까. 점심시간이 끝나고 오후 수업을 듣는 동안에도 이상하게 속이 답답했다.

"도운이를 괴롭히던 애들이 있었는데, 걔들 전부가 학교에 없다는 걸 그때 알았죠. 도운이도 마찬가지고."

그제야 현서는 이상하고 불안한 상황이 이미 학교 안에서부터 벌어졌다는 걸 알았다. 그게 학교 안에서라면 사고를 치더라도 한계가 있지만, 학교를 나가면 무슨 일이 벌어질지 몰랐다. 안절부절못하는 걸 눈치챈 친구들을 뿌리치고 곧장 학교를 나왔다. 어디로 가야 하는지는 알았다. 도운의 집으로 뛰기 시작했다.

"도착했을 땐…."

핸들을 움켜잡은 현서의 손가락에 바짝 힘이 들어갔다. 빠르게 지나가버리는 창밖의 풍경이 순식간에 19년 전으로 되돌아갔다.

비탈진 경사를 타고 꼬불꼬불 올라가는 골목들과 어디가 시작이고 끝인지 알 수 없는 무수한 계단을 끼고 단층 주택들과 다세대 빌라들이 즐비했다. 추적추적 내리는 비가 더해져 거무튀튀한 동네 분위기는 더 우중충했다.

문득 고개를 드니 겹겹이 쌓여 보이지 않는 어느 집에서 연기가 피어오르고 있었다. 현서는 아찔했다. 그 위치가 대충 가늠이 되었기 때문이다. 그렇지 않기를 바라지만 도운과 할머니가 사는 집 근처임에는 틀림없었다.

가파른 경사를 올라 도착했을 땐 마당이 좁은 주택 안에서 벌건 불길이 번져나오고 있었다.

하늘을 보니 오히려 비는 그쳐가는 모양새였다.

불길은 순식간에 몸집을 키워 양 옆집을 함께 집어삼켰다.

대문 옆엔 열기에 벌겋게 익은 아이들이 있었다. 익숙한 얼굴들이었다. 학교에서 한꺼번에 사라졌던 아이들. 현서를 보자 검댕이 묻어 시커메진 얼굴들이 창백하게 질려서는 떠듬떠듬 입을 열었다.

"자기들이 죽을 뻔했다고. 도운이가 갑자기 덤벼들어 이렇게 된 거라고. 자기들은 도운이를 밀치고 나온 것뿐이라고 했어요."

골목이 좁고 가파른 탓에 소방차가 쉬이 올라오지 못했다. 그사이 화염은 제멋대로 부풀어올랐다. 천장이 무너져 내린 건 그때였다. 안에서 짐승 같은 울음이 아득하게 새어 나왔다.

"불길이 거세지는데도 도운이는 나오지 않았습니다. 밖에서 계속 불렀는데도 아무런 대답이 없었어요."

출동한 소방관들이 호스를 끌어다 불길을 진압하고 났을 때, 폐허가 된 집엔 아무것도 남지 않았다. 그러나 다 타버린 잿더미 속엔 더 끔찍한 것이 있었다.

"다행히도 도운이는 살았어요. 정신을 잃긴 했지만 목숨을 구했죠. 하지만 도운이 할머니는….”

차마 맺지 못한 말에 물기가 서렸다.

“하필이면 그날 병원이 문 닫아 도운이 할머니는 약도 타오지 못하고 일찍 돌아오셨어요. 집 안에 연기가 자욱했고 도운이는 정신을 잃고 쓰러져 있고…. 어떻게든 도운이를 데리고 나오려고 하다가 지붕이 무너져 내렸나 봐요. 할머닌 결국 돌아가신 채로 발견됐어요.”

도운은 병원으로 이송됐고, 경찰은 화재를 방화로 보고 수사했다.

현서는 목격자 조사 차 찾아온 형사에게 자신이 보고 들은 모든 걸 털어놓았다.

“가슴 아픈 비극이… 그렇게만 끝날 줄 알았습니다.”

화재가 어떻게 일어났는지는 몰라도 누가 저질렀는지는 정황상 뚜렷했다. 불이 난 뒤 뛰쳐나온 아이들이 범인이라고밖에 볼 수 없었다. 이 정도 진술만으로도 충분할 줄 알았다. 그런데 예상이 달라진 건 도운이 정신을 차린 즈음이었다. 형사들은 도운을 방화치사 혐의로 체포했다. 병원에서 퇴원하던 날이었다.

“제 아버지는 경찰이셨습니다. 도운이를 몇 번 본 적 있었고, 스스럼없이 대화를 나눈 적도 있었어요.”

현서는 아버지를 붙잡고 매달렸다. 뭔가 잘못됐다고. 도운이가 그런 게 아니라고. 자기가 봤다고. 현장에서 도운이를 괴롭히던 아이들 무리가 있었고, 불이 난 다음 그 집에서 뛰쳐나왔으니, 방화범으로 그 애들을 먼저 조사해야 한다고. 아니, 조사하긴 한 거냐고 따져 묻기도 했다.

"아버지는 아무 말도 안 하셨어요. 어떤 말도. 그냥… 어쩔 수 없는 일이라고만 하셨죠."

도운을 위해 나서주는 사람은 아무도 없었다. 지역 신문사 기자가 방화사건을 취재해 조사가 부실했다는 기사를 싣기도 했으나 어떤 반향이나 다른 진전은 없었다. 그즈음 부녀자들만 골라 아홉 명이나 살해한 연쇄살인사건의 범인이 잡히면서 언론의 관심은 단번에 그리로 옮겨갔다.

사람들은 도운을 비난하다가 잊었다.

"일 년 뒤에 아버지는 경찰을 그만두셨고, 어머니와 함께 작은 반찬가게를 차렸어요. 이상했습니다. 당시에 우리 집은 그 정도 가게를 차릴 만큼의 돈이 없었거든요. 집을 사느라 대출도 잔뜩 받은 터라 돈 나올 구멍이라곤 없었는데…."

현서는 도운을 괴롭혔던 무리를 찾아갔다. 학교에 당분간 나오지 않는다고 했기에 기다리고만 있을 수 없었다. 현서는 그들이 자주 모이는 자리를 돌아다니다 이번에도 모여 있는 걸 찾아냈다. 보자마자 달려들어 멱살을 잡고 소리쳤다. 너희들이 그러고도 사람이냐고! 비겁한 놈들! 뻔뻔한 놈들! 짐승만도 못한!

무리 중 가장 덩치 큰 녀석이 현서의 팔을 끌고 으슥한 데로 데려갔다.

"걔가 그러더라고요. 너도 우리랑 똑같다고. 무슨 말이냐고 되물을 수가 없었어요. 걔 눈을 보는데 부모님의 가게가 떠올랐거든요."

그제야 현서는 무리 중 두 명이 없다는 걸 알았다.

"국회의원, 의사, 하다못해 어디 큰 회사 간부. 그런 것도 아니었어요. 그냥 평범한 부모들이 자식들을 위해 집을 팔고 차를 팔아 삼삼오오 모은 돈으로 죄를 덮은 거예요. 정신을 차린 도운이가 입을 열면 자기 자식이 곤란해질 테니까 미리 선수를 친 거죠. 그 죄는 이제 고아나 다름없는 도운이가 전부 뒤집어쓴 거고요."

고만고만한 가정들에서 갹출된 돈꾸러미가 도운의 손목에 수갑을 채웠다. 끔찍한 건 그 수갑을 채운 게 현서, 자신의 아버지라는 사실이었다.

"너무 부끄러워서 더는 그 무리들에게 한마디도 못 했어요. 득달같이 부모님을 찾아갔어요. 어떻게 그럴 수가 있냐고 따져 물을 작정이었어요. 욕이라도 퍼붓고 싶었어요. 그럴 수만 있다면 가게를 다 뒤집어엎으려고 했어요. 그랬는데…."

가게 문 앞에 선 순간, 현서는 유리문에 비친 자기 모습을 직시했다. 깨끗한 운동화를 신고 있었고, 말끔하게 다려진 교복을 입고 있었다. 평범하지만 부족한 것 없는 중학생이 문 앞에 서 있었다. 유리문에 비친 온전한 모습은 도운을 사지로 몰아넣어 얻은 것들뿐이었다.

가게 안으로 보이는 커다란 냉장고에 진열된 반찬들을 보자 속이 메슥거렸다. 지난 아침과 저녁에도 저 반찬을 먹었다. 저 반찬을 매일 먹은 주제에 가증스럽게 도운을 돕겠다고 떠들고 다녔다. 신물이 올라와 그 자리에 돌아서서 구역질을 했다.

"현실은요, 영화나 드라마보다 더 역겨운 거예요."

무력했다. 열여섯 살 현서가 어른다운 방법을 찾을 수는 없었다. 아이들이 저지르고 어른들이 수습한 이 해괴한 사건의 어디쯤 자신이 있는지도 몰랐다.

"도운이를 대신해 복수라도 하고 싶었어요. 커터칼을 가지고 다니다 걔들을 찾아간 적도 있었는데."

앞 유리에 빗방울이 떨어지기 시작했다. 빗방울들이 자국을 남기며 아래로 눈물처럼 흘러내렸다.

"한 명은 죽었더라고요. 다른 애들은 여전히 쓰레기처럼 살고 있거나 어디 멀리 이사 가서 소식도 알 수 없거나."

신호를 받은 차가 정차했다. 창밖의 풍경이 익숙했다. 모든 것의 시작점이었던 그 거리에 되돌아온 참이었다.

"가장 멀쩡하게, 잘살고 있는 사람이 저뿐이었던 거예요. 아이러니하죠?"

숨조차 편하게 쉴 수 없는 적막이 내려앉았다. 사이드미러에 지치고 야윈 한도운의 얼굴이 담겼다. 나는 그 얼굴을 가만히 들여다보았다.

우제트가 보낸 서류를 통해 내가 알았던 사실은 한도운이 자기 할머니를 죽인 패륜범이라는 거였다. 반면에 현서가 말해준 진실은 그가 자기 할머니를 사랑했고, 하나뿐인 가족을 지키고자 최선을 다했다는 거였다.

불쑥 공원에서 현서와 나눈 대화가 끼어들었다. 고작 종이에 적힌 몇 줄만으로 모든 진실을 다 알 수 있다고 생각하냐고 묻던 말. 살인범과 피해자. 좁힐 수 없는 거리감이 순식간에 허물어졌다.

"불은 그 애들이 낸 겁니까?"

어렵게 입을 떼 물었다. 핸들을 잡은 현서의 검지가 까딱거렸다.

"걔들 말로는 사고라고 했어요. 담배를 피고 있었는데 갑자기 도운이가 돌변해 죽일 기세로 덤벼들어서 어쩔 수 없었다는 게 설명의 끝이었죠."

신호가 초록 불로 바뀌었다. 속력을 높인 차가 좌회전했다.

"도운이는 자기 혐의를 인정했어요. 스스로 죄책감이 컸던 거죠. 저로 인해 할머니가 죽었다는 돌이킬 수 없는 사실 때문에…"

*

차는 천천히 상가와 아파트가 밀집한 거리로 들어섰다.

"열여섯 살 때부터 지금까지… 저는 부모님이 만든 반찬은 먹지 않아요. 먹지 못하는 게 맞겠죠. 입에 들어가는 순간 속

에서 받질 않거든요. 씹을수록 비릿한 맛이 나는 것 같아서 도
저히 먹을 수가 없더라고요."

2차선 도로로 접어든 차는 점점 속도가 느려졌다.

"이제는 도운이한테 몸을 돌려줄 생각이 드나요?"

뺨으로 뭉근한 시선이 닿았다. 나는 여전히 사이드미러에
비친 한도운의 얼굴만 응시한 채였다.

"내가 부탁할게요. 제발 도운이한테….”

"나쁜 인간들은 전부 죽어야 한다고 생각합니다."

눈을 감았다 뜨면 거울 속에는 한도운이 아닌 진짜 내 모습
이 비쳤다. 마른 몸에 가죽만 뒤집어쓴 야윈 얼굴. 생기라곤 없
는 음습한 눈동자. 거울 속 나는 언제부턴가 그런 모습이었다.

"죗값을 치르지 않은 인간들은 더더욱. 사람을 죽여놓고 겨
우 1년, 2년. 후회도 없이 멀쩡하게 사는 인간들은 살 필요도
가치도 없어요.”

"원영 씨, 도운이는…!"

"내 엄마처럼."

뒤따라온 말에 현서는 입을 다물었다.

그녀가 무얼 떠올리고 있을지 예상할 수 있었다. 응급실에
서 내 고함에 놀라 기절한 여자. 현서는 내 엄마인 그 여자를
떠올리고 있을 것이다.

"존속살해는 있지만 비속살해는 없죠. 왜 없을까요? 자기가
낳은 거니 마음대로 해도 된다고 생각해서?"

눈을 감았다 뜨면, 기억은 놀랍도록 선명한 어린 시절로 되돌아가 있었다. 다섯 살인 나와 여덟 살인 오빠. 여름이 끝나가던 무렵, 숨 막히게 더운 어느 한낮이었다 엄마는 나와 오빠에게 컵에 든 딸기 우유를 내밀었다. 엄마는 그날따라 어서 마셔야 한다며 오빠와 나를 재촉했다. 그 재촉이 어딘가 이상해서, 컵을 든 내 손은 자꾸만 주춤주춤 망설였다.

"제 아버지와 오빠는 이십 년 전에 죽었습니다. 계획대로라면 엄마와 저도 죽었어야 했어요."

엄마가 화장실에 잠깐 간 사이, 오빠는 딱 한 모금을 남기곤 내 컵과 바꾸었다. 돌아온 엄마는 뒤바뀐 컵을 모른 채 오빠를 재촉했다. 어서 마셔야 한다고. 그래야 착한 아이라고. 오빠는 내 몫의 우유까지 모두 마셨고, 나는 오빠가 남긴 한 모금만 마셨다.

얼마 지나지 않아 졸음이 밀려들었다. 안방엔 어느새 이불이 깔려 있었다.

'괜찮아 원영아.'

자꾸 불안해서 꼼지락거리는 나를 토닥인 건 오빠였다. 오빠는 졸음이 쏟아지는 와중에도 내 손을 꼭 잡았다. 새근새근 잠든 오빠의 숨결을 느끼며 나는 실눈을 뜨고 부모님을 살폈다. 엄마는 나와 오빠에게 그랬던 것처럼 아빠에게도 컵을 내밀었다.

'더 좋은 곳에서 다시 만나는 거야. 빚도 없고, 행복만 있는

곳.’

그렇게 말한 두 사람은 서로를 바라보며 동시에 컵에 입을 댔다.

그 모습을 본 뒤에야 까무룩 잠이 들었던 것 같다.

“아버지와 엄마가 함께 계획한 건지, 엄마가 독단적으로 계획한 건지는 몰라요.”

얼마나 지났을까. 잠에서 깬 건 매캐한 냄새와 울렁거림을 참을 수 없어서였다.

깨어나서도 어질어질해서 두 번이나 주저앉았다. 간신히 다시 일어나 문으로 걸어갔다. 손잡이를 돌리니 잠금쇠 풀리는 소리가 났다. 손잡이를 겨우 붙잡고 방을 돌아보았다.

부모님과 오빠는 나란히 누워 잠들어 있었다. 그 모습이 너무 창백하고 섬뜩해서 뒷걸음쳐 도망치려는데 방 안에서 나를 부르는 엄마의 목소리가 흘러나왔다. 미약한 음성이 불길하게 퍼졌다.

“내가 아는 건 아버지와 오빠가 죽었고, 두 사람을 죽이고 나까지도 죽이려 한 엄마는 아직도 멀쩡하게 살아있다는 겁니다.”

갓길에 차를 댄 현서가 등받이에 등을 기댔다.

하늘이 어두웠다. 비가 올 것처럼 축축한 습기가 부유했다. 나는 천천히 말을 골랐다.

“그쪽은 부모님이 만든 음식을 먹지 못한다고 했죠. 난 밀봉되지 않은 모든 음식을 먹을 수가 없어요. 과자나 빵처럼 완전히 밀봉된 상태인 걸 확인해야 먹을 수 있거든요. 살아남은 이후로 쭉 그랬어요.”

엄마가 다시 나를 죽일지도 모른다. 그때 일은 심각한 트라우마로 남아 어른이 되고 다 커서도 이 지경이었다. 엄마가 나를 죽이러 오는 꿈을 백 번도 더 꾸었다. 칼이나 총을 들고 오기도 하고, 때로는 쥐약을, 어떤 때는 주사기를 들고, 어떤 때는 마스크를 한 채 화염방사기를 들고 온 적도 있었다.

나를 죽이고 싶어 하는 엄마. 그 트라우마가 저주처럼 나를 따라다녔다. 엄마가 만든 음식, 엄마가 건넨 물, 하다못해 음식점에서 파는 음식들조차 불안해서 먹을 수 없었다.

“난 여전히 나쁜 사람은 전부 죽어야 한다고 생각합니다. 죗값을 치러야 한다고 생각해요.”

“도운이도 죗값을 치러야 하는 나쁜 사람인가요?”

대답하지 않았다. 그 대신 안전띠를 풀고 몸에 힘을 줘 등을 펴고 앉았다.

“돌려줄 겁니다. 이 몸은.”

보조석 문을 열었다. 불안이 깃든 현서의 눈이 나를 따라 움직였다.

“그러니까 기다려요. 여기서, 움직이지 말고.”

쌀쌀한 봄바람이 열을 식혀주었다. 휘청거리지 않기 위해 중심을 잡고 굳건히 섰다.

잠시 서 있다가 현서를 향해 고개를 숙였다.

"미안합니다."

그 말을 남기고 문을 닫았다. 이곳 지리라면 눈을 감고도 훤했다. 달리듯 걸어서 상가 사이 골목으로 들어섰다. 짧은 골목을 지나면 바로 아파트와 빌라들이 있었다.

눈에 익은 영혼들이 나를 보곤 활짝 웃었다. 그들의 새까만 눈이 반질거렸다. 전과는 다른 모습이었다. 나는 본능적으로 이곳에 내 몸이 있음을, 내 몸을 훔쳐 간 영혼이 있음을 바로 알았다.

딸랑딸랑.

희미한 방울 소리가 거리를 떠돌아다녔다. 영혼들의 고개가 내 걸음을 따라 움직였다. 발을 내디딜 때마다 그들의 입이 크게 벌어졌다. 기대감에 찬 징그러운 미소였다.

걸음이 앞으로 나아갈수록 방울 소리가 더 크게 들렸다. 마침내 멈춰 선 곳은 내가 사는 아파트 단지 입구 맞은편에 있는 빌라형 원룸 앞이었다.

나는 이곳을 알고 있다. 너무도 잘 알았다.

"처음⋯."

내가 맨 처음 죽인 쓰레기. 여긴 그놈이 살던 집이었다.

4월 30일 PM 9:20 **원영과 무명의 영혼**

빈집이었다. 가구도, 생활 흔적도 없이 먼지만 자욱하게 쌓인 비어 있는 잿빛 도화지 같은 공간이었다. 아무런 채색도 없었지만 그 자체로 음울하고 외로워 보였다.

"이런. 어떡해? 찾고 싶은 게 여기엔 없는 모양인데."

무지개가 부러 안됐다며 혀를 찼다. 나는 대꾸하지 않았다.

"먼지 좀 봐! 벌써 오래전에 여길 떠났나 봐."

좁은 원룸을 무지개는 신이 난 듯 뛰어다녔다. 나는 신경 쓰지 않았다.

대신 바닥과 데칼코마니나 다름없는 텅 빈 천장으로 고개를 쳐들었다. 불투명한 원형 전등 속에 검은 윤곽들이 드문드문 보였다. 언제 죽었는지 알 수 없을 벌레 사체들의 흔적이었다. 오래 그걸 들여다보니 꾸물거리는 착시가 느껴졌다.

어디선가 가로등이 켜지며 불빛이 스며 들어왔다. 이곳을 비추는 건 오직 그 한 줄기 어두운 빛뿐이었다.

답이 있어야 했다. 이곳엔 반드시 답이 있어야만 했다. 작은 것이라도, 아주 작은 것이라도 알아내야 했으나….

"텅 비어 있네. 아쉬워라."

무지개의 말처럼 이곳엔 남은 게 하나도 없다. 나를 알아낼 어떤 것도 여기서는 찾을래야 찾을 수 없었다. 뭐라도 찾아보려는 게 고작 전등 속 벌레들을 다시 쳐다보는 거였다. 말라 비틀어진 벌레 사체가 볼수록 기괴했다.

"…."

얼마나 그러고 있었는지 모르겠다. 서늘한 기운이 손끝을 간질이며 팔을 타고 올라왔다. 어깨가 서늘해지고 목은 뻐근해지는 기분이었다. 서두르는 기색없이 뒤돌아보았다. 현관 앞에 그가, 아니 그녀가 서 있었다.

남자의 몸을 빼앗은 원영이 놀라는 기색도 없이 날 쳐다보고 있었다. 어느새 남자의 몸인데도 원영처럼 야위고 초췌해진 모습이었다.

"여길 어떻게 알았지?"

원영은 그게 진짜 궁금한 건지 아닌지 알 수 없을 만큼 침착하게 물었다.

"여긴 어떻게 알고 온 거야?"

두 번째 같은 물음에는 신경질적인 감정이 섞였다.

"나야말로 묻고 싶은데. 넌 어떻게 여길 찾아왔어?"

남자의 표정에 비뚜름한 미소가 그려졌다. 원영의 마음이 남자의 표정으로 고스란히 드러나는 것 같았다.

"그놈이랑 아는 사이였나? 그놈 대신 복수라도 하려고 내 몸을 훔친 거야?"

"그놈?"

"그래! 그 새끼 말이야!"

남자가 이를 드러냈다. 어금니를 악물고 있는 게 다 보였다. 그러니까 원영은 화를 참고 있는 것이다. 뻔뻔하게도 내게 화를 퍼부으려는 것이다. 자신이 실토한 그 말이 내게 얼마나 큰 충격인지도 모른 채. 앞발이 저도 모르게 나가며 휘청거렸다.

자꾸만 무너지려는 몸에 가까스로 힘을 주어 버텼다.

"너랑 무슨 사이였는지는 모르겠는데, 그 새낀 이 세상에 살 자격이 없는 놈이었어! 진짜 나쁜 새끼였다고!"

남자의 목소리와 김원영의 목소리가 섞여서 환청처럼 들렸다.

"죽어 마땅한 놈?"

"쓰레기 같은 놈이 살아있도록 두는 게 더 나쁜 일 아니야?"

"그래서 그놈이 어떤 놈이었는데? 그놈은 지금 어디 있는데?"

내가 궁금한 건 그거였다. 남자의 눈썹이 구겨졌으니, 원영은 생각을 하고 있는 것이다.

"말해줘. 그놈은 어떤 놈이었어? 이름은? 나이는? 생긴 건 어떻게 생겼어? 그놈이 무슨 나쁜 짓을 저질렀어? 그러니까 어딜 가야 만날 수 있냐고!"

내가 알고 싶은 게 이런 거라고! 그런 질문이 계속해서 터져 나왔다.

남자가 얼굴을 찡그렸다. 고개를 흔들흔들 젓는데, 원영이 무슨 생각을 하고 있는지 몰랐다.

"너 뭐야?"

남자가 괴롭다는 표정을 하고 소리쳤다. 원영은 화제를 돌리려는 수작인 걸까?

"너 뭐냐니까!"

까드득!

딱딱한 사탕을 깨물어 씹는 소리가 허공에서 들렸다. 나와 남자의 고개가 동시에 허공으로 올라갔다. 붉은 자락이 물고기 꼬리처럼 펄럭거렸다. 무당귀의 새하얀 얼굴이 둘을 번갈아보며 히죽거렸다.

"아직도 모르겠어?"

키킥. 언제 들어도 소름 돋는 웃음소리가 무당귀의 입술 사이에서 액체처럼 흘러나왔다.

"네가 찾는 그거. 넌 영영 찾지 못할 거야."

까드득!

무당귀의 새까만 입술 사이에서 녹이 슨 방울이 부서졌다. 무당귀는 방울이 사탕이라도 되는 양 까드득, 까드득, 소리를 내며 씹어댔다.

"너를 찾을 유일한 방법은 이미 오래전에 사라졌거든."

뒷목이 서늘해졌다. 사라졌다는 의미를 여러 가지로 생각해봐도 가장 그럴듯한 건 하나였다. 그래도 확인해야 했다.

"그게 무슨 소리야?"

나는 무당귀의 목이라도 움켜잡을 것처럼 손을 뻗었다. 허공을 가른 손이 허무하게 아래로 떨어졌다.

"오래전에 사라졌다는 게…?"

온몸이 제멋대로 흔들리는 것 같았다. 아니, 아무것도 제자리에 있지 않고 조금씩 몇 겹으로 흔들리고 있었다.

"그놈은 죽었어."

손이 다시 뻗어나갔다. 몇 번이나 물에 빠진 사람처럼 팔을 허우적거렸다. 아무리 간절히 잡으려 해도 붉은색 자락은 잡히지 않았다. 누구 맘대로! 누구 맘대로 죽었단 말인가!

"그놈을 죽였지."

무당귀의 손가락이 천천히 들어 올려지더니 현관을 막고 선 남자를 가리키며 부르르 떨었다. 그 강렬한 전율에 나는 무당귀의 손가락이 가리키는 쪽으로 고개를 돌렸다.

남자의 눈이 먼저 무당귀를 노려보았다가 나를 향했다. 마주친 그의 눈빛에는 당혹감이 차올라 있었다. 남자가 당혹스러워하는 게 아니다. 원영이 지금 어쩔 줄 몰라 하는 것이다.

"죽였어?"

나는 그를 노려보며 물었다. 그가 내게 쏟아내던 말들이 귓가에서 쟁쟁 울려댔다. 복수, 죽어 마땅한, 쓰레기 같은…. 짐작은 했지만, 이젠 확실해졌다.

"왜?"

나도 모르게 몸이 부르르 떨렸다. 깊은 곳에서부터 솟구치고 있는 이 감정이 무엇인지 가늠할 수 없었다.

"왜 죽였어?"

그건 분노이기도 했고, 원망이기도 했고, 슬픔이기도 했고, 허무이기도 했다. 한 사람의 죽음에 이질적인 감정들이 동시에 얽혀 있다니. 모든 감정들이 합쳐지니 결국 참혹할 뿐이었다.

"왜 그놈을 죽였어!"

그저 소리치는 것 말고, 할 수 있는 게 없었다.

"죽어 마땅한 놈이었다고 했잖아!"

남자는 항변하고 있었다. 그건 어쩐지 원영 대신 그렇게 해주는 것 같았다. 원영을 대신해 변호사라도 된 것처럼 변명을 늘어놓고 있었다.

"쓰레기 같은 놈이었어! 온갖 범죄나 저지르고 다니는 주제에 제대로 처벌도 받지 않은 그런 놈이었다고!"

"그래서 그놈 몸에 들어가서 죽였어? 네 멋대로 죽이고 다니느라 그렇게 돌아다닌 거야? 그래서…."

그제야 나는 원영이 자신의 몸을 벗어나 깊은 밤마다 무슨 짓을 하고 다녔는지 알았다. 돌아올 때마다 잔뜩 지쳐서는 나를 못 본 듯이 무시하고 지나치던 모습이 아른거렸다. 그게 그렇게 매정해 보일 수가 없었는데.

"그럼 나는?"

분노가 가라앉자 이번에는 원망이 고개를 들었다. 무슨 뜻인지 모르겠다는 듯 그가 멀거니 나를 봤다.

"나는 어떻게 해?"

책임져주지도 못하는 주제에 왜 그런 알량한 정의감을 가졌느냐고, 애꿎은 원망을 쏟아낼 수밖에 없는 처지가 얼마나 한심한지 몰랐다.

"그놈이 아니면 나는 아무것도 알 수 없는데…."

그러자 슬픔이 북받쳤다.

"무슨….."

"그놈이 나를 죽였어."

눈꺼풀 위로 번진 잔상 속에서 나는 몇 번이나 똑같은 죽음을 맞이했다. 두꺼운 손이 목을 졸랐고 견딜 수 없는 추위에 이를 악물었다.

"네가 죽인 그놈이 나를 죽였다고."

"뭐?"

"여기서 나는 그놈한테 죽었어."

바닥에 힘없이 늘어진 내가 보였다. 나는 버려진 비닐처럼 바닥에 내팽개쳐졌다. 나를 죽인 그놈은 아무렇지 않게 내 몸을 지나쳐 걸어 다녔다.

"그때… 아무도 모르게 내가 죽었어."

비닐 너머로 빨간 숫자가 깜박이는 게 보였다. 12시 50분. 내 눈이 마지막으로 기억하는 숫자였다. 눈물에 시야가 흐릿하게 번졌다. 팔로 슥 닦아내고 다시 내려다보니 나는 어디에도 존재하지 않았다. 내가 있었단 흔적조차 없이 나는 사라진 뒤였다. 모든 게 허무했다.

"나도 나를 몰라. 그놈이 아니면 누구도 나를 모른다고."

내가 나를 찾을 수 있는 유일한 방법은 오직 그놈뿐이었는데. 그놈만이 나를 알았는데. 내가 누구인지, 어디서 왔는지, 어떤 말투로 무슨 말을 했는지. 나를 아는 유일한 사람은 역겹게도 나를 죽인 그놈뿐이었다.

“근데 네가 죽였어.”

턱이 덜덜 떨렸다. 반동을 이기지 못한 어금니가 딱딱 소리 내며 부딪쳤다.

“네가 뭔데! 네가 뭔데 멋대로 죽여!”

의지를 벗어난 몸이 튕겨 나가 김원영에게 달려들었다. 나는 짐승처럼 그의 몸을 덮쳤다. 주춤거리던 그가 그대로 내 무게에 밀려 뒤로 쓰러졌다.

“윽!”

현관문에 뒤통수를 박은 사내의 얼굴이 잔뜩 일그러졌다. 제멋대로 움직이는 두 손이 이번엔 그의 목을 졸랐다. 무당귀 앞에서는 그토록 허우적대던 손이 그의 목은 단번에 움켜쥐었다. 그가 컥, 숨이 넘어가는 소리를 냈다.

“죽여도 내가 죽여야지! 왜! 왜 네 마음대로 죽이는데!”

다시 분노가, 원망이, 슬픔이, 허무가 뒤엉켜 울대를 지나 쏟아져나왔다. 나는 그의 목을 쥐고 흔들어댔다.

사내는 어쩐지 저항하지 않았고, 일그러진 얼굴이 점차 보라색으로 변해갔다. 가까스로 눈꺼풀을 들어 올린 그의 눈동자에 내가 비쳤다.

“…!”

숨이 멎을 것 같았다. 눈동자 속에 담긴 건 내가 아니었다. 나를 죽이던 그놈의 모습이었다. 손에서 맥없이 힘이 빠졌다. 사내의 몸 위에서 내려와 바닥을 기었다.

토악질이 올라왔다. 껵껵, 바닥을 짚고 위액을 토해냈다. 기억과 감정이 위액에 섞여 솟아져 나오는 기분이었다.

“이제 넌 영영 네가 누군지 모르겠네.”

무지개의 발랄한 음성이 오른쪽 귀에서 맴돌았다. 아냐. 아니야. 그렇게 부정하면서도 바닥을 짚은 손바닥이 덜덜 떨렸다.

“안타까워라. 너를 죽인 그놈만 살아있었어도 좋았을 텐데.”

시야에 얼핏 붉은 자락이 들어왔다. 무당귀의 다정한 음성이 왼쪽 귓가를 간질였다.

“생각해봐. 재가 아니었다면 넌 그놈에게서 정보를 얻었겠지. 네가 누구인지, 어디서 왔는지. 어쩌면 네 가족이나 친구를 찾고 네 시체도 찾았을지 몰라.”

속살거리는 무당귀의 음성에 눈가가 홧홧했다.

“그렇게만 됐다면 이 지겨운 곳을 벗어날 수 있었을 텐데.”

거리에 묶인 채 보낸 지난 시간이 떠올랐다. 누구도 나를 보지 못하던 시간. 미친 듯 소리쳐도 모두가 외면하던 시간들.

“아쉽겠다! 얘만 아니었다면 정말 그럴 수 있을 텐데. 그렇지?”

떨구고 있던 고개를 들었다. 무지개는 쓰러진 사내 옆에서 고개를 갸웃거리며 말을 이었다.

“너도 복수해.”

무지개의 말이 주문처럼 내 주변을 맴돌았다.

“그래, 너도 죽여버려.”

무당귀는 달래듯 내 어깨를 쓰다듬으며 읊조렸다.

"모든 건 쟤 때문이야. 너는 올바른 일을 하는 거지."

남자의 모습 위로 김원영이 겹쳤다. 지금 내가 빼앗은 몸의 원주인이자 나를 영영 잃게 만든 사람.

"죽여버려."

누구의 것인지 모를 말이 내 등을 떠밀었다. 바닥을 짚은 손에 힘을 줘 몸을 일으켰다. 쓰러져 있던 원영이 고개를 들어 나를 보고 있었다.

이제 그는 온전히 원영으로만 보였다. 나와 원영은 아무 말도 하지 않고 서로를 쳐다봤다. 그녀의 눈동자에 불안감이 차올랐다. 그렁그렁한 물기가 그걸 말해주었다.

"나는…."

바닥으로 그림자가 길게 번졌다.

"너한테 몸을 돌려주려고 했어."

이 솔직한 심정을 그녀가 먼저 알아주길 바라는 것은 아니었다. 적어도 알고는 있어야 한다고 생각했다. 원영에겐 처음부터 미안한 마음이었다. 그렇기에 얼른 나를 찾아 몸을 돌려주려고 했다. 그건 내가 착해서가 아니라 당연한 이치이기에 그랬다.

"진심이었어."

"아…."

고통이 묻은 낮은 신음이 원영의 입술 새에서 새어 나왔다.

천천히 걸음을 뗐다. 몸이 뜻대로 되지 않는지 그녀는 꿈쩍도 하지 않았다. 그림자는 계속해서 길어졌다. 나는 사내의 몸에 갇힌 원영을 보았고 원영은 자기 몸을 빼앗은 나를 노려봤다.

짧은 거리임에도 오랜 시간이 지난 것 같았다. 마침내 원영의 몸이 발치에 채일 정도로 가까워졌다.

"으… 윽."

원영이 아랫입술을 짓이기듯 물었다. 나는 발로 그녀의 몸을 툭툭 찼다.

"쟤가 너를 이렇게 만들었어."

"모두 쟤 때문이야."

"죄책감 가질 필요 없잖아."

"어렵게 생각하지 마."

잘못된 주파수처럼 무당귀와 무지개의 목소리가 머릿속을 가득 채웠다.

몸을 차는 강도가 점차 세졌다. 몸을 찰 때마다 이상한 희열에 열이 올랐다. 찡그린 원영의 얼굴이 보였다. 괴로워하는 걸 보고 있자니 설명할 수 없는 쾌감이 목과 어깨 사이를 어루만졌다.

너 때문에. 너 때문에, 바로 너 때문에. 너 때문에, 내가 이렇게 됐어.

너 때문에, 나는 영영 나를 찾지 못하게 됐어.

"죽여버려!"

그러니까 이건 전부 너 때문이야.

있는 힘껏 사내의 머리를 찼다. 단말마와 함께 사내가 정신을 잃었다.

킥킥. 킥킥. 킥킥. 킥킥.

쇳소리 같은 웃음이 양쪽 귀를 괴롭혔다. 쇳소리는 한순간 문장으로 변해 내 뺨을 만졌다.

죽여. 죽여버려. 죽여버리라니까. 그냥 죽여버리는 거야.

문장의 주인이 무지개인지 무당귀인지. 혹은 나인지. 더는 판단할 수 없었다.

"너도 똑같이 만들어줄게."

그 말을 남기고 현관을 지나쳐 걸었다. 미약한 힘이 실린 손이 내 바짓단을 잡았다. 아슴아슴한 빛을 띤 원영의 눈길이 간절하게 나를 붙들었다.

붙든 손을 내치고 집을 나섰다.

희미한 음성이 추적거리며 뒤따라왔다. 신경 쓰지 않고 계단을 내려갔다. 눈앞이 붉었다.

기이할 정도로 몸이 가볍고 기분이 좋았다. 징그러운 기쁨이 입가를 건드렸다.

킥킥, 킥킥, 킥킥, 킥킥.

쇳소리 섞인 웃음이 가까이서 울렸다. 자연스레 올라온 손이 입가를 만졌다.

주체할 수 없는 웃음은 내 입에서 나오고 있었다.

열 번째 걸려왔고, 열 번째 거절이었다.

현서는 영호에게 걸려온 전화를 받지 않았다. 그렇다고 아예 전원을 꺼둘 수도 없었다. 받지는 않고, 받을 수 있도록만 열어둔 회선의 모순이 지금의 현실을 고스란히 암시하는 것 같았다. 아니, 이 기구한 상황을 납득할 수 없으면서 쫓아야 하는 자신조차 그런 모순덩어리인지 몰랐다.

주택가는 밤이 깊지도 않았는데 이미 깊이 잠들어 있었다. 고요한 정적을 깨우는 건 골목을 빼놓지 않고 꼼꼼하게 훑고 있는 현서의 발소리뿐이었다. 어디에도 없다는 걸 확인하고서야 그녀는 원영이 사는 아파트 앞에 멈춰 섰다.

원영은 기다리라 했고, 처음엔 그럴까도 생각했지만 결국 움직였다. 그게 최선이라고 결정했기 때문이다.

"김원영?"

아파트 단지의 코너를 휙 돌아 안으로 들어가는 뒷모습이 익숙했다.

뒤따라 소리 내지 않고 단지 안으로 들어서니 주변이 제법 밝다는 걸 느꼈다. 드문드문 선 가로등이 빛을 쏟아냈다. 빠른 걸음으로 그녀의 뒤를 따라 걸었다.

킥킥, 킥킥, 킥킥, 킥킥.

소름 끼치는 웃음소리가 들려왔다. 소리의 진원지가 원영일 것은 거의 확실했다. 소리는 잦아들거나 멀어지는 게 아니라

일정한 거리를 두고 계속 들려왔다. 일정한 간격으로, 숨결처럼 따라붙었다.

걸을 때마다 몹시 차가운 물에 발을 담그고 있는 기분이었다. 발목 아래로만 냉기가 섬뜩했다. 그렇다고 걸음이 무거운 건 아니었다. 현서는 기분 나쁜 감각을 털어내듯 크게 걸었다.

원영은 곧장 향한다고 느껴질 만큼 방향에 망설임이 없었다. 아파트 건물 안으로 들어설 때도 제집인 양 자연스러웠다.

현서는 원영이 들어간 아파트 건물을 맨 위에서부터 아래로 훑었다. 복도식 아파트 창문 대부분은 불이 꺼져 있었다.

'몸을 되찾은 걸까? 김원영이 맞나?'

혼란스런 눈동자가 한 층마다 내려오면서, 왠지 무거워지는 몸은 땅으로 꺼지는 것만 같았다.

"…!"

심장이 철렁했다. 언제부터 있었는지 3층 계단을 오르는 통로에서 원영이 내려다보고 있었다. 입가에 띤 미소가 지나치게 밝아서 기이했다. 현서는 직감했다. 저건 김원영이 아니라는 것을. 그렇다면 도운도 아직 제 몸을 되찾지 못했을 것이다.

"잠깐!"

현서가 손을 내밀며 불렀지만, 원영은 뒤돌아 계단을 다시 오르기 시작했다. 현서가 따라 뛰었다.

철제 난간이 제멋대로 덜컹거렸다. 타닥거리며, 계단에 발 딛는 소리가 긴박하게 울렸다. 쉬지 않고 뛰었는데도 원영을 따라잡을 수 없었다.

6층 계단 난간을 붙들고 숨을 헐떡였다. 무얼 하려는 걸까? 원영의 집에서 뭐라도 찾으려는 걸까? 아무리 생각해도 원영의 몸을 차지한 영혼이 뭘 하려는지 알 수 없었다.

킥킥, 킥킥.

머리 위에서 소름 끼치는 그 괴이한 웃음이 터졌다. 난간 사이로 고개를 빼서 올려다보니 원영이 여전히 내려다보고 있었다. 그 옆으로 보이지 않던 새하얀 얼굴 두 개가 나란히 있었다.

얼굴의 반이 뭉개진 아이. 그리고 주차장에서 보았던 새빨간 옷의 무당.

저것들이 살아있는 인간이 아니라는 건 분명했다. 만신이었던 외증조할머니의 영향인지, 어려서부터 신기가 있다는 말을 종종 들어온 현서였기에 저것들의 등장이 앞으로 벌어질 상황을 더욱 위태롭게 만들 게 자명하다는 게 본능적으로 느껴졌다.

'잡아야 해!'

불길한 본능이 팔과 다리를 부채질했다. 어서 올라가야 한다고 몸을 밀어 올리는 것만 같았다. 현서는 숨을 헐떡이는 상태로 다시 성큼성큼 계단을 올랐다.

한 층씩 오를 때마다 고개를 빼서 보면 여전히 원영은 비슷한 거리를 두고 앞서 있었다. 현서가 아무리 속도를 내도 간격은 좁혀지지 않았다.

간신히 도착한 14층에서 현서는 부들거리는 무릎을 짚고 숨을 깊이 몰아쉬었다. 더 이상 오를 필요는 없었다. 14층 복도 중간에 원영이 서 있었다. 난간 아래를 내려다보니 시커먼 어둠이 출렁거리는 것만 같은 착각이 들었다. 원영도 현서를 따라 슬며시 아래를 내려다보았다.

복도 천장에 설치된 전등이 갑자기 깜빡거렸다. 전등이 한 번 꺼졌다 켜질 때마다 그림자가 길게 흔들렸다.

깜빡깜빡.

'뭘 하려는 거지? 왜 여기까지 올라온 거야?'

그때였다. 원영이 갑자기 몸을 꿈틀거리며 뒤틀었다. 응급실에서처럼 기이하게 발작하는 자세였다. 거기다 얼굴마저 좌우로 연신 움직였다. 어떻게 사람 목이 그렇게 빠르게 돌 수 있는 걸까! 그건 불가사의한 속도였고, 간간이 원영이 아닌 다른 이의 얼굴이 나타났다 사라졌다. 원영과 다른 얼굴이 수시로 뒤바뀌었다.

"잡⋯!"

원영의 입술에서 말이 나온 것 같았다. 현서의 발이 저절로 앞으로 움직였다.

"잡⋯ 잡아⋯!"

원영의 눈이 희번덕거렸다. 그러는 와중에도 무언가 말을 하려 했다.

"나를 잡아!"

명령과도 같은 외침이었다. 현서가 반사적으로 팔을 뻗었다. 동시에 김원영이 아파트 난간 밖으로 몸을 던졌다.

"안 돼!"

현서는 가까스로 원영의 허리를 붙들었다. 이미 상체가 난간 밖으로 나가 있었다. 허공에 몸의 반이 떠 있는 셈이었다. 행동엔 분명한 의지가 있었다. 밖으로 떨어트리려는.

기어이 허리까지 난간 밖으로 넘어갔다. 중심이 허공으로 기우는 걸 무게로 실감했다. 원영의 체구가 아무리 작다고 해도 혼자 안으로 잡아당기는 건 무리였다. 현서는 무작정 그녀의 팔을 붙들었다.

다리가 모두 넘어가자 현서의 몸도 휘청거렸고, 어느새 양손으로 그녀의 한 팔을 간신히 움켜잡고 있었다. 이러다간 자신까지 원영에 매달려 떨어질 판이었다.

원영이 고개를 들어 현서를 올려다보며 씩 웃었다.

"놔."

방금과는 다른 쇳소리가 그녀의 입에서 토해지듯 나왔다.

"죽어버리게."

원영의 눈동자가 표백된 것처럼 온통 하얬다. 이건 원영이 아니었다. 짙은 눈썹과 커다란 눈. 덧씌워진 그건 일그러진 아이의 얼굴도, 희고 붉은 무당도 아닌, 분명 다른 얼굴이었다.

현서는 자신의 몸도 조금씩 난간 밖으로 기우는 걸 느꼈다. 이젠 얼마 남지 않았다는 걸 본능적으로 직감했다. 놓지 않으면 같이 떨어진다! 그래도 나름 운동으로 다져진 몸이었다. 가

녀린 체구의 원영을 이렇게 무겁게 느껴지는 게 이상했다. 마치 그녀의 몸에 다른 무게가 더 얹혀 있는 것만 같았다.

"나도 죽일 거야."

'누구를?' 같은 말은 나오지 않았다. 원영의 몸을 차지한 영혼이 원하는 게 뭔지 이젠 뚜렷해졌다. 악문 잇새로 현서의 말이 간신히 나왔다.

"김원영이 죽으면… 그쪽은 만족할 수 있겠어?"

원영의 팔을 붙든 손가락 뼈마디가 하얗게 불거졌다.

"정말 만족하고 끝낼 수 있겠냐고?"

"역시… 모르는구나."

원영이 어깨를 떨며 웃었다.

"그래, 살아있는 너는 모르겠지."

갑자기 원영의 무게가 더해졌다. 악문 잇새로 희미한 신음이 샜다. 절대 원영의 몸을 놓지 않을 것이다. 설사 함께 떨어지더라도, 절대로 놓을 수 없다.

생사의 기로에 선 현서는 이 상황이 아이러니하게 느껴졌다. 손만 풀면 살 수 있는데, 기어이 죽음을 택할 수밖에 없다는 게 마치 운명처럼 여겨지기도 했다. 원영의 몸이 추처럼 흔들릴 때마다 현서의 몸은 점점 난간 바깥으로 끌려갔다. 왼쪽 발이 막 들어 올려지려는 찰나였다.

탁탁, 둔탁한 발걸음 소리가 14층으로 올라오고 있었다.

누구든 상관없었다. 자신을 조금이라도 잡아주기만 하면 모두 살 수 있다. 현서가 계단 쪽으로 고개를 돌렸다.

"얼른…!"

도운이 달려오고 있었다. 더 버티지 못할 것 같은 공허한 느낌과 함께 현서의 몸이 난간 밖으로 기울었다. 모든 게 끝난 것 같았을 때, 도운의 팔이 허리를 붙잡았고, 이내 현서의 몸이 다시 안으로 쑤욱 잡아당겨졌다.

이미 현서의 손과 팔에는 감각이 거의 남아 있지 않았다. 원영의 팔에서 스르륵, 현서의 손이 미끄러지려는 찰나 도운이 원영의 팔을 붙들었다.

어찌된 일인지 도운의 얼굴은 뭇매를 맞은 것처럼 상처와 멍투성이였다. 그는 엉망이 된 얼굴로 '제발, 제발' 하고 애원했다.

"내가 찾을게! 어떻게든 내가 찾아줄게!"

도운이 울었다. 숨이 넘어갈 듯한 목소리였다. 절박한 그 얼굴이 어쩐지 꼭 원영을 닮아 있었다. 위에서 올려다보는 원영과 아래에서 내려다보는 두 사람의 시선이 맞물렸다.

"네가 누군지, 어떤 사람이었는지, 꼭 알아낼 테니까…."

하얗게 변했던 눈동자 위로 그림자가 내렸다. 이채가 돌아온 눈이 도운을 꿰뚫었다. 다른 무언가가 그 안에서 깨어난 것처럼.

"꼭…."

바람에 스치는 소리처럼 희미한 음성이었다. 그 말과 함께 아래로 축 늘어져 있던 원영의 팔이 위로 올라왔다. 관절이 굳어버린 듯 부자연스러운 움직임이었다.

누구의 의지인지는 알 수 없었다. 현서가 낚아채듯 원영의 한쪽 팔을 붙잡았다. 손바닥을 통해 전해진 원영의 살결이 차가웠다. 현서와 도운은 천천히 원영의 몸을 끌어올렸다. 조금도 방심할 수 없었다.

차츰 들어 올려지는 원영의 허리춤을 도운이 막 잡아채려는 순간이었다. 벌어진 입술 사이에서 아이의 목소리와 쇳소리 같은 주문이 얽혀 나왔다. 원영은 고개를 꺾더니 기어이 발버둥을 쳐댔다.

킥킥, 킥킥, 킥킥.

원영이 다시 그 괴이한 웃음소리를 흘렸다. 어느새 간절했던 표정은 사라지고 입술 끝을 한껏 올리며 웃고 있었다.

허우적거리는 것만으로 둘의 몸이 휘청거렸다. 더 지체할 수 없었다. 이제는 남은 힘을 모조리 끌어모아, 원영을 안쪽으로 집어 던지듯 끌어올려야 했다. 현서는 한 번에 힘을 모으자며 도운을 바라봤다.

"도운아!"

이번엔 도운이 이상했다. 어깨를 움찔하더니 목이 툭툭 돌아갔다. 원영과 비슷한 발작의 시작이었다. 원영을 붙잡고 있는 팔이 부들부들 떨렸다.

"한도운!"

현서가 비명을 지르듯이 도운의 이름을 불렀다.

"내…거야! 내 거…!"

도운의 의지와 상관없이 불가사의한 속도로 좌우로 흔들어 대는 그의 얼굴 위로 다른 이의 것이 겹쳤다. 투정을 부리는 듯한 아이의 목소리가 기괴한 웃음과 섞여 들려왔다.

까드득!

이어 끔찍한 소리가 고막을 찢을 듯 가까이서 터졌다. 질끈 눈을 감았다가 뜨자 눈앞에 붉은 자락이 드리워졌다.

"도와줄까?"

분을 칠한 듯 새하얀 얼굴이 빙글거리며 현서에게 물었다. 안쪽 볼을 깨물었는지 현서는 비릿한 피 맛을 느꼈다.

"내가 도와줄게."

그 서늘하고 껄끄러운 목소리에 현서의 어깨가 놀란 듯이 들썩거렸다.

"넌 이 남자한테 원하는 게 있지? 원래대로 돌아오길 원하잖아, 그렇지? 그걸 원하는 거야!"

아무 말도 꺼내지 않았는데도 무당귀는 다 알고 있는 것처럼 그윽한 표정이었다. 이내 새까만 혀를 내밀며 조금 옆으로 움직였다.

"도와주마! 네가 원하는 대로 되도록! 내가 말이야!"

강렬한 유혹이었다. 이토록 간단하면서도 모든 것이 해결되는 유혹을 만나본 적이 없었다. 어마어마한 충동이 현서의 발끝부터 머리끝까지 훑고 지나갔다.

“손을 놓아. 어서!”

도운의 표정은 점점 고통으로 일그러지고 있었다. 그의 얼굴 위로 낯선 얼굴이 자꾸만 떠올랐다가 지워졌다.

“그 손을 놓기만 하면 돼! 쉽단다! 아주 쉽단다! 그래, 놓으면 살지. 이 남자도 원래로 돌아갈 거고.”

속삭이듯 귀를 간질이는 말에 심장이 요동쳤다.

“생각해보렴. 이 남자가 바라는 게 뭘지, 응?”

정말이야? 정말이야? 차마 꺼낼 수 없는 말이 그녀의 앞니를 두드렸다. 원영의 희생으로 도운이 돌아올 수 있다면….

불쑥 차에서 원영과 나눈 대화가 떠올랐다.

원영의 말대로라면, 그녀도 도운에게 나쁜 짓을 한, 죗값을 치러야 할 사람이 아닌가? 죗값을 치러야 한다던 원영의 말이 간질거렸다. 원영은 몸을 빼앗긴 무고하기만 한 피해자가 아니었다. 적어도 도운에게, 현서에게는 그랬다.

그렇다면… 그 죗값을 이렇게 받으면 되는 게 아닐까?

“현서야.”

익숙한 목소리가 느닷없이 그녀를 불렀다.

허공에서 맞닿은 시선이 또렷했다. 오래전 그 다정하고 친절한 얼굴이 현서의 이름을 되뇌었다. 열다섯 살, 따뜻했던 그 날처럼 살가운 음성이었다.

“현서야….”

예전처럼 상냥하지만, 자신을 부른 건 도운이 아니었다. 그와 어울리지 않게 기이하게 웃는 입꼬리가 그걸 반증했다.

'저건 도운이가 아니야!'

원영을 붙잡은 현서의 손가락에 더욱 힘이 들어갔다. 정신을 차리려 질끈 눈을 감았다가 떴다. 김원영의 죗값. 그건 자신이 내릴 수 있는 게 아니었다. 지금 이곳에서 원영의 잘못을 따질 수 있는 건 도운뿐이어야 했다. 적어도 현서는 그렇게 생각했다. 너무 많은 후회를 지나왔다. 실수는 한 번이면 족하다.

"한도운!"

팔목이 부들거렸다. 포기할 수 없었다.

"김원영이든 한도운이든, 누구든 좋으니까 정신 좀 차리라고!"

까드득!

거친 파쇄음이 흩뿌려졌다. 체력을 다한 몸이 부들부들 떨렸다.

손은 물론이고 허벅지와 종아리가 제대로 중심을 잡지 못했다. 땀이 밴 손바닥에선 감각조차 잘 느껴지지 않았다. 더는 무리였다. 선택의 기로였다. 최선이 안 된다면, 최악은 면해야 했다. 차라리 내가 김원영의 몸을 안고 함께 떨어진다면….

극단적인 상황에서 현서의 생각이 거기까지 미쳤을 때였다.

복도 공기가 갑자기 뒤틀렸다. 보이지 않는 무언가가 서로를 밀어붙였다.

날 선 바람이 스쳤다. 원영의 몸이 미세하게 떨렸다. 그 안에서 무언가가 빠져나오려 했다. 희미한 숨소리와 함께 얇은 연기 같은 덩어리 하나가 몸 밖으로 밀려났다.

그러나 그것이 완전히 빠져나오기 전에 또 다른 기척이 몸을 향해 달려들었다. 검붉은 형체, 무당귀였다.

"안 돼!"

자기도 모르게 발악하듯 현서가 비명을 질렀다.

무당귀가 원영의 몸을 움켜쥐려는 순간, 이번엔 다른 웃음이 끼어들었다. 어린아이의 섬뜩한 까르르 소리였다.

세 개의 영혼이 하나의 몸을 두고 서로 밀어내고 밀어붙였다. 짓눌린 공기가 무거웠다. 복도 끝 형광등이 짧게 깜빡였다.

한 번.

그리고 또 한 번.

형광등 속 형광 가루가 미세하게 진동했다.

번쩍!

한계치를 넘어 밝아진 전등이 팟, 소리를 내며 꺼졌다. 복도가 완전히 어둠에 잠겼다.

그 순간, 원영의 몸 안에서 얇은 연기 덩어리가 몸 밖으로 튕겨 나가듯 밀려났다. 동시에 도운의 몸이 미세하게 흔들렸다. 깊은 물 속에서 빠져나온 사람처럼 그의 숨이 거칠어졌다.

영원처럼 긴 찰나였다. 비어 있던 몸이 마침내 제 주인을 알아본 순간, 도운의 손은 망설일 틈도 없이 뻗어 원영의 손을 붙들었다.

"현서야."

도운의 목소리였다. 이번엔 분명 도운이 한 말이었다.

마침내 난간 안으로 끌어올려진 원영은 기절했는지 잠이 든 건지 조금도 움직임이 없었다. 현서는 무릎걸음으로 다가가 원영의 손목을 쥐어 맥박이 뛰는지부터 확인했다. 연약하지만 분명하게 맥이 뛰었다.

도운은 지친 듯 복도 벽에 기대어 있었다. 그의 눈꺼풀이 자꾸만 아래로 내려왔다.

처연한 둘의 시선이 맞닿았다. 현서는 찬찬히 고르던 말을 지우고 그리워하던 이름을 불렀다.

"도운아."

"응⋯."

그 대답이 도운과 어울려서, 현서는 언젠가 그를 다시 만나면 꼭 묻고 싶던 걸 마침내 꺼낼 수 있었다.

"이제 괜찮아?"

"응⋯."

도운은 마치 오랫동안 그 대답을 하기 위해 기다렸던 사람처럼 희미하게 미소를 지었다. 두 사람의 고른 숨소리가 차가운 적막에 온기를 불어넣었다. 둘 다 평화로운 표정이었다.

현서의 몸에서 다시 진동소리가 울렸다. 때마침 걸려온 열한 번째 전화는 거절하지 않았다.

9월 3일 도운과 현서

"벌써 9월인데 아직도 날이 덥네."

영호는 티셔츠를 펄럭거리며 중얼거렸다.

언제 이렇게 시간이 지났는지 어느새 가을 초입에 들어섰다. 이즈음이면 도둑놈들이 활개 칠 때라고 투덜거리며 주머니에서 담배를 꺼내 물었다.

후텁지근했다. 더딘 서류 작업 때문에 더 그런 것도 같았다.

하얀 담배 연기를 뿜다가 기억났다는 듯 아, 하고 소리를 냈다. 주머니에서 핸드폰을 꺼내 너무 익숙해진 번호로 메시지를 보냈다.

─휴가는 좋냐? 진전은 좀 있고?

답장을 기다리는 잠시에도 피곤을 이기지 못해 하품이 나왔다. 공연히 뒷머리를 벅벅 긁었다.

"시간이 벌써 이렇게 흘렀네."

'연지동 사건'이 마무리된 지 오늘로 4개월이 지났다.

살인사건 용의자의 자살 시도. 현장에 현직 경찰관이 있었다는 게 알려지면서 이상한 소문이 돌기도 했다. 다행히 용의자가 죽지 않아 소문은 경찰서 밖을 넘지는 않았다.

'죽지는 않아 다행이기는 한데.'

김원영은 지금도 의식을 찾지 못했다. 검사란 검사는 모두 했지만, 몸에 이상은 없다는 게 병원 측 소견이었다. 얼마간 지켜보면 될 거라던 게 벌써 한 계절이나 지나버렸다.

그사이 김원영의 엄마가 경찰을 상대로 고소를 한다며 설치기도 했지만, 어찌어찌 무마되었다. 어쨌건 김원영을 구한 게 현서였고, 그녀가 나서 모친을 설득했다.

‘모텔 건은 미해결로 남았고…’

김원영이 용의자로 의심받던 사건은 결국 미해결 사건이 되어 서류로 남았다.

유력 용의자인 김원영이 의식 불명 상태에 있는 데다가 증명할 수 있는 증거가 아무것도 없기 때문이었다.

‘그때 그건 뭐였을까?’

모텔 사건을 떠올리다 보면 자연스레 경찰서 복도에서 벌어진 기이한 일이 따라왔다. 목 없는 시체가 덤벼들던 환상. 그저 착각으로만 여겼으나 그때의 서늘한 감각은 지금도 생생했다.

목덜미를 스치는 바람이 오싹하게 느껴졌다. 진동에 깜짝 놀라며 영호가 액정을 확인했다.

—조금은요. 조만간 연락드리겠습니다.

딱 차현서다운 답장이구만. 그렇게 생각하는 사이 또 한 번 진동이 울렸다.

—몽타주 감사합니다, 선배.

그게 뭐 대단한 거라고. 아무튼 기특한 놈이야. 혼잣말로 중얼거리며 꽁초를 쓰레기통에 버렸다.

현서는 장기휴가를 내기 직전 두 가지 부탁을 했었다. 하나는 김원영이 연락을 주고받던 우제트라는 익명의 상대를 찾아

달라는 거였고, 다른 하나는 젊은 여자의 몽타주를 만들어 달라는 거였다.

이유를 물으려다 말았다. 현서가 도와줬던 만큼 자신도 현서를 돕고 싶었다. 그래서 그는 기꺼이 몽타주를 만들고 자신의 인맥을 동원해 우제트를 조사했다.

우제트를 찾는 건 생각보다 쉽지 않았다. 마땅한 범죄 혐의가 있는 게 아니어서 추적도 어려웠고, 겨우 흔적을 찾아 메시지를 보내도 좀처럼 답장이 오지 않았다.

한 번은 답이 돌아오긴 했다. 영호가 한도운에 대해 묻자 우제트는 말 대신 파일 하나를 보내왔다. 한도운의 신상 정보가 정리된 자료였다.

하지만 그게 전부였다. 자료를 보낸 직후 우제트의 계정은 흔적도 없이 삭제됐다. 대신 묘한 정황 하나가 남았다. 자료의 출처를 거슬러 올라가 보니 처음 만든 사람이 우제트는 아니었다. 누군가 먼저 정보를 건넸고, 우제트는 그걸 그대로 전달한 흐름이었다. 누가 왜 그런 일을 했는지는 알 수 없었다.

그나저나 사건 하나가 마무리됐다고 여유를 가질 수 있는 처지는 아니었다. 여전히 나쁜 놈들은 많았고, 그보다 더한 놈들도 나타났다. 놈들보다 먼저 움직일 수는 없지만 놈들만큼 빠르게 움직일 준비는 늘 해둬야 했다.

지체하지 않고 경찰서 건물로 돌아가는 영호의 뒤로 물방울이 떨어졌다.

초가을을 알리는 빗줄기가 떨어지더니 어느새 매섭게 내리기 시작했다.

*

원담시에서 차로 세 시간이나 떨어진 소도시였다. 특별한 관광지나 유명한 특산품이 떠오르지 않는 한적한 도시였다. 현서는 몽타주와 서류 속 사진을 한 번 더 확인한 다음에야 차에서 내렸다.

주소를 따라 도착한 동네는 저층 아파트와 신축 빌라, 슬래브 주택이 제멋대로 뒤섞여 어지럽게 느껴졌다. 질서가 없다는 건 늘 어려워질 거라는 불길한 예감을 갖게 한다. 현서는 이번에도 그를까 걱정부터 되었다.

"닮긴 했다."

안색이 어두워진 현서를 다독이듯 도운이 그녀가 든 몽타주를 보며 말했다.

최근 십 년 사이, 경찰 데이터베이스에 입력된 이십대 실종 여성 중에서 몽타주와 가장 비슷한 이를 골라 서른 명으로 압축했다. 범위를 최대한 좁힌다고 좁힌 게 이 정도였다.

"이번엔 혹시 모르잖아."

도운의 마음이 고마운 듯 고개를 끄덕이곤 현서는 몽타주가 아닌 실종자 사진을 들여다봤다.

한유진. 5년 전 실종. 실종 당시 스물여섯 살.

원담시에서 홀로 지내며 작은 디자인 회사에서 일했고, 일주일 넘게 출근하지 않는 걸 이상하게 여긴 회사 측에서 가족에게 연락을 취했다. 가족들은 곧바로 경찰에 실종신고를 했으나 별다른 수확은 없었다. 사건성이 없다는 이유로 수사가 이루어지지 않은 게 이유였다.

사진 속 한유진은 몽타주만큼 머리카락이 길지 않았고, 뺨도 조금 더 둥그스름했다. 스무 살에 찍은 사진이라 그런 것 같았다.

이번엔 정말 찾을 수 있을까? 병원 침대에 누워 있을 원영이 떠올랐다.

그날 이후 도운은 의식을 되찾았지만 원영은 그러질 못했다. 그날부터 지금까지 계속 의식이 없었다. 안 그래도 비쩍 말라 보기 안쓰러울 정도였는데, 병원에 누운 그녀는 더욱 앙상해져갔다. 현서는 그녀를 떠올릴 때마다 가슴께가 답답했다. 제대로 구하지 못했다는 죄책감이 현서의 여린 양심을 건드리곤 했다.

내가 찾을게! 어떻게든 내가 찾아줄게!

네가 누군지, 어떤 사람이었는지, 꼭 알아낼 테니까….

도운의 몸을 빌려 원영이 하던 그 말. 그건 원영의 진심일 것이다. 현서는 그렇다고 믿었다. 원영의 간절함이 무엇보다 생생했다. 기억을 더듬어 몽타주를 그린 것도 이 때문이었다.

만약 원영이 깨어났다면, 그녀도 분명 자신처럼 어떻게든 영혼의 정체를 찾아 가족에게 돌려주려 애썼을 것이다.

"혹시 모르지."

나지막한 혼잣말이 현서의 입가에서만 머물렀다.

문득 헛된 상상을 하곤 했다. 영혼이 누구인지 찾아내면 원영도 의식을 차리게 될지도 모를까? 아무런 근거 없는, 망상 같은 거였지만 현서는 이미 그런 일들을 겪어냈다.

"찾을 수 있을 거야. 꼭."

도운이 현서의 등을 쓸며 위로했다.

절반씩 섞인 희망과 비관에 어깨가 무거웠다. 이번이 일곱 번째 방문이었다. DNA 증거가 없기에 실종자 가족과 지인의 확인이 중요했는데, 앞서 찾아간 세 명은 안타깝게도 몽타주의 주인이 아니었다. 아니라는 걸 확인하고 나오는 걸음은 가벼울 수 없었다. 괜히 찾아가 그들의 희망을 짓밟는 것 같아 마음이 쓰인 탓이었다.

"다녀올게."

도운을 남겨두고 현서는 주황색 슬래브 지붕이 어울리지 않는 주택으로 다가갔다. 담이 없는 마당엔 시든 화분들만 덩그러니 놓여 있었다. 사람의 손길이 닿지 않은 지 오래된 모양새였다.

현서가 뒤돌아보니 도운은 멀찍이서 어설프게 손을 흔들어주었다.

실종자 가족을 만나는 건 현서 자신이 혼자서 하기로 했다. 두 사람이 그 자리에서 똑같은 아쉬움을 겪을 필요는 없었다.

문득 언젠가 도운이 한 말이 떠올랐다.

"원영 씨가 깨어나고 나서, 원영 씨만 허락한다면 말이야. 실종 상태로 남은 억울한 영혼들에게 자기 몸을 잠시 빌려줄 수 있지 않을까? 영혼의 목소리를 듣고 우리가 지금처럼 그 영혼을 가족들에게 다시 찾아주는 거야. 원영 씨만 허락한다면…."

희망 사항에 불과했지만, 도운의 말처럼 원영이 허락만 한다면 그렇게 돼도 좋을 것 같았다. 그러기 위해선 원영이 깨어나는 게 먼저이긴 했지만.

현서는 초인종을 누르고 기다렸다. 안쪽에서 인기척이 났다.

"누구세요?"

걸쇠가 걸린 채 현관문이 열렸다. 문틈 사이로 커다란 눈이 먼저 시선을 끌었다. 몽타주를 쥔 손에 힘이 들어갔다.

"경찰입니다. 몇 가지 여쭤볼 게 있어서 왔습니다."

문이 닫혔다가 다시 활짝 열렸다.

"무슨 일이시죠?"

떨리는 목소리가 푹 젖어 있었다.

적당한 말을 고르려고 현서가 머뭇거릴 때였다. 현관문 너머 거실 벽에 걸린 사진이 눈에 들어왔다.

달걀형 얼굴에 짙은 눈썹과 유난히 큰 눈. 미래를 꿈꾸며 환하게 웃는 학사모를 쓴 여자. 사진 속 여자는 그날 난간에서 목격한 그 여자가 맞았다.

"이걸 확인해주셨으면 하는데요."

현서는 몽타주를 내밀었다. 그걸 보자마자 동생이 안타까운 목소리를 냈다.

"이건 유진 언닌데…, 언니를 찾았나요?"

유진의 이름이 불리는 순간, 서늘한 바람이 스치는가 싶더니 이내 목이 메어왔다. 유진을 닮은 동생의 눈이 현서를 바라봤다. 오싹하고 하얗게 표백된 눈이 아닌, 그저 따뜻하고 예쁜 눈이었다.

그러는 동안 주머니에서 핸드폰이 쉬지 않고 진동했다.

"잠시…."

걸음을 뒤로 물리고 현서가 양해를 구했다.

꺼내서 확인하니 영호의 부재중 통화가 떠 있었다. 시간은 열두 시 오십분을 가리키고 있었다. 통화 버튼을 누르자 흥분에 찬 걸걸한 목소리가 튀어나왔다.

"차형사! 깨어났대!"

주어가 빠진 말이었지만 단번에 알아들었다.

"듣고 있어? 김원영 말이야! 의식 찾았다고!"

영호의 목소리가 잦아들었다. 머리가 멍해지는 듯하더니 빠르게 깨끗해졌다.

현서는 기다리는 유진의 동생에게로 고개를 돌렸다.

순간 숨이 트이고 눈가가 시큰해졌다.

착각일까? 착각일지도 모르지만….

동생을 똑 닮은 유진의 얼굴에서 눈물이 흘러내렸다. 드디어 오랜 기다림을 마쳤다고 평온하게 웃는 것 같았다.

에필로그

나는 내 몸이 기억나지 않았다. 내 얼굴도 기억나지 않았다. 머리가 깨진 이후로 내가 기억하는 나는… 거의 없었다. 그녀를 만나기 전까지는.

이름이 원영이라고 했다. 그녀의 몸으로 들어가기 전에 이미 한 번 만난 적이 있었다. 그녀는 인간의 몸으로는 드물게 틈이 생기고 있었는데, 그걸 아는 영혼들도 조금씩 생겨났다. 그를 노렸던 영혼 중에 가장 극성스럽게 굴었던 건 무지개였다. 무지개는 이 지역 지박령인 게 무슨 훈장인 것 마냥 자기가 그 몸을 차지할 거라 떠들고 다녔다. 그러니 아무도 욕심내지 말라고!

그 뒤로도 밤이면 영혼처럼 축 늘어져 지나는 그녀를 보았다. 제집으로 돌아갈 때마다 몹시 지쳐 보였는데, 내겐 관심조차 없었다. 아니, 서성대는 모든 영혼에 눈길 한 번 주지 않았다.

그랬던 그녀가 몇 년 만에 일부러 나에게 말을 걸어왔다. 원하면 찾아주겠다고. 내가 누군지, 왜 죽었는지, 내가 알고 싶었던 것들을….

대신 시간이 정해져 있었다. 몸에 들어간 날로부터 7일. 그 안에 내가 원하는 걸 찾아야만 했다. 첫만남에서 날 거부했던 원영이 어째서 내게 몸을 내줬는지 모르겠다. 다만 내가 계속 마음에 걸렸던 아이라고만 했다.

나는 실제로 그녀의 몸을 얻었고, 나보다 마르고 키가 큰 그녀의 몸에 적응하느라 꼬박 반나절이 걸렸다. 그러고 나서 원영의 눈으로 나는 마주 앉은 두 사람을 보았다.

현서와 도운이라고 했다.

현서는 경찰관이라고 했고, 도운은 어느 식당 주방에서 일한다고 했다. 원영과는 무슨 관계인지 몰랐다. 둘 중의 하나는 항상 원영을, 아니 나를 따라다녔다. 둘이 함께 따라다닐 때가 더 많았지만.

그들은 그저 따라다니기만 했다. 하루가 지날 때마다 돌아다니면서 떠올린 기억들을 알고 싶어 했고, 현서가 그걸 꼼꼼하게 받아적었다.

첫 번째 하루는 정처없이 그저 여기저기 돌아다니기만 했다. 아무것도 기억나지 않았으니까. 두 번째 하루는 어쩐지 가야할 데가 생긴 것처럼 뚜렷한 방향을 잡고 걸었다.

낯이 익은 학원 건물 입구에 이르자 손이 근질거리고 그러다 주먹이 쥐어졌다. 아직 하교 시간 전이라 강의실은 텅 비어 있었고, 적막했다.

학원 건너편 햄버거 가게에서 나는 현서와 함께 하루 종일 기다렸다. 누구를 왜 기다리는지도 몰랐지만, 그것 말고는 딱히 할 것도 없었다. 배가 고파서 세 번이나 햄버거를 주문해 먹었다. 살아있는 몸은 이런 게 귀찮았다. 화장실도 네 번이나 다녀왔다.

그 아이를 만난 건 세 번째 하루 중 저녁 무렵이었다.

나는 나도 모르게 아이를 붙들고 싶었다. 현서는 이런 나를 붙잡아 세워두고 아이에게 먼저 다가가 말을 걸었다. 한참 뒤 현서는 멀찍이 서 있는 날 향해 고개를 끄덕였다.

아이와 함께 한적한 카페를 찾아 들어갔다. 주로 현서와 아이가 대화를 나누었고, 나는 옆에서 듣기만 했다.

"제 친구는 억울하게 죽었어요. 나 대신, 날 구하려다 죽은 거예요. 처음부터 그 새끼한테 약점만 잡히지 않았더라면⋯."

아이가 털어놓는 말이 어쩐지 내가 겪은 것처럼 느껴졌다. 아이는 울음을 터트리며 말을 이어갔다.

"가람이가 뭘 어쨌는지는 처음엔 몰랐어요. 그러다 친구들 사이에 이상한 소문이 퍼졌어요. 가람이가 임신한 것 같다고. 그 일이 있은 다음부터 애들이 가람이를 피해 다녔어요."

"가람⋯."

나도 모르게 이름을 중얼거렸다. 나의 이름을 되뇌인 순간,

갑자기 이전까지는 느껴보지 못했던 감정이 한꺼번에 밀려왔다. 친구들과 별거 아닌 일로도 깔깔거리던, 서로가 모든 걸 내줄 것처럼 살갑게 굴던 그때가 스멀스멀 피어오르자 나도 눈물이 나오기 시작했다.

"그런데… 나중에 다 알았어요. 그동안 가람이가 그 새끼로부터 날 막아주었다는 걸. 가람이가 무슨 일을 당했는지도 대충 짐작했지만… 저도 어쩔 수 없이 외면했어요. 그러다 하필 그날 옷이 찢긴 채로 그 새끼로부터 도망치다가 저와 딱 마주친 거예요. 그러고는 그만…."

아이는 더 이상 말을 잇지 못했다. 이미 양손에 얼굴을 파묻고 우느라 아이는 나의 눈물을 보지도 못했다. 나는 슬며시 손을 들어 아이의 머리를 쓰다듬어주었다. 어느새 현서의 눈에서도 눈물이 흘러내렸다. 셋이 그렇게 우는 걸 보면 사람들이 이상하게 여겼을 것이다.

헤어지기 전에 아이가 생각난 듯 우리에게 물었다.

"그런데… 가람이를 어떻게 알아요?"

네 번째 하루가 되던 날, 현서는 경찰서 자료를 보여주며 내가 원영이 사는 아파트 화단에 떨어진 채 발견되었고 그 후로 일 년쯤 학원 선생도 오피스텔 옥상에서 떨어졌다고 알려주었다. 학원에서 애들을 건드렸다는 소문이 퍼져 정황상 자살로 처리되었는데, 현서는 아마도 원영이 그렇게 자살하도록 만들었을 거라고 했다.

다섯 번째 하루는 엄마와 함께 지냈다. 해마다 이맘쯤 아파트에서 비명을 지르며 우는 사람이 누군가의 엄마인 줄은 짐작했지만, 영혼인 상태에서 내가 할 수 있는 일은 아무것도 없었다. 현서가 나를 도우미라며 이런 일을 겪은 피해자 가족을 위해 하루 돌봐주는 사람이라고 소개했다. 실제로 그런 게 있는지 몰랐지만, 엄마는 순순히 원영을 받아들였다.

그날 하루는 온전히 엄마와 함께 지냈다. 엄마는 딸이 생각난다며 내내 울기만 했지만, 내가 만들어주는 김치볶음밥을 먹었고, 내가 깎아준 사과를 먹었으며, 내가 챙겨준 약도 먹었다. 인간으로 사는 귀찮은 일을 온종일 엄마와 함께했다. 그리고 내 방에서 나를 알아냈다.

나는 괜찮은 아이였다. 친구들도 많았고, 성적도 괜찮았다. 그래서 여유가 있었는지 소외되고 주눅이 든 아이들도 챙겼다. 그중 하나가 학원 앞에서 만난 아이였다. 나는 그런 아이를 돕는 게 좋았다. 그저 그런 것뿐이었다.

여섯 번째 하루는 현서와 도운과 지냈다.

그리고 도운은 내일이 우리가 함께 있는 마지막 날이 될 거라고 했다. 나는 미련없이 고개를 끄덕여주었다. 내일이면 나는 원영의 몸을 벗어나 어딘가로 훌훌 떠날 것이다. 더 이상 미련은 없었다.

원영의 몸을 하고 마지막 밤, 잠이 들기 전에 거울을 보았다.

원영은 지난주보다 배도 좀 더 나왔고, 볼살도 더 둥글어졌다.

내가 그만큼 많이 먹었기 때문일까? 왠지 미안했다. 공연히 내가 먹어치운 음식들이 원영의 몸에 해가 되지는 않았으면 좋겠다.

나는 거울 속 원영을 향해 마지막으로 말했다.

"고맙습니다…."

유
체
이
탈
의
밤

1쇄 발행 2026년 3월 30일

지은이 김나영
펴낸이 배선아
디자인 정유정
펴낸곳 고즈넉이엔티

출판등록 2017년 3월 13일 제 2022-000078호
주　　소 서울특별시 강서구 마곡중앙8로1길 81, 뉴브클라우드힐스 IT동 10층 1001호
대표전화 02-6269-8166 **팩스** 02-6166-9199
이 메 일 gozknockent@gozknock.com
홈페이지 www.gozknock.com
블 로 그 blog.naver.com/gozknock
페이스북 www.facebook.com/gozknock
인스타그램 www.instagram.com/gozknock